LBD
cosas de chicas

Grace Dent

LBD
cosas de chicas

salamandra

Título original: *LBD: It's a Girl Thing*

Traducción: Enrique Alda Delgado

Ilustración de la cubierta: Jani Spennhoff

Publicaciones y Ediciones Salamandra, S.A.
Mallorca, 237 - 08008 Barcelona - Tel. 93 215 11 99
www.salamandra.info

ISBN: 84-7888-958-2
Depósito legal: B-24.572-2005

1ª edición, junio de 2005
Printed in Spain

Impresión: Romanyà-Valls, Pl. Verdaguer, 1
Capellades, Barcelona

*Para mi madre, que convivió
con la peor adolescente del mundo.*

Contenido

1

La vida es dura...

—Ni hablar. De ninguna manera. No y no. Ni lo sueñes, coleguita.

Las negociaciones con mi padre sobre mis planes para las vacaciones de verano han llegado a su punto más bajo. De hecho, a menos que esté totalmente equivocada, me ha dado la espalda y se ha ido arrastrando los pies por el salón del Viaje Alucinante, el pub que regenta.

Está trajinando con las luces y ordenando las rodajas de limón como si mi destino estuviera decidido. Amigos, esto NO es la actitud que adopta un hombre que «reflexiona sobre el futuro de su hija». No, simplemente es un hombre que no me hace ni caso; alguien que quiere que me esfume. O, al menos, que «deje de ser tan condenadamente descarada y chillona» en SU hábitat natural.

Yo, Veronica Ripperton, tengo catorce años y dos meses, ¡no se da cuenta o qué! No tengo voz «chillona» en absoluto, sino que es «ronca» y «femenina». ¡Qué sabrá él!

Así que aquí estamos, el uno frente al otro, en un punto muerto. Así es como deben de sentirse los negociadores de las Naciones Unidas poco antes de que las bombas empiecen a caer. Finalmente, el gran ogro aguafiestas habla:

—Mira, Ronnie, no hay ninguna posibilidad de que tú y tu pelotón de descerebradas —«un poco duro», pienso— vayáis al Festival de Astlebury. Es muy peligroso, demasiados peludos que no le quitan la vista a las chicas. Tenéis que tomar varios trenes, hay traficantes de droga que pue-

11

den inyectaros ácido o robaros la tienda y, bueno, cosas así. No vas y ya está. Ni hablar. Que no, cero patatero. La mera idea de que su hija pueda divertirse de una forma tan pura y sin adulterar hace que se le pongan de punta sus rubias patillas. ¡Bah! Si cree que disfrazando la palabra «no» de forma divertida conseguirá que lo perdone por ser «el hombre que asesinó mi veraneo», alucina.

—Y ya que estamos, Ronnie, ve y ponte una camiseta más larga. Casi se te ven las tetas. —¡No lo quiera Dios! Debo de ser la única chica del Reino Unido que tiene. ¡Que alguien llame a la policía!—. También se te ve el ombligo, y las bragas. No me extraña que no haga dinero con las comidas. Con toda esa carne... No me parece adecuado —protesta mientras mira con absoluto desprecio los quince centímetros que hay entre mi camiseta y los pantalones para después hundir los hombros desconsoladamente como si todo el peso del mundo occidental descansara sobre ellos.

Vale, así que a mi padre no le va el rollito de tops cortitos y pantalones a media cadera. Bueno, no me importa, estoy tan mosqueada por lo de Astlebury que se me pasa por la cabeza la idea de estrangular con una servilleta a este fracasado de cara peluda.

Evidentemente, él tampoco es feliz. Cuando empiezo a resoplar y a dar golpes a las sillas del bar parece que se le vayan a saltar los ojos de rabia... Algo va a pasar.

—De hecho, es un tanga, NO UNAS BRAGAS —le informo mientras me subo aún más el trozo de encaje por detrás de los pantalones para demostrárselo. Una pésima idea.

—¿Que es QUÉ? —grita mientras los labios se le estrechan hasta formar dos finas líneas de color azul pálido.

«¡Glup!, me temo que ha llegado el momento de salir pitando», me digo mientras me largo a toda prisa hacia la puerta trasera del pub (bueno, todo lo rápido que se puede ir con un tanga).

Sin embargo, antes de que consiga alejarme cojeando, en una salida más bien poco digna, se planta delante de mí y me pone una mano en el hombro con cara más relajada.

—Para, Ronnie. Espera un momento —me pide. Está claro que quiere arreglar las cosas.

A Lawrence «Loz» Ripperton (alias «el guardián de la cartera») no le gusta discutir. Es más bien del rollo paz y amor; así es mi viejo. Y menos mal, ya que en nuestro hogar: (1) a mí me encantan las broncas, y (2) a mi madre le gustan las trifulcas a lo grande. Mientras que mi padre es un alma sosegada, mi madre, Magda Ripperton, el rostro femenino del Viaje Alucinante, es una caja de bombas con piernas. Como cocinera del pub, el momento en el que mejor se lo pasa es cuando tiene que preparar comida para doscientas personas y, con una sartén llameante en una mano y una olla con agua hirviendo en la otra, mantiene una encendida bronca con la ayudante de cocina. Así pues, no es de extrañar que yo acabe yendo a mi padre con todas mis descabelladas peticiones, como la de que «me den permiso para ir a un festival de música con mis mejores amigas durante un fin de semana». Con él, tengo muchas más posibilidades de que no me preste atención, se confunda y crea que le estoy diciendo que me voy a un concierto organizado por el Ayuntamiento. Sin embargo, Magda (o «esa maldita mujer», como la llaman el cartero, el del gas, los que nos traen la carne, su contable y varios miembros de la familia), seguro que se lo olería enseguida, me escondería los zapatos y me sometería a vigilancia las veinticuatro horas del día solamente por haber pensado en ir a Astlebury.

Por suerte, mi padre es pan comido.

—Siento estropearte la fiesta, cariño —murmura con una media sonrisita de reproche—. Ya te compensaré, ¿eh, cielito? —asegura pasándome la mano por el pelo, con lo que consigue que me sienta como si hubiera regresado a los cinco años—. ¿Por qué no se lo dices a tu madre? Si ella te deja ir, me lo pensaré...

Sin duda se ha golpeado la cabeza con una viga y no se acuerda de quién es su mujer. Tendría más posibilidades si le dijera que voy a gastarme todo el dinero de la caja en pintalabios brillantes y trufas belgas.

Esto, para Ronnie Ripperton, es un DESASTRE. De hecho, es un ENORME DESASTRE.

Se acabó.

Mi astuto plan —que mi padre me dejara ir a Astlebury y después llamar directamente a ese teléfono de tarifa máxima para comprar la entrada antes de que las ondas de radio macuto lleguen hasta la cocina del sótano— se ha ido al garete. Para cuando la Emperatriz Vengadora se hubiera enterado de que me iba al concierto, Claudette, Fleur y yo (alias Las Bambinas Dangereuses, o LBD, como se nos conoce universalmente) estaríamos de camino a cuarenta y ocho horas de concierto de nuestros grupos favoritos, de acampar bajo las estrellas... y de conocer a un millón de sensuales chicos festivaleros. Las LBD hemos tomado buena nota en la MTV del tipo de chicas que van a los festivales de música. ¡Guau! Es como una fiesta de besos, con música a tope, baile, gente del público que te lleva en volandas por encima de sus cabezas y pasar toda la noche comiendo hamburguesas vegetarianas, todo en uno. Tenemos tantas ganas de ir... Después de ver el anuncio en la tele estuvimos hablando del tema toda la semana. El festival de Astlebury es el hábitat natural de LBD.

—¡Un momento! Tengo una idea —dice mi padre—. Podía llevaros al estanque de las focas de Penge... —Se me cae el alma a los pies. Preferiría meter la cabeza en la secadora y ponerla en marcha—. Antes te gustaba. ¿Te acuerdas de la que jugaba con la pelota?

Su voz se va debilitando hasta convertirse en un susurro bienintencionado mientras me arrastro penosamente hacia la calle.

No me cabe duda de que en mi vida anterior fui Vlad el Empalador.

Lo estoy pagando muy caro.

Mi disputa

El Viaje Alucinante, el pub de la calle principal en el que vivo, no es tan alucinante. Bueno, puede que lo fuera en tiempos (en la Edad Media, cuando empezaron a venir los primeros clientes y la gente era feliz porque estaba dentro de un pub y no los atacaban los lobos ni los desvalijaban los salteadores de caminos), pero en la actualidad es un rollo.

Los clientes de El Viaje Alucinante son casos perdidos. Lo único que quieren son sofás cómodos, cerveza fría, chismes de vecindario y dardos, lo que me parece guay; al fin y al cabo eso es lo que promete el nombre. Bien, pues aquí estoy, bajando por la calle de muy mal humor. Paso por delante del tipo de la barba extraña que baila frente a la panadería a cambio de unas monedas y, con la prisa, casi me aplasta un cretino con granos que está sacando los cubos de la basura del McDonald's. Vaya forma de morir. Espachurrada como un filete de pescado. Compruebo mi aspecto en el escaparate de una tienda. (Llevo el pelo un poco despeinado y me brilla la cara, pero en conjunto no estoy mal, si se tiene en cuenta mi trauma. Creo que mi mejor momento es cuando estoy que echo humo, como mi madre.) Sacar la agresividad machacando la acera y yendo más rápido que cualquiera me sienta bien. Voy de camino a casa de Fleur. Fleur Swan vive en la misma calle que yo, a mitad de Disraeli Road. Si al salir del pub fuera hacia la izquierda, en vez de a la derecha, y caminara la misma distancia llegaría a casa de Claudette Cassiera. Es una de las mejores cosas de pertenecer a LBD. Vivimos tan cerca que podemos convocar una reunión de urgencia en cuestión de minutos, lo que resulta muy práctico, ya que solemos tener muchas emergencias. Como la de hoy, por ejemplo. Me encanta esta calle, con sus tiendas de ropa, cafeterías, escaparates de maquillajes, callejones... Todo esto pertenece al territorio LBD. Menos mal que me encanta, porque, si mis padres se salen con la suya, no iré a ningún otro sitio en una buena temporada.

¡Pi, pi, pi piii! ¡Un mensaje de texto!

ANTES DE QUE LLEGUES ME HABRÉ SUICIDADO.
LOS ODIO. FLEUR. 18.46 H

El malvado Paddy y la mancha de chocolate

La encantadora, aunque terriblemente enfadada Fleur Swan, está pegada a la ventana salediza de su dormitorio, esperándome con su delicada y respingona naricilla pegada al cristal. Cuando me ve doblar la esquina de Disraeli

15

Road, desaparece dejando una mancha de chocolate en el resplandeciente vidrio de Saskia Swan. Si se está atiborrando de chuches, la cosa es seria. Normalmente es una santa, come montones de frutas y verduras, bebe tres litros de agua mineral al día y tiene el pelo brillante y la piel sedosa. Es bastante chic. ¡Ah!, mide uno sesenta y lleva reflejos color miel. Si no fuera una de mis mejores amigas, la odiaría.

—¡ALUCINA! —me grita nada más abrir la puerta—. ¡Al parecer, la música a todo volumen puede perforarme los tímpanos! ¡Bah! —exclama con risita incrédula—. Me han prohibido ir al Festival de Astlebury. ¡Es increíble! ¡Cómo los odio! —gruñe, haciéndome señas para que entre. Temo encontrarme al señor y a la señora Swan cortados en pedacitos, pero afortunadamente ambos parecen estar bien. Patrick «Paddy» Swan, el padre de Fleur, está tendido en una tumbona en su suntuoso salón color crema, mientras que su madre, Saskia, se entretiene con un bonsái y una podadora acorde en tamaño. Ninguno de los dos parece presagiar su inminente asesinato. (Esta casa recuerda a las de las revistas, excepto que en ellas pocas veces se ven fotografías de gente gritando con la cara llena de chocolate, o disfrutando de un buen gin-tonic y un periódico de carreras de caballos, como hace el señor Swan en este momento.)

—¡Ah!, señorita Ripperton, la estábamos esperando —asegura el padre de Fleur, un gran admirador de James Bond—. Así que tú también estás metida en este embrollo, ¿verdad? Ja, si creéis que voy a dejar que os desmadréis en el campo todo un fin de semana, estáis más locas de lo que parece —afirma mientras le acaricia el cuello a *Larry*, el gato persa blanco, de pura raza y cara engreída, que ronronea como un taladradora peluda.

El señor Swan, con su traje azul de raya diplomática y su secuaz felino recostado a su lado con sonrisa satisfecha, parece un villano salido de una película del agente 007. No me atrevo a utilizar el argumento «Es una experiencia interesante», por si acaso aprieta un botón del brazo de la tumbona y nos envía a las dos al sótano, donde tendríamos que sobrevivir comiendo insectos.

16

¿Te gusta cómo bailo?

En el cuartel general de LBD (la habitación de Fleur, que tiene dos niveles y un ropero en el que se puede estar de pie. ¿Os lo podéis creer? Mi cuarto es como un paquete de cigarrillos espachurrado en comparación con el suyo, ¡aghhh!), reina un sombrío ambiente.

—El aire está cargado con los restos de los sueños rotos —declaro morbosamente.

—¡Cierra el pico! —me corta Fleur—. No está todo perdido. Todavía no ha cantado la gorda. Lo conseguiremos.

Me imagino a Magda, cincuenta kilos más gorda, al enterarse de que me he pirado a Astlebury sin permiso. Su reacción no será precisamente ponerse a cantar; hará un estofado con mi culo y lo servirá con patatas al gratén.

—Escucha esto —me pide, más animada. Pone *Classic Deep Ibiza House: Volume 20* y aprieta el botón cabreapadres o el «Mega Surround Blast», que hace que el CD suene con más eco, más fuerte y absolutamente fabuloso.

¡Bumpa, bumpa, bumpa!

El bajo atruena a 132 compases por minuto, lo suficientemente alto como para que le castañeteen los dientes a Paddy Swan en el piso de abajo.

¡Bumpa, bumpa, bumpa!

En casa de los Swan se desata una actividad frenética. Se oyen portazos, ruido de pasos que suben las escaleras corriendo y algo que suena como:

—¡Baja esa músicaaa! ¿Me oyeees? ¡Bájala ahora mismooo!

El señor S grita mucho, pero no tanto como los platillos rompehuesos, los sintetizadores y las voces de la canción.

> *Voy a mover su cuerpo,*
> *voy a mover el mío,*
> *voy a mover su cuerpo*
> *en casa esta noche.*

Si con esta música no te entran ganas de bailar, o estás muerto o estás sordo. De repente nos ponemos de pie, meneamos las caderas, apuntamos con el dedo, damos patadas y nos reímos como locas sin hacer ningún caso al padre de Fleur (uno de los muertos o sordos) ni a los golpes que da en la puerta.

—¡Apaga eso o quito los plomos! —gruñe.

Fleur da un saltito y se acerca a la puerta para echar el cerrojo y dejar a su padre fuera. Qué pavo, debería conocer las normas de LBD: si no lo VEMOS gritar, no OÍMOS sus gritos; y si no puede entrar para agarrarnos cariñosamente por el cuello, tendrá que esperar e intentar hacerse oír en el intervalo entre canciones. Finalmente, los gruñones como el señor S se dan cuenta de que en los recopilatorios de música *dance* NO hay intervalos. ¡Ja! Eso es lo mejor de todo.

—Si seguimos así, nos llevará en coche a Astlebury —grita Fleur mientras hace groseros movimientos arriba, abajo y a todas partes con el trasero.

«Si te ve hacer esas cosas, no lo creo», pienso.

Parece una reina discotequera. Me la imagino totalmente metida en la historia, sobre una plataforma, en una de esas fiestas enrolladas en algún almacén abandonado de Londres, alucinando a la gente, moviendo el culo, con un sujetador ribeteado de marabú y unos shorts fosforescentes.

Seguramente yo sería la que le echaría una mano al DJ y le llevaría la caja de los discos.

—¿Qué tal te va con Jimi? —pregunta Fleur mientras cambia los ritmos ibicencos por *Ultimate Chilldown*, mucho más sosegado. Estamos tumbadas en la cama doble, hojeando las revistas *Bliss* y *More!* en busca de fotos de cortes de pelo especiales para rubias, para enseñárselas a Dimitri (nuestro peluquero favorito) en Streets Ahead.

—¡Bah! No hay nada que contar —contesto desanimada—. No estoy muy segura de que se haya enterado de que existo. Realmente no creo que Jimi Steele sepa quién soy.

Por si no lo conocéis (lo que me resulta difícil de creer, porque es el chico más guapo que he visto en mi vida), os contaré alguna cosa sobre él.

Inspiración profunda.

Realidad Jimi n.º 1: Es guapo. (¿Ya lo había dicho?) No, es más que eso, es guapísimo, tiene los ojos azules, las pes-

18

tañas muy largas y unos preciosos labios carnosos. Si viviera en Estados Unidos seguramente tendría su propio programa en horario de máxima audiencia, que se titularía simplemente *Jimi: primera temporada.*

Realidad Jimi n.º 2: Tiene unos maravillosos brazos, muy musculosos en la parte superior. También está siempre moreno, ya que suele pasar mucho tiempo al aire libre haciendo cosas de chicos, como dar toquecitos al balón sin que se caiga, bicicleta de montaña o ir...

Realidad Jimi n.º 3: ... sobre su tabla de *skate.* Sí, es un *skater* y hace acrobacias muy peligrosas, como bajar barandillas de veinte peldaños o subir bordillos muy altos. A veces, aparece en clase con muletas, cojeando y con un tobillo torcido, y el señor McGraw, nuestro director, le dice cosas como «imbécil» o «una buena lección contra la estupidez». Pero está muy equivocado, Jimi Steele mola.

Especie de realidad Jimi n.º 4: Una vez mantuvo abierta la puerta del laboratorio de Química para dejarme pasar, ¡y me sonrió!
Según Fleur: «Prueba concluyente de que le pones.»

Especie de realidad Jimi n.º 4b: Algunos miembros de LBD (Claude y yo) no estamos seguras al cien por cien de que fuera una sonrisa. Pudo haber sido un eructo, o a lo mejor se estaba acordando de alguna escena divertida de un programa de televisión o algo así.

Realidad Jimi n.º 5: Tiene dieciséis años y está en cuarto. Por eso es tan masculino y maduro, todo lo contrario que los idiotas con voz de pito que cambian cromos de futbolistas y abundan en la zona de los chicos de segundo. Por lo tanto, tengo cero posibilidades de que pase de amigo a novio.
(Y eso si consideramos el eructo que me dedicó en el laboratorio de Química como una muestra de amistad.)
Seamos realistas, a lo mejor piensa que soy una niña. Seguramente prefiere estar con una chica que pueda decir que va a Astlebury sin que a sus padres se les salgan los

ojos de las órbitas o la obliguen a ponerse un jersey de cuello alto y unas bragas de cuerpo entero.

Cuando sea mayor y necesite una terapia carísima y rehabilitarme en Arizona como hacen todas las famosas, a Loz y a Magda Ripperton les zumbarán los oídos.

Estoy enamorada de Jimi Steele. Se me mete en la cabeza y enreda en ella todo el día, y a veces también por la noche. Aunque él no sabe que existo, lo que no deja de ser deprimente, sobre todo porque paso la mayor parte del tiempo con Fleur Swan, que necesita un palo untado con excrementos de animales para ahuyentar a los chicos. Todos ellos saben que Fleur existe. Es el tipo de chica a cuyo paso suenan las bocinas de los coches o a la que los mocosos de sexto de primaria envían cartas de amor perfumadas con loción para después del afeitado. Una vez entró en el comedor con la blusa del colegio más ceñida que tiene (la que hace que parezca que esconde dos gominolas debajo) y un chico de cuarto se echó el zumo de naranja por la oreja. Y sí, amigos, encendería el horno de gas y me asaría la cabeza lentamente si no fuera porque normalmente está tan estresada con los chicos como yo.

—¡Odio a los tíos! —exclama, tumbada boca arriba en su cama—. ¡Se acabó! A partir de ahora ya no me van a gustar.

Teniendo en cuenta que tiene catorce años y que le gustan la mitad de los alumnos de segundo de bachiller, no me creo ni una palabra de lo que dice.

Debería estar contenta, pero no lo está. Su frenética vida amorosa le cuesta tantas lágrimas, noches en blanco y uñas mordidas, como a mí mi caótica y ridícula justificación de que tengo una. Los hombres de Fleur desaparecen de escena tan rápido como aparecen, lo que, aunque parezca extraño, sucede normalmente tras conocer al señor Swan y ser recibidos con uno de sus famosos: «Te estrangularé y me haré una pantalla de diseño con tu piel si te atreves a ponerle la vista encima a mi hija.»

—Nunca llegarás a ninguna parte con Jimi si no empiezas a dejárselo claro —me aconseja meneando la cabeza.

—Ya —murmuro, e intento cambiar de conversación—. Bueno, ¿y qué hay de ti y Dion? Aún no me has puesto al día.

—¡Ah, sí! El jueves me acompañó a casa —admite con voz trágica—. Y nos dimos un buen morreo en la puerta del jardín; ya sabes, de los que se da vueltas a la lengua —me explica moviendo la suya, que está llena de chocolate, para hacerme una demostración—. Me dijo que me enviaría un mensaje el viernes, después del partido de futbito, pero no lo hizo. No sé qué pasó.

—¿Desaparecido?

—Evaporado.

—¿Has mirado en el sótano?

—¿Qué?

—Nada, nada —contesto, pasándole otra revista.

«Pobre Dion», pienso, mientras me lo imagino secuestrado, cargado de grilletes y muerto de hambre en la bodega-cárcel del malvado Paddy. Todo el mundo sabe que no se puede sobrevivir comiendo insectos; no tienen suficientes proteínas.

Entonces, sucede algo trascendental.

Mi vida cambia para siempre

Pi, pi, piii. ¡Otro mensaje! Es Claudette.

> ¿POR QUÉ ESTÁ JIMI STEELE HABLANDO
> CON TU PADRE EN EL PUB? CONTESTA YA.
> ¡¡GRITOOOO!!! CLAUDE 20:21

¡¡¡Gritoooo!!!

Los siguientes cinco minutos son un tanto confusos. Primero, Fleur y yo comenzamos a dar botes moviendo las manos y gritando. Abro y cierro la boca en un intento por expresar lo que me alucina la noticia, pero no me sale ni una palabra. (Pongo cara de bacalao feliz.)

Fleur no para de gritar una y otra vez: «¡Dios mío!» y «¿Qué querrá?», insertando algún ocasional «¡Ya está, Ronnie! ¡Ha llegado el momento!», para intensificar el efecto histerismo.

21

Finalmente recobro el aliento.

—¿QUÉ ESTÁ PASANDO? ¿Por qué estará hablando con mi padre? —pregunto. (Dios mío, que mi padre no le haya dicho que por qué no lleva unos vaqueros de su talla, imploro para mis adentros.)

—¿No lo ves? —dice chillando—. Ha ido a preguntarle si le parece guay que salga contigo. Es TODO un caballero. ¡Qué detallazo! ¿Qué vas a hacer?

Hay pocos momentos en la vida tan excitantes, felices o absolutamente fabulosos como los siguientes trescientos segundos. Me siento en la cama de Fleur, consciente de que Ronnie Ripperton, la colegiala, la leyenda, la astuta, jamás volverá a ser la misma.

—Esto..., perdona —me grita Fleur, y consigue distraerme de un impresionante ensueño en el que estábamos Jimi y yo en nuestro palacio de amor de veinte dormitorios, en Las Vegas (comprado con los millones ganados en el Campeonato Mundial de Skateboard)—. ¿A qué estás esperando? Ve ahora mismo a tu casa a enterarte de lo que está pasando —me grita al tiempo que una de mis zapatillas de deporte me pasa por encima de la cabeza.

¡Ah, el amor! Cuando salgo, incluso le regalo una gran sonrisa a Paddy y me despido jovialmente con la mano.

—Hasta la próxima, señorita Ripperton —dice Paddy de forma inquietante mientras avanzo por el camino del jardín—. Y, créeme, Veronica... habrá una próxima vez —grita a mis espaldas, y después suelta una atronadora y teatral risa diabólica.

Creo que el señor Swan ve demasiada televisión.

Pégame un tiro, por compasión

1.00 h: Mañana no pienso ir a clase.

Esperaré hasta que no haya nadie a la vista y me largaré con el primer circo que pase. (Me sirve cualquiera de ellos, o alguna feria ambulante. Bueno, excepto el Circo Nacional Chino, que no tiene leones ni tigres ni elefantes que bailen ni nada, sólo malabaristas y acróbatas. Vaya muermo. ¿Quién narices quiere verlos? Los adultos me alu-

22

cinan. Cuando yo gobierne el mundo, cualquiera al que sorprendan haciendo equilibrios con un plato sobre una caña y animando a la gente a que le aplauda, será puesto bajo arresto domiciliario y se le confiscará la vajilla.)

No podré volver a ir al colegio ni ver a Jimi ni a LBD nunca más; no después de lo que ha pasado esta noche. Me siento totalmente humillada. De hecho, es la una de la mañana y casi no puedo hablar de ello sin vomitar.

Suspiro profundo.

Bueno, me fui corriendo a casa con la esperanza de pillar a mi padre en un momento en el que no hubiera nadie para interrogarle sobre cada uno de los segundos que había estado con Jimi y enterarme de todas sus jugosas palabras y frases, de cualquier movimiento de ceja o gesto de sus manos.

Vale, merecía la pena intentarlo, incluso sabiendo que mi padre es normalmente más que nulo para ese tipo de cosas. Una vez, mi madre lo dejó solo durante tres días, después de una bronca sobre un frigorífico nuevo, y mi padre se enteró de que se había ido cuando unos clientes le dijeron que llevaban cuatro horas y media esperando el asado de los domingos.

Así que tampoco esperaba que siguieran hablando en la puerta del pub. Jimi vestía unos pantalones del ejército extra anchos, de color verde oscuro, con los bajos hechos jirones y una camiseta sin mangas de Final Warning. (Siempre conoce a los grupos enrollados antes que nadie en el colegio. Está muy en la onda.) Llevaba el pelo de punta y sujetaba a Bess, su tabla de *skate*, bajo el brazo.

(¡Ostras!, sé el apodo de su tabla. Me estoy convirtiendo en una acosadora. Dentro de nada me compraré una gabardina negra y unos prismáticos.)

Mi primera equivocación fue que aparecí con una engreída expresión de «Chicos, sé que estáis hablando de mí» dibujada en la cara

No me hicieron ningún caso.

O, al menos, no se enteraron de mi llegada. Simplemente siguieron hablando.

—Ah, la Fender Stratocaster. Menuda guitarra —decía Loz con voz monótona.

¡Noooo! Otra vez con el rollo de cuando estuvo en el mundo de la música.

«Corre, Jimi —pensé—. Sal volando. Conozco a gente a la que le han salido telarañas oyendo esas historias. Pírate. Sálvate. Para mí es demasiado tarde.»

Pero no lo hizo, parecía fascinado.

Incluso participaba haciendo comentarios sobre amplificadores, acústica y cuerdas de guitarra. Así que me quedé allí, sonriendo como una Barbie a la hora del té, unos..., bueno, menos de un año, hasta que se percataron de mi presencia.

—¿Qué tal..., esto..., Bonnie? —dijo Jimi. (Mientras intentaba acordarse de mi nombre se le pusieron vidriosos los ojos. Se equivocó. Mal comienzo.)

—Hola, cariño —me saludó mi padre—. Este joven me estaba preguntando si podía utilizar el salón de celebraciones para ensayar con su grupo.

«Vaya, no vamos a Las Vegas», pensé.

Entonces, en el momento en el que me estrellaba, abrasaba y estallaba contra una vergonzante bola tóxica, mi padre cerró el trato como sólo los padres saben hacerlo.

—Le estaba comentando que así podré ofreceros algo de música a ti y a tus amigas, ya que no vais a ir a Astlebury. ¡Ja, ja!

Felicidades, papá, acabas de asesinarme. Me has ahorrado el trabajo sucio. Sólo podrías haberlo mejorado llevándolo a ver mi cesta de la ropa sucia. Tenía las mejillas tan rojas que se podrían haber hecho huevos fritos en ellas.

Pero, no os preocupéis, gracias a mi rapidez de pensamiento y a una buena dosis de estilo y delicadeza conseguí darle la vuelta a la situación. Con gran serenidad, me humedecí los labios, miré a mi padre directamente a los ojos y dije suavemente:

—Hum, bueno, papi, ya hablaremos de ese tema. La gorda no se ha pronunciado todavía.

Después me volví hacia Jimi y le susurré con firmeza, pero muy sexy: «Nene, soy Ronnie, no Bonnie. Será mejor que te aprendas ese nombre, ricura, porque vas a pronunciarlo un montón de veces muy pronto», antes de entrar contoneándome triunfalmente en el Viaje Alucinante.

● ● ●

No. Un momento. Me estoy confundiendo. Eso no fue lo que pasó.

Es todo verdad hasta el trozo de «no vais a ir a Astlebury», ante lo cual apreté los labios y gruñí: «¡Grrr! ¡Arghhh! Ughhh!», antes de irme a mi cuarto tratando de pasar inadvertida.

He borrado de mi memoria el trozo en el que estuve un minuto intentando empujar la puerta de la que había que tirar, mientras Jimi me miraba con pena.

(OBSERVACIÓN A MÍ MISMA: «¡Grrr! ¡Arghhh! Ughhh!» no son palabras. Bueno, al menos no son las que nadie utilizaría delante de una persona que le gusta.)

2.00 h: Algo malo está pasando. Loz y Magda hablan en voz alta en el salón. Estoy segura de que he oído llorar a mi madre, lo que es absolutamente ilógico. Mi madre no llora, ni siquiera cuando hace sopa de cebolla. Pero estoy convencida de que estaba sollozando y que mi padre le gritaba: «Es demasiado tarde, Magda.» «Nunca lo es», replicaba ésta.

Luego se oyó un portazo.

Después, mi padre la siguió al dormitorio y la discusión continuó.

—¡Bah! Sólo tú dirías algo así —le gritó mi madre—. Es típico de ti, egoísta. Sólo te preocupa cómo te sientes tú.

«Eso no es del todo verdad», pensé, pero decidí con gran sensatez permanecer bajo el edredón y no convertirlo en un debate a tres bandas.

—¡Pero si estoy pensando en ti! No sólo en mí. En todos nosotros. No me parece conveniente a estas alturas —insistió mi padre.

Completamente de acuerdo, es muy tarde. Son las dos de la mañana.

No me extraña que tenga unas ojeras del tamaño de Perú: vivo con un monstruo de la naturaleza y su señora. No sé exactamente por qué, pero la riña que oí me pareció algo muy extraño. Para mí es normal pelearme con los dos, pero no me gusta que lo hagan entre ellos.

2

Haz que suene el tambor del amor

El señor McGraw exhala uno de sus característicos suspiros. Prolongado y deliberadamente lúgubre, como un zepelín agujereado que cayera abatido a tierra.

El director del colegio Blackwell sube al estrado. Golpea dos veces el micrófono con el dedo, tap, tap, y produce un chirrido en el anticuado sistema de megafonía que ensordece el horrorosamente abarrotado polideportivo. El señor McGraw (o «Espabilao», como se le conoce habitualmente, o «Prozac Mac», como le llaman los chicos más crueles) contempla acongojado a un público de seiscientas personas.

Casi puedo oír sus pensamientos: «Jesús bendito, aunque sólo sea por una vez, ¿no podría llamar alguien para decirme que se han puesto enfermos todos al mismo tiempo?»

Paseo la mirada por la fila de diez miembros del profesorado con cara compungida a los cuales han pedido que estuvieran presentes en la Asamblea. Parece que estén en otro mundo, inmersos en esos pensamientos especiales que la mayoría de los profesores tiene entre las nueve y las nueve y media en todos los colegios.

Es evidente que a la señorita Guinevere, la subdirectora, le gustaría estar en su camita tomándose una taza de té con leche y resolviendo el críptico crucigrama del *Guardian*. La distorsionada cara del señor Foxton, el nuevo profesor de música, evidencia la terrible resaca que padece. Bueno, lo que deja ver de su cara, porque prácticamente la sujeta con las manos. El hecho de que (según los rumores que corren por el colegio), a sus veinticuatro años, siga yendo entre semana a los pubs con los amigos y se quede hasta las DIEZ Y MEDIA bebiendo cerveza y riéndose, me mola. Eso hace que me resulte más divertido verlo aguantar toda la Asamblea para después dirigirse con paso inseguro a una clase de dos horas de campanas y percusión con alumnos de sexto de primaria. El resto de los profesores simplemente mantiene la mirada al frente, en una especie de trance depresivo.

Los alumnos de primaria están mosqueados y no paran de moverse, en gran parte debido a la hora (las 8.45. ¡Por el amor de Dios, pero si algunos de nosotros todavía llevamos marcas de la almohada en la cara y legañas en los ojos!) y a que en el pabellón flota un acre cóctel de olores a pies, pedos y cera barata para suelos. El polideportivo de este colegio ni siquiera es lo suficientemente grande para poner seiscientas sillas, así que, mientras que los alumnos de tercero y cuarto consiguen un asiento, los de segundo tenemos que apañárnoslas sentados en cuclillas en la parte delantera, amontonados unos sobre otros en el suelo.

La verdad, tengo muchas ganas de pasar curso para poder sentarme en un asiento decente y aguantar una asamblea sin sentir un galopante hormigueo ni tener las costuras del de delante metidas en la cara. Todo el mundo parece haber olvidado la norma de desconectar los móviles y un trillón de pitidos tecno y tonos *hip hop* se entremezclan en el espacio aéreo.

—Qué cruz me ha dado Dios —murmura el señor McGraw entre dientes antes de levantar una peluda mano para pedir silencio—. Buenos días, niños.

—Buenos días, señor McGraw —contestamos todos y empezamos a cantar la canción cuarenta y dos del cancionero para niños *Voces felices, vidas felices*. Es muy alegre y habla de cosas como tocar el tambor del amor y abrazar el mundo.

—No tengo ningún motivo para abrazar el mundo —me quejo a Claude, que ha apoyado el cancionero sobre su generoso pecho, para el que necesita un sujetador de talla grande.

28

—Calla, calla. A mí ésta me encanta, es una de mis favoritas —chilla poniendo el volumen de su boca en ALTO y saboreando cada una de las palabras del estribillo.

Mientras el resto de los alumnos de Blackwell cantan con voz monótona, ella la sube y la baja, dando a cada sílaba el énfasis adecuado y su ración de entusiasmo.

—Haz que suene el tambooor del amooor. Quierooo daarle un gran abrazooo al mundooo.

Me guiña un ojo y empieza a mover las manos y a dar palmadas, contenta de que todo el polideportivo nos esté mirando. Me entra tal ataque de risa que casi me meo. Incluso los superenrollados de cuarto empiezan a soltar risitas.

La señorita Guinevere levanta la vista de la partitura, en un principio encantada de que una alumna ponga pasión, hasta que sus ojos se detienen en las LBD y se da cuenta de que, a un lado del pájaro cantor, yo me revuelco por el suelo barnizado, y al otro, Fleur le está enviando a Dion una suplicante carta de amor por el móvil.

Si tuviera que hacer una síntesis de Claudette Cassiera y de por qué es tan flipantemente fabulosa (y una de las chicas más guay del cosmouniverso), éste sería un buen ejemplo. Con su uniforme inmaculado (tres cuartos, calcetines blancos virginales y chaqueta), uñas limpias (nada de esmalte puesto a hurtadillas) y la cara *au naturel* (simplemente un lozano cutis de ébano y exuberante pelo castaño recogido en dos cuidadas coletas, sujetas por borlas asimétricas), Claude es el paradigma de la picardía extrema, enmascarada por un aspecto de profunda bondad natural.

Un maldito truco muy útil que sólo una auténtica lince es capaz de poner en práctica.

Evidentemente, nadie puede recriminarte que disfrutes demasiado cantando rancias y tontas canciones de fuego de campamento, como *Voces felices*.

Pues claro que no.

Eso sería como que te castigaran por pedir más deberes de Francés.

O que te expulsaran por correr los cien metros muy rápido.

En muchos sentidos, Claude Cassiera es más lista que un bocadillo de sesos: siempre hace bien los exámenes, entrega los deberes a tiempo y en clase nos regala a los simples mortales media hora de escaqueo, por medio de largos debates intelectuales que mantiene con los profes.

«Pero, señor Reeland, ¿cómo es que la antigua Yugoslavia se vio envuelta en una guerra tan devastadora? ¿Fue simplemente por una cuestión de fronteras o por problemas de luchas religiosas profundamente arraigadas?» Ésta es una de las preguntas típicas de Claude, que suele formular subiéndose las gafas con el dedo índice.

¡Bieeen!

Ni que decir tiene que la cara del viejo Reeland se ilumina entonces de puro éxtasis. Seamos francos: se ha pasado los tres primeros trimestres enseñando a niños que no saben encontrase el culo ni con un mapa; así que empieza a enrollarse, cambia de diapositiva en el proyector, busca en su cajón un recorte de periódico que Claude pueda leer en casa, mientras el resto de la clase se dedica a hablar, dormir, tirarse cargas de tinta o dibujar colitas y la parte delantera de las chicas en los libros de Ciencias Sociales.

A los profesores les encanta, la adoran, la idolatran y jamás detectan la capacidad para hacer diabluras que esconde su cara angelical.

—Y cada redoble del tambooor es como si nuestros corazooones latieraaan a la veeez —canta, mientras se vuelve hacia el resto de las LBD y añade un «¡Venga, todos juntos!», para quedar bien.

Me acuerdo a menudo del pequeño incidente que protagonizó un cálido miércoles de verano cuando estábamos en sexto de primaria y tuvo la brillante idea de que las LBD pusiéramos caldo de carne concentrado en todos los picaportes de las puertas del colegio, con lo que conseguimos manchar las manos de cuatrocientos niños y profesores con una olorosa sustancia marrón. En aquella ocasión se libró con un simple castigo de diez minutos.

—Me resulta difícil creer que esté implicada en algo así, Claudette Cassiera —murmuró el señor McGraw, más deprimido que nunca—. Blackwell se siente muy honrado con su presencia; precisamente se lo comenté a su madre en la charla que mantuvimos el otro día...

En cambio, a Fleur y a mí nos hizo limpiar el estanque del colegio durante tres semanas. Incluso cuando Claude le aseguró que lo del caldo de carne se le había ocurrido a ella, se limitó a ponerle un brazo en el hombro y le dijo que intentar encubrir a sus dos compañeras era una muestra de lealtad y generosidad de espíritu.

Evidentemente ya no volveremos a hacer una cosa tan infantil y patética como ésa. Ni hablar. Ahora somos Las Bambinas Dangereuses, llevamos sujetador y tenemos novio (a veces), pero merece la pena comentar esta injusticia para que veáis el hechizo que posee Claude Cassiera. Tanto ella como su hermana mayor, Mika, tienen reputación de ser unas «niñas encantadoras»; de hecho, la señora Cassiera no puede ir por la calle sin que algún adulto la pare para comentarle alguna de las bondades de sus hijas. Huelga decir que Magda Ripperton no tiene ese problema.

N. B. Todo aquel que esté pensando en dedicarse al asesinato en serie, al secuestro o a entrar en el hampa, sólo tiene que ponerse algo verdaderamente elegante, como el uniforme de un colegio, con calcetines muy blancos. Por lo visto, no te condenan ni por asesinato.

—¡Ha bloqueado mi número! —grita Fleur—. ¡El cerdo de Dion me ha bloqueado! ¡Mirad!

La frase «ACCESO DENEGADO» parpadea en el móvil.

Rechazo tecnológico. Eso le va a doler.

—Gracias, Colegio de Blackwell, ha sido muy... bonito —comenta el señor McGraw cuando finalmente conseguimos llegar al final de la estrofa diecisiete de la canción del tambor—. Bien cantada.

Eso ha sido una mentirijilla.

Entonces empieza a regañarnos durante doce minutos sobre las cosas que realmente le molestan en el colegio, una buena oportunidad para que todo el mundo, incluidos los profesores, se echen una siestecita. Yo intento mantenerme despierta hasta que siento que se me cierran los párpados. Los trozos que pillo son:

- «Alumnos que aún no han pagado la excursión para ir a esquiar.» Al parecer, «el Colegio Blackwell no es un banco» y «no puede financiar por adelantado los viajes.»
- «Alumnos que esperan los autobuses escolares fuera de la zona designada a tal fin, creando con ello una potencial "trampa mortal".»
- «Alguien que ha puesto en duda la autoridad de la bibliotecaria a la hora de imponer castigos, lo que le ha provocado un disgusto y el caos en el sistema de catalogación.»
- «Algún depravado que ha estado robando bollos de pan del comedor y comiéndoselos en la parte trasera del polideportivo. Se han encontrado migajas.»
  (Nota: A pesar de los espantosos crímenes mencionados anteriormente, se ha optado por no llamar a la Interpol.)

—Puede que se trate de un error. Voy a enviarle otro texto —susurra Fleur.

Claude y yo hacemos una mueca, pero ella decide ir de cabeza hacia su autodestrucción.

—Y finalmente, por diversos motivos no habrá..., ¡ejem!, fiesta de fin de curso en junio. (Tos.) Bueno, eso es todo por hoy. Formen fila y salgan en silencio —nos apremia el señor McGraw metiéndose una pluma plateada en el bolsillo de su chaqueta tweed de color verde botella.

Nadie se mueve.

Un creciente murmullo se extiende por todo el polideportivo.

—¡Vaya ! —dice un alumno de tercero, accidentalmente a propósito, en voz alta.

—Perdone, señor McGraw —grita Ainsley Hammond, un pálido espécimen de la banda de los siniestros de cuarto—. ¿Por qué no va a haber fiesta?

—¡Eso! —corea una docena de voces.

—¿Por qué? ¿Por qué señor McGraw? —pregunta la gente.

—Buena pregunta, Ainsley —contesta éste al tiempo que vuelve su grisácea cara hacia la señorita Guinevere—. Quizá quiera explicárselo la subdirectora. Yo tengo que ir urgentemente a una reunión...

La señorita Guinevere le lanza una mirada que parece decir: «En esto estás solo, colega, y si me metes a mí te mataré a golpes de sandalia.»

—Está bien chicos, os lo explicaré... —accede, dándose por vencido.

Pasea la vista por el malhumorado público. ¿Qué demonios va a decir? Todo el mundo sabe que el director odia esa fiesta con toda su alma.

¿Hablar de trivialidades con padres sin ningún interés? ¡Qué divertido! ¿Esquivar cubos de agua y tartas lanzadas por una causa benéfica? ¡Sí, por favor! ¿Ser juez en el concurso «Adivina el peso de la tarta de frutas, de la planta de yuca o del niño obeso»?... Intercambiar cumplidos con antiguos alumnos que traen a sus hijos al colegio y que ganan mucho más que él, es de por sí desconcertante, pero no tan aterrador como la habilidad que manifiestan para ¡SEGUIR FASTIDIANDO A SU DIRECTOR QUINCE AÑOS DESPUÉS DE HABER DEJADO BLACKWELL!

No es que no le guste la fiesta del colegio, es que Edith, la secretaria que echa fuego por la boca, tiene que pincharle y darle empujones todos los días de enero, febrero, marzo y abril para que la apunte en el calendario escolar.

Según cuentan, no era así como Samuel McGraw había imaginado su vida. Todo el lío de ser director ha sido un absoluto y espantoso error.

—Debería haber sido poeta o astronauta —se le oyó quejarse una vez a la señorita Guinevere mientras caminaban fatigados hacia sus coches tras un largo día de trabajo—. Sin embargo, por culpa de haber tomado el desvío equivocado en la autopista de la vida, he acabado discutiendo sobre el peso, hasta el último miligramo, del pastel de frutas de la señora Parkin. ¡Ah!, y esquivando cubos de agua. Espero que en la otra vida me vaya mejor. Peor que ésta no puede ser.

No me malinterpretéis. No estoy diciendo que los alumnos de Blackwell seamos un montón de bichos raros mojacamas que piensan que la fiesta del colegio es uno de los momentos estelares de sus vidas, comparable a... digamos unos pases VIP a Eurodisney, o asistir a la entrega de premios musicales de la MTV, o algo absolutamente fabuloso por el estilo. No, nuestra fiesta es bastante divertida, y nos gusta que se celebre por razones que no son la adicción a la tómbola o a la limonada casera.

En primer lugar, suele celebrarse en sábado, así que podemos hacer una personal demostración de *fashion*, lucir nuestro vestuario más guay y sorprender al sexo opuesto apareciendo como la parte «después» y no la de «antes» de una sesión de maquillaje tipo «Deshazte de ese aspecto anticuado». En la del año pasado, las LBD nos pasamos semanas planeando qué ponernos. Finalmente, Fleur fue con unos shorts y unos zapatos de tacón de ocho centímetros (con los que pinchó el castillo hinchable y consiguió que el señor McGraw casi se echara a llorar).

En segundo lugar, se puede llevar maquillaje. Bueno, al menos las chicas (además de Ainsley Hammond y los siniestros, que suelen llevar más pintalabios y colorete que una modelo en una noche de fiesta).

En tercer lugar, todo el colegio parece más sexy (algo nada difícil), el sol brilla (ideal para que la gente esté deseosa de amor de verano), los profesores parecen más calmados (en gran parte debido a la caseta de la cerveza) y los padres están entretenidos con la demostración de los perros policía (como había dicho, la fiesta NO es precisamente una entrega de premios de la MTV): condiciones todas que favorecen extremadamente el ligue. Lo que la convierte en una legendaria velada morreostástica. ¡Todo el mundo se morrea! Incluso yo ligué una vez. ¡Sí, yo! Vale, fue con un chico de segundo que se llamaba Adrian y que, como dijo Fleur en el tercer trimestre, tenía la frente como una antena parabólica, pero aquellos nueve minutos que pasamos con los brazos alrededor del otro y moviendo los labios fueron una experiencia superexcitante (aunque a nuestra técnica en besuqueo no le hubiera ido mal una puesta al día).

Sin embargo, hay algo absolutamente delicioso en esa celebración, que garantiza una mezcla de cursos poco frecuente. Por regla general, durante la reunión previa, los chicos sexys de cuarto utilizan a las pintamonas de segundo como yo de reposapiés. Pero cuando la fiesta llega a su punto culminante y empieza a funcionar la realmente modesta discoteca (sólo hasta las nueve, por desgracia), no sólo se disfruta del placer de ver bailar a los profesores (la mayoría tienen más de treinta años y deberían dejar de fingir que les gusta la música moderna sólo para parecer enrollados, dan lástima), sino que hay una pasada de gente besándose. Todas las horas invertidas en flirtear, mover las pestañas, halagarse unas a otras por los modelitos escogidos y disfrutar «irónicamente» del castillo hinchable, tenían que acabar por fuerza en algo positivo. Y si la dama de la fortuna te sonríe, bueno, puedes acabar uniendo tu boca a la de un yogurcito al que le has echado el ojo hace meses. Este año, me había fijado en Jimi Steele (pero ahora tendré que conformarme con alguien con quien mi padre, metepatas profesional, no haya arruinado todas mis posibilidades).

—Le recordaré un pequeño detalle, Hammond —replica enérgicamente el señor McGraw—. La fiesta del año pasado fue un desastre. Por si su memoria le traiciona, le recordaré que ese mismo día se celebró un partido Inglaterra-Alemania, y pocas familias demostraron lealtad a Blackwell. ¿Nadie se acuerda de aquel fiasco? —pregunta empezando a entusiasmarse—. ¡Fue un horror! Y encima tuve que pagar ocho libras para ganar en la tómbola una botella de ouzo que yo mismo había donado. —Algunas chicas de sexto de primaria sueltan una risita tonta y, cuando se dan cuenta de que se les están hinchando las venas del cuello, cambian la burla por asentimientos comprensivos con la cabeza.

—¿Y qué hay de todo el dinero que conseguimos para obras benéficas? —replica Ainsley.

¡Ja, eso le ha desmontado los argumentos!

—Hum... bueno, tendremos que buscar otras formas para continuar con nuestra labor caritativa. Si a alguien se le ocurre alguna «buena idea», esto... que se ponga en contacto con la señorita Guinevere para discutirla con ella.

La señorita Guinevere sonríe con desgana. ¡Cómo me gustaría verla echarle la bronca al infeliz carcamal en cuanto entren en la sala de profesores!

Esta mañana, mientras abría las cortinas de la habitación y veía a mi madre en zapatillas vomitando en el cubo de la basura (¡qué asquerosidad! Así aprenderá a no comer vieiras caducadas; un día u otro tenía que ocurrirle), he pensado que la vida no podía ser más sombría.

Me equivocaba.

En primer lugar, no hay Astlebury ni morreos en Astlebury; después, nada de Jimi, y evidentemente ni hablar de enrollarme con él; y para finalizar, no hay fiesta ni besos sexys discotequeros. ¿Qué más nos tendrán guardado los adultos? ¿No poder hablar con los chicos? ¿Burkas obligatorios para las menores de dieciocho años?

Si todo sigue como en estos dos últimos días, cuando tenga treinta y siete años seguiré viviendo con Loz y Magda en una caja de zapatos en el Viaje Alucinante, con los labios sellados por falta de uso y las tetas jamás tocadas por mano humana (aparte de las mías).

Este mundo no merece la pena.

—¿Y quién más? —pregunto, escondiendo la cabeza bajo el edredón de Fleur.

—Hum, veamos... —contesta Claude, mientras hojea el último número de *New Musical Express*—. Los grupos confirmados para el Festival de Astlebury son, ejem, Flaming Doozies.

—¡Me encantan! El cantante enciende fuegos artificiales en el escenario.

—Y Long Walk Home también ha confirmado su asistencia —continúa leyendo.

—Acabo de comprarme su CD —comenta Fleur apenada, mientras se depila las cejas, con una tira de crema decolorante en el labio superior.

Es un poco como el puente Forth de Escocia, que siempre lo están reparando. No hay un día en que una parte de su ser no necesite que la pinten, depilen, arranquen con pinzas o froten. En cuanto deja una zona impecable, otra necesita ser acicalada urgentemente.

—Esto no te va a gustar —vaticina Claude—. Spike Saunders es la actuación estelar del sábado por la noche.

Fleur y yo dejamos escapar gritos de rabia, como cerdos apuñalados. O mejor, como miembros de LBD totalmente deprimidas que acaban de descubrir que el cantante más guapo, sexy, increíblemente dotado y completo de toda la historia va a tocar en un lugar al que les han prohibido ir. (Perdona por serte desleal, Jimi. Se lo has puesto difícil, pero te ha ganado por un pelo.)

—Dime que no es verdad. No actúes sin que yo esté presente —suplica Fleur ante la pared dedicada a carteles de Spike que hay detrás de la cabecera de la cama. Éste le sonríe mostrando una dentadura perfecta, como diciendo: «Colega, ya sabes cuánto quiero a LBD, pero me pagan una pasta. No te preocupes, me han dicho que el estanque de las focas de Penge es muy bonito en esta época del año.

Fleur y yo nos sentamos en silencio unos diez minutos con la mirada perdida, mientras Claude lee tranquilamente, apretando a *Larry* contra su pecho.

—Rrrr, rrr, rrr —ronronea el gato.

—Bueno, me alegro de que al menos alguien esté contento —comenta Fleur, enfurruñada.

—Venga, que no es para tanto —la reprende Claude—. Las vacaciones de verano están al caer.

—La misma vida deprimente, sólo que con más calor —replica Fleur.

Permanecemos calladas un rato más y, finalmente, Fleur le pregunta a Claude:

—¿Y qué excusa se inventó tu madre para no dejarte ir a Astlebury?

—Bueno... la verdad es que al final no se lo dije —masculla ésta.

—¿QUE NO SE LO DIJISTE? —gritamos Fleur y yo tirándole un buen surtido de ositos de peluche y almohadas.

—¡Es inútil! A Mika no le dejó pasar una noche fuera hasta que tenía casi diecisiete años. Ya sabéis cómo es. Quiere tenernos en casa, presentes y formales. Ni siquiera le gustan las fiestas en pijama, por si pasa algo malo.

No exagera, su madre es muy protectora. Creo que es porque sólo son tres.

—Querida... —se ríe Fleur con tanta condescendencia como es capaz una chica que se está decolorando el bigote—. Tu hermana Mika empezó a pasar noches fuera a los dieciséis. Por lo tanto, el deber de las hermanas menores es rebajar la prohibición a los catorce. Eres una floja —se burla de ella.

Claude parece un poco herida.

—Mira quién fue a hablar. ¿No son Joshua y Daphne mayores que tú? Anda, dime otra vez adónde vas este verano. Ah, ahora me acuerdo, A NINGÚN SITIO.

«¡Aghhh! —grito para mis adentros—. Cómo me gustaría tener un maldito hermano o hermana mayor o, en realidad, uno menor, o alguien que me diera un respiro en casa.»

He intentado quejarme a LBD de mi trágico estatus de hija única un montón de veces, pero no he logrado nada.

Fleur siempre dice que en los últimos catorce años de su vida, lo más que se ha acercado a Joshua, su hermano de diecisiete, es cuando éste se tira un pedo en la mano, se lo echa a la cara y se va corriendo muerto de risa. Sin embargo, su hermana de diecinueve, Daphne, es alguien de quien se puede estar más orgulloso. Está pasando un año sabático en Nepal, toda una aventura. Seguramente, a algunos de sus amigos los habrán devorado los leones o pisoteado los elefantes, lo que no deja de ser morbosamente guay. Bueno, al menos para mí lo es, ya que, como hija única, llevo una vida insulsa y solitaria. En mi familia, el mayor acontecimiento del año es cuando llega un nuevo tipo de patatas fritas al Viaje Alucinante.

—Al menos podrías haberle preguntado —la regaña Fleur.

—Bueno, ninguna de las tres va a ir a ninguna parte, así que para qué —grita Claude perdiendo la paciencia.

—Y ahora tampoco tengo novio —gime Fleur mirando el móvil otra vez con labios temblorosos—. Ya no hay nada que me emocione. Ni siquiera la fiesta del colegio. El festival de música iba a ser la gran oportunidad de mi vida —concluye entre sollozos.

Vale, en esto tiene razón.

—Muy bien —interviene Claude—. Pero si realmente queremos ver música en directo, conocer a gente a la que le guste la música, y no nos dejan salir de la ciudad más que a misiones vigiladas de reconocimiento de focas, ¿por qué no dejamos de compadecernos de nosotras mismas y hacemos algo positivo al respecto?

—¿Como qué? —pregunta Fleur, enfurruñada.

—Bueno... ¿por qué no montamos nuestro propio festival de música como sustituto de la fiesta del colegio?

La miramos completamente estupefactas.

—¡Eh! —exclama Fleur al cabo de treinta segundos—. ¿Y quién tocaría en ese concierto? ¿Spike Saunders? ¿O ese día estará muy ocupado?

—No, él no —contesta Claude con firmeza—. Pero el grupo de Jimi Steele es muy bueno, ¿verdad, Ronnie?

—Esto... sí. Son estupendos —digo acordándome del día que tocaron unas cuantas canciones en la asamblea y Jimi llevaba una camiseta ajustada que dejaba ver unos abdominales perfectos y bronceados, y un ombligo ligeramente salido. La idea de Claude empieza a gustarme.

—¿Y qué os parece Pasarela, el grupo de Panamá Goodyear? —continúa Claude.

—Bueno, son muy populares... Cantan y bailan y todo lo demás —digo poniendo cara de circunstancias.

Por si no sabéis de quién estamos hablando, Pasarela es un grupo pop de cuarto, formado por la irrefutablemente guapa Panamá y cuatro de sus coleguitas igualmente despampanantes y atractivos: dos chicos y dos chicas. En su tiempo libre, cuando no está frenéticamente ocupada con sus obligaciones como chica matona de la clase o fanfarroneando sobre su carrera de modelo, intenta forjarse un porvenir como aspirante a estrella pop internacional. Ninguna fiesta de fin de curso o reunión del colegio está completa sin una canción, o cinco, de Pasarela. Empezaron juntándose después de las clases y, antes de que nos diéramos cuenta, estaban dispuestos a comerse el mundo.

«Hay gente muy importante interesada en nuestra música», se vanagloria siempre que encuentra a alguien dispuesto a escucharla.

«Sí, el departamento de contaminación acústica del Ayuntamiento», murmuró Claude una vez tras tener que aguantar otra de sus actuaciones. Lo que les falta en talento lo compensan de sobra con pinta mona y vestuario de diseño. Odio tener que decirlo, pero hay un montón de gente a la que le gusta.

—Sí, a la gente del colegio les encanta, son imprescindibles —admito.

—¿Sabéis a quién me gustaría ver? —dice Fleur, sorprendentemente optimista para ser alguien a quien la idea de Claude le parece un rollo—. A Toque de Difuntos, el grupo de Ainsley Hammond. No tengo ni idea de lo que hacen, pero al parecer llevan una guitarra eléctrica, percusión metálica y un carillón.

—¡Qué interesante! —exclama Claude sonriendo. En cuestión de segundos ha dado por finalizada su riña con Fleur, demostrando el verdadero espíritu de las LBD—. Y aparte de los grupos del colegio, seguro que hay un montón de los que no sabemos nada. Podríamos hacer audiciones —asegura con voz triunfante.

—Buena idea... —aprueba Fleur.

Todas notamos que va a haber un «pero».

—Pero..., ¿cómo demonios vamos a convencer al viejo Prozac McGraw para que nos deje montar un festival de música en el colegio? Es imposible, ¿no? —dice arrugando un entrecejo limpio de espinillas—. Aborrece la música, odia a sus alumnos, no le gustan las aglomeraciones y no soporta ningún tipo de diversión.

—Ah, Fleur —dice Claude, sonriendo maliciosamente y acariciando el lomo de *Larry* hasta que prácticamente explota de placer—. Deja que me ocupe yo de nuestro viejo amigo.

3

La copa se comslica...

Son las nueve y veinticinco y acabamos de llegar a una clase de dos horas de Ciencias.

Es el amanecer de otro de «los días más felices de mi vida», frase que mi madre utiliza cuando me saca a empujones de casa todas las mañanas para enviarme al colegio.

Su descripción no deja de ser irónica, ya que, según mi abuela, mi madre hacía un montón de novillos allá en los años ochenta y sólo iba a clase si la perseguían con una «vara». A pesar de que estaba muy calentita bajo el edredón y tras intentar fingir una fiebre glandular, aquí estoy, sentada en mi banco, impaciente por emprender algún tipo de actividad vital con mecheros Bunsen y pipetas.

Todo un cumplido para el señor Ball, el profesor de Ciencias.

Finalmente, a las nueve treinta y cinco, después de un buen cotilleo con Fleur y Claude sobre qué zapatos deberíamos comprarnos para el próximo trimestre (tacón o no tacón, ésa es la cuestión), la puerta del laboratorio se abre y la parte superior del cuerpo de nuestro profesor se hace visible.

Tiene la frente arrugada y parece confuso.

—Esto..., ¿me toca con vosotros? —pregunta, y después mira su reloj.

—No, señor —le miente Liam Gelding.

—¡Ah! Perdón —se excusa cerrando la puerta otra vez.

A través de la ventana vemos que el Bala desaparece por el pasillo de primaria en busca de una clase con chicos que tienen menos granos en la cara. Los treinta y dos alumnos se deshacen en tímidas risas. «¡Funciona!» La broma de Liam ha estado corriendo de boca en boca por todo el colegio. No hace falta mucho esfuerzo para engañar al señor Ball, así que los chicos suelen tomarle el pelo a costa de sus despistes. Si quieres saber cualquier cosa sobre física cuántica, alunizajes o la evolución del ser humano a partir del mono, es la persona adecuada: te dejará patidifuso con la capacidad intelectual de su cerebrito. Sin embargo, si le preguntas a qué clase le toca ir o incluso dónde ha aparcado el coche por la mañana, no se acuerda de nada.

A pesar de todo, a mí me cae bien; creo que ser un poco despistado es algo bueno.

—Eres muy malo, Liam Gelding —susurra Claude moviendo la cabeza e intentando no sonreír—. Ve a buscar al Bala y dile que tenemos clase con él hasta las diez treinta y cinco.

Por alguna extraña razón, Liam Gelding, que tiene los ojos verdes, pelo corto y lleva un pendiente de plata bastante sexy, está mucho más atractivo y dulce este trimestre. Sin embargo, en este preciso momento ha echado por tierra todo su encanto, pues ha empezado a hurgarse en la cavidad nasal izquierda con un dedo. No se atreve a mirarla a los ojos porque sabe que tiene razón.

—Estará en Administración llevándose una buena bronca de Edith. Esta mañana estaba de lo más enfadada. Pobre hombre —le reprende Claude. Liam tiene la mirada perdida y el dedo índice hundido hasta el nudillo—. Además, la semana pasada estuvo de baja por gripe. Debe de estar terriblemente débil —añade en tono melodramático.

La fuerza de voluntad de Liam comienza a resquebrajarse y se levanta.

—¡Vale! ¡Vale, Cassiera! Tú ganas, iré a buscarlo —asegura, riéndose.

Resulta increíble de qué buena gana responden los chicos a los deseos de Claude desde que le crecieron las tetas.

Sin embargo, es demasiado tarde. El señor Ball ha vuelto. Debe de haber encontrado sus horarios. Siempre

42

me ha dado la impresión de que se parece un poco a un osito científico de peluche: es bajo y gordito y lleva una poblada barba, un buen mostacho y abundante pelo en el pecho, que le sobresale por la parte de arriba de su arrugada bata blanca de laboratorio. Ninguna de las que tiene le queda bien; normalmente lleva desabrochados los tres botones de arriba, dejando al descubierto varios centímetros de sus grisáceas camisetas de tirantes. Como de costumbre, está totalmente descolocado por la bromita de Liam.

—¿Sois de segundo o de tercero? —pregunta, aún no muy convencido.

—De segundo —respondemos todos a coro.

Coge el libro de ejercicios de uno de los chicos de la primera fila y lo abre por la última página escrita.

—¿Qué estuvimos haciendo en la clase anterior? ¿Cristales o langostas?

—¡Cristales! —gritamos.

Las langostas, que descansan tranquilamente en sus cajas al fondo del laboratorio, dejan escapar un suspiro colectivo de alivio.

—¡Ah! Ya sé por dónde íbamos —asegura con una amplia sonrisa que intenta abrirse paso entre su barba.

Lo aclamamos y prorrumpimos en aplausos. Se pone manos a la obra rápidamente y reúne a toda la clase, incluidas Fleur, Claude y yo, alrededor de la mesa de experimentación para que observemos su nuevo truco.

Que yo recuerde, el último fue destilar unas fibras azul claro, ¿o eran verde oscuro?, en un frasco cónico con unos polvos blanquecinos.

(Creo.)

Después, tras calentar el contenido del matraz, descubrimos que el líquido transparente (no me enteré del nombre) en el que el señor Ball había puesto las fibras había cambiado de color. Se volvió azul o verde.

(No estoy muy segura.)

Ese experimento demostró sin duda que...

Vale, lo admito. NO TENGO NI IDEA DE LO QUE DEMOSTRÓ. No le estaba prestando atención. Tampoco lo estoy haciendo ahora, a pesar de que el señor Ball parece echar espuma por la boca a causa del entusiasmo que le provoca la formación, tras siete días, de una costra de color turquesa en la pared del matraz cónico.

—Esta reacción química demuestra algo muy interesante.

La verdad es que me gustaría que me explicara cómo es posible que haya estado sentada en esta clase durante lo que me han parecido cuatro horas y el reloj del laboratorio insista en decir que sólo son las nueve cincuenta y uno.

Me encantaría que me gustaran las ciencias, pero no me hacen ni fu ni fa. En sexto y séptimo de primaria no parecía tener importancia, pero ahora me doy cuenta de que me estoy quedando atrás, y no sé cómo ponerme al día.

¿Qué hago?

Pedirle al señor Ball que me dé unas clases extra es como firmar para que me sometan a tortura medieval o algo parecido. Puede que hasta me hiciera ir al aula 5, la de «enseñanza especial», un lugar en el que a nadie le apetece que le vean. Liam Gelding tuvo que pasar allí una temporada el año pasado para repasar Lengua y Matemáticas, y, cuando volvía con nosotros a clase, todo el mundo le cantaba: «Enseñanza especial..., enseñanza especial...», con la música de una canción de los Beatles, hasta que se ponía rojo como un tomate.

Los niños pueden ser muy crueles. Eso es lo que siempre dicen los adultos. Por desgracia, la mayoría de los de este colegio creen que es una norma, algo así como: «Los niños deberán ser crueles a todas horas durante las clases y en especial durante los recreos y horarios de comidas.»

No pienso decirle a nadie que no entiendo nada, no merece la pena. Supongo que una de las cosas buenas de las clases de Ciencias es que el señor Ball está siempre tan ocupado destilando cosas, pasándolas por pipetas y manoseando tubos de ensayo, que se puede tener una buena charlita, aunque en susurros. Sin embargo, hoy me siento un poco más apagada que de costumbre. Me alegro de que las LBD estén aquí para poder desahogarme un poco.

Algo huele a chamusquina en el Viaje Alucinante, les cuento a Fleur y a Claude mientras nos apiñamos alrededor del microscopio para mirar lo que se supone que tenemos que estudiar. Estoy ligeramente mosqueada de que ni mi madre ni mi padre me hayan dicho lo que pasa. No me cabe duda de que no se hablan, a pesar de que en la última semana no los he visto juntos en la misma habitación como para poder confirmar su silencio.

Lo noto. Soy mucho más lista de lo que creen.

Por ejemplo, anoche, después de volver dando un paseo de casa de Fleur, me puse a buscar una camisa limpia en el cuarto de la lavadora para plancharla, y le grité a mi madre, que estaba preparando unos nabos en la cocina:

—¿Sabes dónde está mi camisa de manga corta del cole?

—No estoy segura —contestó—. Pero las de manga larga están en la secadora. ¿Para qué la quieres?

Hasta ahí, todo bien.

—Bueno, papá dice que mañana hará mucho calor...

¡Gran equivocación! ¡Maldita sea! Me la imaginé frunciendo los labios, ensanchando las aletas de la nariz y reduciendo los ojos hasta convertirlos en dos rayas cargadas de veneno.

—Bueno, entonces será mejor que hagas caso a tu padre, ya que parece tener línea directa con el departamento de meteorología de la BBC —me cortó, al tiempo que echaba finos trozos de nabo en una enorme cazuela llena de agua hirviendo.

Siempre que mamá y papá discuten, «papá» se convierte de repente en «tu padre», como si me hubiera empollado él solito en una cesta en la parte trasera del Viaje Alucinante y ella no hubiera tenido nada que ver en el asunto. Es como si mamá quisiera distanciarse de él y, de paso, de nosotros, el clan Ripperton, utilizando palabras intencionadamente escogidas. Sin embargo, esta vez la cosa parecía mucho más seria. Su voz demostraba que estaba herida de verdad, como si mi padre le hubiese hecho algo tan horrible, que era mejor que ni me enterase.

—¿Te pasa algo? —le pregunto de camino a la cocina.

—No —contesta forzando una débil sonrisa—. Nada en absoluto. Si quieres que te planche la camisa, déjala encima de la secadora. Lo haré en cuanto hayamos hecho la caja.

—Vale, pero ¿qué pasa con...? —comienzo a preguntar, pero me interrumpe el teléfono de pedidos de la cocina.

Esta mañana temprano, antes de salir camino del colegio, le he pedido a mi padre el dinero para la comida. Estaba sentado en el salón del pub, todavía en pijama, sorbiendo una gran jarra de té y leyendo el *Daily Mirror*. Había decidido perdonarlo por la metida de pata del día anterior, fruto de su acostumbrada torpeza en la mayoría de las situaciones en las que hay gente. Después de todo, no se puede esperar otra cosa de él. Además, también quería que me diera el dinero con la mínima complicación posible.

—Así pues, Ronno, ¿qué tienes hoy?

—¡Puaj! Dos horas de Ciencias. Y después Ética, creo. Un peñazo. Ahora estamos dando teología, ya sabes, el sentido de la vida y todas esas cosas.

—Ah, el sentido de la vida... ¿Y qué te parece? —ha murmurado mientras yo me colgaba la mochila a la espalda y echaba a andar hacia la puerta—. Anda, Ronno, hazme un favor. Si le encuentras sentido a la vida, llámame al móvil, a eso de las cuatro.

—Por supuesto. Hasta luego.

Ha continuado hablando con voz lo suficientemente alta como para que lo oyera decir:

—Al menos tendré algo en qué pensar en la cárcel después de estrangular a tu madre.

Creo que era medio en broma.

—¡Aghhh! ¡Es horrible, Ronnie! —chilla Fleur mientras sujeta los cristales de color turquesa bajo el microscopio para que todas podamos participar de la maravilla. El señor Ball pasa entre los pupitres para intentar impedir que los niños más tontos los chupen, ya que son... venenosos—. Necesitas ayuda psicológica —susurra muy seria—. Eres prácticamente una niña maltratada. ¿No te das cuenta de que Loz y Magda descargan su agresividad sobre ti cuando discuten? Puede que necesites un asistente social.

—No, no creo —aseguro moviendo la cabeza y mirando la lluvia a través de la ventana. La línea directa de mi padre con el departamento meteorológico de la BBC debe de estar estropeada—. Además, esta mañana me ha dado cinco libras para la comida, en vez de dos cincuenta, y me ha dicho que por él podía gastarme sus ganancias en pestañas postizas. No creo que a eso se le pueda llamar ser una niña maltratada, Fleur.

Se queda un tanto molesta.

—Aun así, necesitas un poco de terapia —asegura, esperanzada—. De esa en la que se nada con delfines en Israel y se llora un montón. Lo he leído en *Marie Claire*.

—Lo que necesitas —nos interrumpe Claude— es dejar que tu padre y tu madre se aclaren y no meter las naringas donde no te llaman.

(N.B.: «naringas» es la palabra que utilizamos las LBD para referirse a la nariz. Por ejemplo, si vemos a alguien con una enorme, nuestras normas dictan que hay que decir: «Naringaaaas» en voz muy alta y chillona, rezando para que la persona con la «Grossen narizen» no esté familiarizada con nuestra terminología.)

—Hum..., creo que sé de qué hablas.

En ese momento, con las gafas que se pone en el laboratorio, Claude tiene un aspecto de lo más autoritario.

—No cabe duda de que están peleados, déjalos que discutan. Tu padre y tu madre hacen una buena pareja, Ronnie. Se quieren un montón, todo el mundo lo sabe. La semana que viene querrán dejarte otra vez con tu abuela para irse a uno de sus románticos fines de semana.

Todas soltamos una risita tonta y fingimos que nos metemos los dedos en la garganta. No quiero ni imaginarme lo que hacen mis padres en sus escapadas a hoteles parisinos y sitios parecidos, pero espero que pasen el tiempo mirando la tabla para planchar pantalones de la habitación y contemplando el Sena, y no haciendo nada demasiado «romántico». ¡Aghhh!

—Bueno, en cualquier caso, necesito que me prestéis absoluta atención durante las próximas semanas —continúa Claude—. Tenemos un frenético programa de actividades por delante. Vais a ser las dos mi mano derecha.

Santo cielo, sé exactamente de lo que está hablando. Sabía que no iba a dejar que nuestra conversación sobre la fiesta del colegio se quedara en una mera ilusión. No es su estilo.

—No podemos, Claude.

—No lo dirás en serio, ¿verdad? —pregunta Fleur con cara de creciente preocupación.

—Es imposible —aseguro.

Clava en nosotras su terrorífica y arrolladora mirada.

—No lo es —asegura Claude—. Iremos a ver al señor McGraw en el primer recreo para contarle nuestros planes sobre Blackwell en Vivo.

Hace una pausa para disfrutar del nombre con el que ha bautizado el concierto. Se le ha ocurrido esta madrugada a las tres y cuarto, sentada en la cama del apartamento 26 de Lister House.

Ayer por la noche, muy tarde, mucho después de que las LBD hubieran reído, fantaseado, bailado y cotilleado hasta quedar exhaustas sobre lo fantabuloso que sería convertir la fiesta del colegio en un superespectáculo local de pop rock; mucho después de que me fuera a casa, viera a mi madre y me quedara dormida, y horas después de que Fleur hubiera acabado con su máscara facial con vitamina E de acción prolongada y puesto el CD *Cantos de ballenas* para dormir, Claudette Cassiera seguía despierta. Estuvo dándole a la cabeza hasta las cuatro de la mañana. Como os podréis imaginar, sus «maquinaciones» son de lo más terroríficas. Implican montones de hojas de papel, esquemas radiales, dibujos y garabatos, así como la aparición en escena de una de sus infames listas de «COSAS QUE HAY QUE HACER».

¡Dios mío! Acaba de sacar una de la mochila, y el punto uno reza:

1. CONCERTAR UNA CITA CON EL SEÑOR MCGRAW PARA PLANTEARLE BLACKWELL EN VIVO.

¡Y hay una cruz al lado! ¡Ya lo ha hecho!

—Eso tengo que verlo —dice Fleur con sonrisa de satisfacción.

—Me parece muy bien, porque vas a venir conmigo —contesta Claude—. Necesito todo el apoyo de LBD para inclinar la balanza a nuestro favor (frase que borra radicalmente la sonrisa de la cara de Fleur). Por supuesto, necesitaremos que te comportes con amabilidad, en plan colegiala y como un ser humano normal durante veinte minutos. ¿Puedo contar contigo, Swan?

Fleur se echa a reír y le saca la lengua.

—¡Eh! Tendré que hacer algo más que decirle «gracias» y «por favor» al señor McGraw para que vuelva a caerle bien —dice Fleur riéndose.

—Es posible, pero intentarlo no nos hará ningún daño.

—¿Crees que debería pedirle disculpas otra vez por aquel gigantesco recibo que le enviaron de...?, esto..., ¿cómo se llamaba? Ah, sí, Castillos en el Aire, los de los castillos hinchables.

—Pues no estaría mal... —Claude se calla y cambia de opinión—. Bueno, la verdad es que, ahora que lo pienso, mejor no lo menciones. De hecho, no digas nada, limítate a sonreír.

Fleur cruza los ojos y esboza una gran sonrisa que deja ver su dentadura y encías al completo; el hecho de que lleve lápiz de labios color ciruela en los dientes consigue que la imagen sea espeluznante—. Muy bien, Fleur, muy auténtico —aprueba, y luego vuelve su atención hacia mí—. Ronnie, eres mi única esperanza. En cuanto hayamos entrado en la oficina del señor McGraw tendremos que estar muy unidas para conseguir nuestro propósito.

—¿Qué te parece si nos lo montamos de poli bueno y poli malo? —pregunto, sintiéndome de repente muy intrigante.

—No —me corrige—. Mejor nos lo montamos de buena alumna y alumna supersumisa.

—Vale, ¿puedo ser la primera?

—Pues claro.

Cuando las LBD mantenemos reuniones para planificar algo, somos de lo más civilizado.

Tenemos ya algo parecido a un plan y ninguna ha necesitado llamar a nadie «cabeza hueca» o meterse con su pelo. Por desgracia, nuestro progreso se ve interrumpido por un suceso sin importancia.

El señor Ball ha bajado de la tarima y se pasea por los pupitres olisqueando el aire.

—¿Alguien está comiendo caramelos? Estoy seguro de que huele a chocolate, a chocolate con leche. —Sus super-sensitivas narices comienzan a temblar—. Vamos, que lo saque el que lo tenga. Ya sabéis lo que pienso de traer caramelos al laboratorio de química.

Sí, señor Bala, todos sabemos lo que piensa de ellos en general.

Le encantan. Se rumorea que el señor Parker, el dueño del quiosco más cercano, se compró un Volvo nuevo el año pasado gracias a la adicción del Bala a las gominolas, los bombones y las chuches con sabor a Coca-Cola.

De repente, pilla masticando al pobre Sajid Pratak, un botarate que está en uno de los pupitres de la parte de atrás.

—¡SAJID! —le grita.

—Gggseñor —contesta éste.

—¡Traiga aquí esos caramelos!

El pobre se acerca penosamente hacia él y le entrega una bolsa arrugada.

En cuanto vuelve a su sitio, el señor Bala señala la pizarra con una mano, mientras su otra peluda zarpa comienza a hurgar entre los caramelos y los hace desaparecer en un claro de su selvática cara.

—Está prohibido traer dulces al laboratorio, Sajid. Hum, sobre todo, ñam, ñam, estas delicias cubiertas de chocolate. No es nada aconsejable comerlas aquí, pues podéis tener las manos manchadas con peligrosos productos químicos. Se os podrían disolver las tripas.

Por desgracia, es lo que sucede siempre que el señor Bala, que no tiene fuerza de voluntad, encuentra caramelos en su clase. En primer lugar los confisca, ya que está paranoico con que nos envenenemos, y después acaba zampándoselos todos. Aunque luego, atormentado por la culpa, compra otros como compensación y se los da a su víctima en la siguiente clase.

Las LBD ponen cara de circunstancias y dejan escapar una risita.

—Deje de quejarse, Pratak, y siga copiando ese experimento hasta que acabe la clase... —RRRIIINNNGGG, suena el timbre—, como acaba de suceder en este mismo instante —dice con sonrisa de alivio.

Todos empezamos a recoger.

—Adiós, clase de tercero —nos grita, saliendo a toda prisa hacia la sala de profesores antes de que algún molesto estudiante de magisterio en prácticas le birle su confortable silla de al lado del radiador—. Hasta pronto.

—¡Segundo! —gritamos todos.

Pero ya se ha ido.

En busca del gran fiestón

—¿Y qué vamos a decirle? —pregunta Claude toda preocupada cuando nos dirigimos hacia la guarida del señor McGraw.

A la hora del recreo matinal avanzamos en zigzag entre la masa que forman mil alumnos. ¡Agh!... acabo de ver a Jimi en el patio del colegio con dos colegas, Aaron y Naz. Por suerte, este último está dándole toquecitos al balón, lo que me permite pasar sin que me vea. Vuelvo a sobresaltarme cuando diviso a Panamá y a dos de sus compinches, Abigail y Leeza, cerca de una de las puertas por la que tenemos que entrar. Como manda la tradición, las chicas le lanzan miradas asesinas a Fleur, sólo porque es más alta y más guapa que ellas. Están murmurando alguna tontería: que es una «larguirucha», su forma de ataque habitual. La mayoría de las chicas se deprimirían ante un insulto como ése, pero ella no les hace caso. Está protegida contra las maledicencias y sortea las situaciones comprometidas con la cabeza bien alta, lo que parece espolear aún más a sus atacantes. De todas formas, hoy da igual, porque vamos a toda prisa. Fleur y yo tenemos que acelerar para poder mantener el paso, cada vez más resuelto, de Claude. En este momento nos acercamos peligrosamente a las puertas del pasillo que lleva a Administración, una especie de sanctasanctórum situado en el centro del colegio, que alberga los despachos del señor McGraw y la señorita Guinevere, además del de Edith, la secretaria (y dragón con aliento de fuego a tiempo parcial).

No puedo creer que nos esté trayendo aquí.

Nadie entra en este pasillo por voluntad propia.

No, aquí te envían; bueno, para ser más exactos, te meten a la fuerza en él cuando te pillan con las manos en la masa.

La verdad es que, para ser un sitio tan terrorífico, es bastante bonito. En general, la decoración del colegio tiene un predominante color a barro verdoso, amarillo cerumen y marrón diarreico. Sin embargo, estos cien metros de pasillo lucen un suelo de mármol blanco, encerado a diario, unas paredes color turquesa claro y pantallas de cristal con dibujos opacos. Parece como si hubiera llegado un equipo de decoradores de escenarios para televisión, se hubieran gastado todo el presupuesto en este lugar y hubiesen decorado el resto del colegio con catorce libras y media.

—Bueno..., debo reconocer que no he preparado lo que vamos a decirle —confiesa Claude mientras llama a la puerta de madera de teca encerada del señor McGraw—. Y, por cierto, he olvidado comentaros que no vamos a ver solamente al señor McGraw, sino también a la señorita Guinevere. He pensado que es mejor que estén juntos. Ya sabéis, para matar dos pájaros de un tiro.

Fleur y yo nos miramos presas de un absoluto terror.

De repente, me entran unas ganas terribles de ir al servicio.

Pero es demasiado tarde, han abierto.

—Ah, Claudette Cassiera, pase, pase... —la invita el señor McGraw con su verdosa cara iluminada por el placer de verla. Es la vez que más entusiasmado le he visto por algo, incluido el invierno pasado, cuando estuvo en una emisora local de radio para decir que el suelo del colegio estaba estropeado a causa de las inundaciones y permanecería cerrado una semana—... y Veronica Ripperton... —añade con una sonrisa más débil, seguramente fijándose en que llevo calcetines de color crema hasta los tobillos, en vez de los reglamentarios blancos de canalé hasta las pantorrillas—. Ah, y Fleur Swan. Qué encantadora..., esto, ¡qué sorpresa! —miente, sin duda acordándose de los castillos hinchables, los concentrados de caldo de carne y toda una colección de faltas menos graves que podría tener presentes.

52

Claude le da un codazo a Fleur, que, en el momento preciso, esboza una enorme sonrisa de oreja a oreja y le hace un gesto con la mano. Parece que estuviera sirviendo comidas en un vuelo de Virgin Airways.

Entramos en fila india en la oficina y nos quedamos de pie, rígidas, bajo un arco que hay frente al escritorio.

—Por favor, señoritas, siéntense —nos pide, señalando con una floritura de la mano unas sillas que normalmente están reservadas a los padres.

¿Qué?

¿Que nos sentemos?

¡Ja, ja! Qué diferente es esta oficina cuando no se está en ella por ninguna travesura como la del caldo concentrado.

¡Increíble!

De repente, alguien llama a la puerta. La señorita Guinevere entra y se queda detrás de nosotras.

—Siento llegar tarde, Sam, esto... señor McGraw —se excusa con un marcado acento dublinés.

Parece un miembro de la realeza; lleva una falda larga de terciopelo negro, un chaleco con gran profusión de flores y una blusa blanca de lino; su corto pelo de color castaño rojizo está salpicado de cabellos grises que brillan como el platino.

—Por favor, señorita Guinevere, siéntese en mi silla —la invita Claude, que se ha dado cuenta de que no hay sillas suficientes y se ha levantado. De pronto, es la persona más alta y poderosa en la habitación.

Muy astuta.

—Bueno, Claudette, ¿qué podemos hacer por ti? —le pregunta el señor McGraw—. Era algo sobre un concierto que querías organizar, ¿no es así?

Está estudiando un papel en el que se distingue la arremolinada escritura de Edith.

—Sí, señor. Una velada musical al aire libre con los músicos del colegio. Ya sabe, una especie de oportunidad para que puedan actuar los talentos locales. Además de una buena ocasión para recaudar dinero para obras de beneficencia...

¡Santo cielo!, dicho así, me temo que ese día estaré muy ocupada lavándome a mano el tanga. Con todo, llevamos ya cinco minutos de reunión y todavía no nos han echado.

—¿Y en qué músicos había pensado? —la sondea—. Me he enterado de que los de la Sociedad Campanóloga han perdido gran parte de sus ayudas desde que el señor Cheeseman se fue del colegio para incorporarse a su nuevo puesto. Sin embargo, siguen tocando y repartiendo alegría. ¿Tendrán cabida en el programa?

—Pues..., bueno... —contesta Claude poniendo cara de espanto.

—También me he enterado de que la señorita Nash, del departamento de Música, ha enseñado al coro con el que ensaya a la hora del almuerzo unos maravillosos y armónicos madrigales isabelinos —continúa el señor McGraw.

—Veronica, apunta eso —me pide Claude, sólo para causar buena impresión—. Parece de lo más interesante.

«¿ESTÁS LOCA?», anoto en mi libreta y se lo enseño a ella y a Fleur. Esta última casi se echa a reír, pero en el último momento consigue disimular con una gran sonrisa.

El señor McGraw y la señorita Guinevere nos observan atentamente.

—Bueno, en realidad será una fiesta con todo tipo de músicas y ritmos —dice Claude, que empieza a hacer campaña con mayor intensidad—. Ya sabe, canto, rap, baile. Habrá grupos de rock, de pop y...

—¿Música pop? —se extraña el señor McGraw con el mismo tono de voz que se emplea para decir «mierda de perro» cuando uno se la encuentra en la suela de los zapatos.

—Sí, claro, y otras cosas —asegura Claude.

En ese momento comienza a esgrimir anticuados argumentos de adulto sobre la «moral del colegio» y «cómo dar buen nombre a Blackwell», pero creo que el señor McGraw ni siquiera la escucha.

Está mirando por la ventana, con cara de tristeza, seguramente imaginándose el colegio lleno de jóvenes maleantes que bailan, se tiran hacia el público desde el escenario, tocan la guitarra a todo volumen, se besan unos a otros y se lo pasan de muerte. Resulta irónico, ya que es exactamente lo mismo que nosotras vemos desaparecer delante de nuestras narices.

—Bueno, señoritas —comienza a decir, trazando una raya con bolígrafo rojo en el trocito de papel que tiene delante—, no creo que las instalaciones de Blackwell sean un lugar adecuado para organizar un festival como...

Empieza a soltar lo que parece una prolongada queja, pero no consigue llegar muy lejos.

—A mí me parece bien —interviene la señorita Guinevere con ojos centelleantes—. Sería como un minifestival de música local —continúa entusiasmada—. ¡Qué buena idea! ¡Puede ser la bomba!

Su marcado acento hace que suene como «bombo». Y en ese contexto, ninguna de nosotras está muy segura de lo que ha querido decir, aunque parece algo con lo que se pueden hacer unas risas.

Las tres le ofrecemos unas enormes y aliviadas sonrisas.

—A nosotras también nos lo parece. Será absolutamente fantabuloso.

—¿Cómo? —pregunta la señorita Guinevere.

—Que será muy divertido —le explica Claude.

—¡Ah!, ahora te entiendo.

El señor McGraw se enfurruña, resopla; después pone el codo izquierdo sobre la mesa y apoya la cabeza con tristeza en la mano, justamente al lado de una fotografía en blanco y negro en la que parece totalmente deprimido junto a su igualmente lúgubre esposa, Myrtle. Nuestro director vuelve a lanzar un suspiro tipo «no puedo más» desde lo más profundo de su ser.

—Mirad, lo que estáis proponiendo no es como hacer un picnic en el parque —se queja—. Hará falta una larga, ardua y compleja planificación, un trabajo duro, y sobre vuestras jóvenes e inexperimentadas espaldas recaerá una gran responsabilidad. No creo que tres niñas de tercero sean capaces de hacer algo así. ¿Cómo vais a...?

—Yo las ayudaré —le corta la señorita Guinevere—. No me importa. De hecho, me encantaría participar. Cuando era jovencita e iba a St. Hilda, en Dublín, organizamos muchas obras y conciertos.

El simple recuerdo hace que en su cara se dibuje una gran sonrisa.

—No hay duda de que será todo un reto, pero estoy segura de que estas chicas estarán a la altura.

Señorita Guinevere, ¡usted mola un montón!

—De todas formas, me informarán de lo que vayan haciendo, y así me enteraré de si intentan vender el colegio al sultán de Brunei o quemar las pistas de deporte. Estoy segura de que todo irá bien, señor McGraw.

Todas dirigimos nuestras mejores y angelicales sonrisas hacia el señor McGraw, y éste arruga la nariz en nuestra dirección.

—Bueno, al menos, piénselo —le pide la señorita Guinevere.

El señor McGraw vuelve a mirar a través de la ventana; sin duda está encantado, pues sabe que todas estamos pendientes de lo que diga.

Tras un largo silencio, en el que ha dibujado un árbol en la libreta de los mensajes de teléfono, el «Señor Siempre Negativo» habla finalmente.

—Dinero —dice mientras se pone las manos detrás de la cabeza, satisfecho del impedimento que se ha sacado de la manga—. ¿Cómo piensan costearlo? ¿Pagarán los gastos con sus huchas o están haciendo doble reparto de periódicos?

Sonríe complacido. Acaba de encontrar, cree, el punto débil de Claude Cassiera.

—Bueno, supongo que venderemos entradas —replica ésta—. El concierto será en fin de semana, así que a nadie le extrañará tener que pagar para cubrir gastos.

De momento, Claude parece tener una respuesta adecuada para todo. Me alegro muchísimo de que nadie me haya preguntado nada todavía, ni a Fleur, que parece estar a punto de decirle al señor McGraw que se meta las instalaciones del colegio por donde le quepan.

—Vamos, querida —se burla—. ¿Piensa invitar a los alumnos a que vengan al colegio en fin de semana y que paguen por ese placer? Por favor, señorita Cassiera, si creyera que eso es posible, estaríamos teniendo esta conversación a través de una conferencia desde el chiringuito El Coco Feliz de una playa de Honolulú. Sería millonario.

Vale, su chiste tiene algo de gracia, pero ninguna de nosotras le concede al aguafiestas el placer de que nos oiga reír, sobre todo la señorita Guinevere, que en este momento parece incluso más enfadada que Fleur.

Claude comienza a buscar en una carpeta de color naranja que ha traído y saca una hoja de papel llena de lo que parecen porcentajes y ecuaciones.

—Entiendo su preocupación, señor McGraw, pero si me permite remitirme a los resultados de la encuesta que hicimos en el colegio el año pasado, parece que los alumnos estarían dispuestos a pagar por un concierto si les ofrecemos un espectáculo lo suficientemente bueno.

—¿Encuesta? ¿Qué encuesta? Que yo sepa no se ha hecho ninguna... —protesta, confundido.

La señorita Guinevere capta perfectamente por dónde va Claude.

—Ah, Claudette se refiere a la encuesta del departamento de Educación Física y Social. Ya sabe, la que repartimos entre los mil alumnos del colegio en junio del año pasado.

—Ésa misma —asegura Claude sonriendo—. ¿No se acuerda, señor McGraw?

—Hum... Claro que me acuerdo. Queríamos..., esto... —Se da por vencido—. Por favor, señorita Guinevere, recuérdeme qué queríamos.

—Saber qué les gusta y qué no a nuestros alumnos, y su actitud en el colegio y en sus hogares —le apunta.

—Sí, claro, ahora lo recuerdo... —se excusa rebuscando en los rincones más oscuros de su memoria para encontrar cualquier información sobre aquel proyecto. Finalmente da la impresión de que empieza a recordarlo en parte—. ¿Y qué tiene que ver con esto? Que yo sepa, unos cuantos alumnos hicieron comentarios insolentes sobre mi colección de corbatas y un listillo sugirió que pusiéramos una liana para lanzarse a la piscina. No fue precisamente la Encuesta General del Reino.

—No, pero nos proporcionó muchísima información útil —replica la señorita Guinevere con paciencia, y después se vuelve hacia Claude, que está esperando para leer su papel—. ¿Qué has encontrado, Claudette?

—Bueno, según las estadísticas oficiales de Blackwell, el noventa y cinco por ciento de los alumnos contestaron que principalmente se gastan la paga semanal y el dinero de los trabajos de los sábados en... —se detiene para crear un efecto dramático— música.

La cara del señor McGraw es un cuadro, parece un acertante de la lotería que acaba de descubrir que ha metido en la lavadora el décimo premiado.

—¡Ah! —gruñe.

Claude continúa.

—Compran discos, entradas para conciertos, clases de canto y baile, cuerdas de guitarra, zapatillas de ballet, bajan MP3 de Internet, copian compactos... Ese tipo de cosas. Da la impresión de que este colegio está unido por el amor a la música.

Vuelve a guardar la hoja de papel en la carpeta de color naranja en la que ha escrito con todo descaro «Blackwell en Vivo».

—Muy bien —dice el señor McGraw, enfadado, pues acaba de descubrir que los alumnos sabelotodos son peores que los brutos. Debe de estar volviéndose loco—. Dios mío, qué tarde se ha hecho. Lo siento, señoritas, tengo que ir a clase dentro de dos minutos.

Nuestro director da por terminada la reunión. Evidentemente ya ha oído bastante.

—Volveremos a hablar del asunto —asegura haciendo un gesto hacia la puerta—. Ahora salgan rápidamente. ¿No querrán llegar tarde a clase, verdad?

No podemos hacer mucho más, aparte de reivindicar nuestros derechos como okupas y negarnos a abandonar su oficina.

Claude parece alicaída. Guarda la carpeta de color naranja en su mochila negra, da las gracias a los dos profesores y se dirige hacia la puerta. Fleur y yo la seguimos de cerca. Pero mientras la señorita Guinevere la mantiene abierta y nos mete prisa a las descorazonadas LBD, nos susurra entre dientes: «No os vayáis. Esperadme fuera un momento», antes de cerrar y dejarnos en el pasillo.

—Por un momento he creído que lo había engatusado —dice Claude con los ojos un poco enrojecidos—. Lo tenía contra las cuerdas. Sólo necesitaba unos cuantos golpes más y...

58

Por suerte para nosotras, detrás de la puerta parece haber sonado la campana que anuncia el segundo asalto.

En un primer momento oímos que la señorita Guinevere y el señor McGraw entablan una civilizada discusión, que rápidamente pasa a ser un monólogo de la señorita Guinevere, cuyo volumen va aumentando a cada frase que pronuncia. Desde donde estamos, no entendemos todas y cada una de sus palabras, pero las LBD conseguimos enterarnos de unas cuantas frases fantásticas.

—¡A veces no te entiendo, Samuel! —le espeta, y rápidamente continúa con—: Para moverte necesitas que te metan un cohete por ya sabes dónde.

Claude y yo nos miramos con los ojos como platos, totalmente desconcertadas. Espero que a la señorita Guinevere no se le ocurra abrir de repente la puerta, porque Fleur tiene la oreja pegada a ella con tanta fuerza que sin duda se caería dentro y acabaría empotrada en el regazo del señor McGraw.

Sin embargo, la siguiente parte que oímos es la mejor de todas.

—¡Puedo irme en cualquier momento! —grita la señorita Guinevere, evidentemente sin darse cuenta de que podemos oírla—. No soy la única profesora que lee la sección de trabajos del *Guardian* para buscar un billete sin retorno a Blackwell.

Nos llevamos la mano a la boca para contener un ataque de risa.

Después se hace el silencio en el interior de la oficina y los siguientes minutos pasan muy despacio. Claude se vuelve hacia mí con expresión alarmada.

—Puede que la haya despedido. Ahí dentro no se oye nada —susurra, mira sus brillantes zapatos y después levanta la vista hacia mí—. ¡Dios mío!, ha sido por mi culpa.

En ese momento se abre la puerta y aparece la señorita Guinevere sonriendo calmada y triunfalmente. Junta las manos con seriedad y después apoya una, con las uñas delicadamente pintadas, en el hombro de Claude.

—Muy bien, chicas, adelante —anuncia nuestra subdirectora—. Tenéis cuatro semanas para ponerlo todo a punto. Os sugiero que hagáis el concierto el sábado doce de julio, ya que habrá acabado el trimestre. Empecemos las vacaciones de verano con una buena, ¿qué os parece? —Todas la miramos sin podérnoslo creer—. Pero no tenéis mucho tiempo, así que a partir de ahora hay que tener las pilas puestas todo el tiempo.

Ojalá a alguna de nosotras se nos ocurriera algo que decir.

—¿Cómo habías llamado al concierto en esa carpeta, Claudette? Blackwell en Vivo, ¿no?

—Esto..., sí, señorita —contesta ésta con una gran sonrisa.

—Blackwell en Vivo —repite la señorita Guinevere—. Me gusta, suena bien, ¿verdad? Bueno, como os decía, empezad a trazar el plan de acción, a buscar grupos, cantantes y, bueno, todo lo que encontréis. Después de unos días, me informáis. —Dicho lo cual, se da la vuelta y se aleja haciendo sonar sus tacones por el pasillo de Administración—. Estoy segura de que va a ser la bomba, chicas, la bomba —dice mientras camina—. Mucha suerte con la planificación.

Después desaparece.

—¿Ha pasado todo esto de verdad? —pregunta Fleur, sonriendo no de oreja a oreja, sino desde algún sitio en la parte trasera de su cabeza.

—DIOS MÍÍÍÍO —grito—. ¡Ha salido bien! ¡Ha funcionado! Un momento, ha dicho que sí, ¿verdad, Claude?

—¡Sí que lo ha dicho! ¡Pondremos en marcha Blackwell en Vivo! ¡Lo haremos tal y como lo planeamos ayer por la noche.

GRITOOOOO.

Tras confirmar y volver a asegurarme de que Jimi Steele no está cerca, levanto los brazos, los agito sin importarme nada, grito, doy alaridos y después me uno al resto de las LBD en un baile tipo «Mono marchoso» por todo el pasillo, por los servicios de secundaria y alrededor del estanque.

La vida ha dado un giro fantástico, genial y sorprendente.

Estoy mucho más contenta que anoche cuando abrí el horno y amenacé a mi padre con suicidarme si no me dejaba ir a Astlebury. En el último momento cambié de idea y me hice una patata asada. ¡Me hubiera perdido esto!

Y todavía hay más

Estoy de vuelta en el Viaje Alucinante y acabo de jugar una partida de «Adivina de qué humor estoy hoy» con mi madre. (Por si os interesa, la respuesta de hoy ha sido: «Ausente y enfadada.») Pero esta noche no va a conseguir mosquearme. Sería imposible, después de todas las cosas fantásticas que me han pasado hoy. Por ejemplo, el momento en el que el señor McGraw nos ha visto guardando las bandejas en el comedor después de la comida y se ha visto obligado a decir, con los labios más apretados de toda Gran Bretaña, que estaba muy contento de que nos hubiéramos embarcado en un proyecto tan loable. Ha sido una pasada. Sobre todo porque era evidente que pronunciar esas palabras le estaba produciendo un dolor parecido al de las hemorroides.

Otro momento estelar ha sido cuando hemos pegado los primeros carteles para las audiciones de Blackwell en Vivo en la puerta del polideportivo y hemos visto a los primeros grupos de gente boquiabierta arremolinados para leer los detalles. ¿A que es de lo más?

Por cierto, los carteles dicen:

> ¡AVISO A TODOS LOS CANTANTES, MÚSICOS,
> BAILARINES, GRUPOS DE ROCK
> Y FUTUROS ÍDOLOS DEL POP!
> OS NECESITAMOS EL SÁBADO DOCE DE JULIO EN EL
> CONCIERTO BLACKWELL EN VIVO, EL PRIMER FESTIVAL
> DE MÚSICA DE BLACKWELL
> LAS AUDICIONES TENDRÁN LUGAR EL LUNES VEINTITRÉS
> DE JUNIO, A LAS CUATRO, EN EL POLIDEPORTIVO. SI
> QUERÉIS SABER MÁS DETALLES, PONEOS EN CONTACTO
> CON CLAUDETTE CASSIERA, VERONICA RIPPERTON O
> FLEUR SWAN, O SIMPLEMENTE APARECED Y
> DEMOSTRADNOS LO QUE SABÉIS HACER

En menos de una hora, un montón de gente ha empezado a pararnos en los pasillos, en el patio o en las pistas de deporte para preguntarnos a qué narices estábamos jugando. O incluso aún más divertido, para cantarnos los estribillos de sus canciones favoritas, hacer un poco de *break dance* o contarnos que acaban de aprobar el examen de tercero de piano. Un chico incluso ha saltado desde detrás de la estantería de geografía de la biblioteca y me ha cantado a pleno pulmón:

¿Ha visto alguien a mi chica?,
la de los ojos preciosos,
porque no puedo ocultar
cuánto la quiero

Después ha dado unos pasos de claqué, lo que me habría parecido de lo más halagador si el tipo no hubiera sido Boris Ranking, un chico fuertote de quinto de primaria con el pelo color naranja brillante y unas increíbles pestañas color mandarina, que es el vivo retrato de un ternero de las Highlands.

Después de llegar a un acuerdo con Johnny Martlew —el chico de segundo de bachillerato que ha diseñado la página web del colegio— para que introdujera todos los detalles en la sección «Noticias recientes», y de convencer a Edith de que pusiera una nota en las listas de las clases para que los tutores se lo dijeran a todos sus alumnos, hemos empezado a sentirnos nosotras también un poco como estrellas del pop. De hecho, a eso de las cuatro, todo el mundo hablaba de las LBD. ¡Ha sido genial!

Sin embargo, lo mejor de todo es lo que ha pasado a eso de las siete, cuando estaba tumbada en la cama haciendo los deberes de Francés.

Vale, confieso que no soy de las que los acaban a tiempo y que, después de lo que ha pasado hoy, tenía otras cosas en la cabeza, aparte de pronombres masculinos y femeninos, pero tenía que aprendérmelos. Mañana por la mañana tengo uno de los legendarios test de vocabulario de Madame Bassett y no puedo fallar.

De ninguna manera.

No vale con acertar menos de la mitad. Seguramente la tomaría conmigo durante las dos horas de clase y me haría ponerme de pie y referirle, en francés, todos los complejos detalles de cómo se organiza un festival de música o algo igual de horrendo. ¿Os lo imagináis?

—Esto... *J'aime beaucoup le,* perdón, quiero decir *la musique et...* oh, la, la. *Je ne sais pas...* Esto... *J'ai besoin d'un tente* y *j'aime* las hamburguesas vegetales. ¡Por favor! ¿Puedo sentarme ya? (Me deshago en lágrimas.)

A Madame Bassett le encantaría algo así.

La guarre.

Bueno, es igual. Acababa de abrir mi libro de texto *Tricolore* y estaba enfrascada en una historia muy interesante sobre un hombre de La Rochelle que se llamaba Monsieur Boulanger, que, por extraño que parezca, también trabajaba como panadero (a que mola. ¡Vaya coincidencia!), cuando un gran estruendo ha hecho que el suelo temblara y casi ha tirado todos los osos de peluche que tengo en la estantería.

Me he mosqueado un poco.

No sólo fui la última en llegar a esta familia y me tocó un dormitorio tamaño jaula de hámster, sino que está situado justo encima del salón de celebraciones del Viaje Alucinante. De ahí que muchos domingos por la mañana tenga que aguantar que me despierten ruidosas fiestas de bautizo o que algunas noches no me deje dormir algún lunático beodo cantando *Siempre te querré* en el karaoke.

(Un momento, puede que después de todo sí sea una niña maltratada.)

Vale, para ser sincera, mi padre casi nunca alquila ese salón, ya que según él no merece la pena (creo que se refiere a mis quejas), pero realmente parecía que algo estaba pasando ahí abajo.

PUINGGGG.

Sí, a mí eso me sonó a un enorme y ruidoso *riff* de guitarra.

Así que tras mucho suspirar e ir de un lado al otro de la habitación, culpando a mi padre por mi incapacidad para pasar del nivel dos en aptitud para el Francés, bajé a asomar las naringas y me encontré algo tan maravilloso e increíblemente enrollado que pienso contárselo a mis nietos hasta que se mueran de aburrimiento cuando sea una abuelita de pelo blanco, operada de cadera.

Jimi Steele y los Mesías Perdidos estaban ensayando debajo de mi habitación.

No sabía que mi padre les había dicho que sí.

Durante un segundo me quedé parada e incluso pensé en salir corriendo escaleras arriba, darme una ducha y planchar mi mejor ropa para volver a aparecer totalmente maquillada. Pero hasta yo misma me di cuenta de que aquello era una tontería: para entonces ya se habrían ido. Así que me quedé en la parte de atrás y me dediqué a ver a Jimi y Naz afinando las guitarras y discutiendo sobre acordes. Ya sé lo que dije sobre ser una acosadora, así que intenté estar tranquila, pero me quedé el rato suficiente como para darme cuenta de que el pelo rubio de Jimi había adquirido unos preciosos reflejos color miel desde que empezó el verano. (Estoy segura de que son naturales y que le salen por pasar tantas horas buscando los bancos y pasamanos resbaladizos más guays para poder bajarlos con la tabla de *skate*.)

Me parece tan increíblemente guapo que me pongo mala cada vez que lo miro.

¿Es normal eso?

Sí, ya sé, el amor hace daño, pero ¿también te hace vomitar y sentarte en la taza del váter un buen rato? ¿O soy yo la rarita?

Lo peor de todo es que ni siquiera sé lo que quiero hacer con él. ¿Me apetece besarlo? ¿O sólo quiero salir y reírnos un rato? ¿O encerrarlo en mi habitación y oír música? Puede que sólo me apetezca que me vean guardándole la cazadora mientras está con la tabla o ayudándole con las muletas si se cae, para que el resto de las chicas de Blackwell diga: «¡Mira! Ronnie Ripperton sale con Jimi Steele. ¡Qué envidia!»

¿Es eso?

No lo sé. Lo único de lo que estoy segura es de que quiero tener una mayor presencia en su vida. De todos modos, la última vez que me lo encontré en mi casa, me conformé con mirarlo sin pestañear durante tanto rato que los ojos se me quedaron secos y llenos de pelusas, como los caramelos de frutas que se caen detrás del sofá.

Seguramente no es la mejor imagen que puedo ofrecer.

—Hola, Ronnie —me saludó Jimi.

Glups.

—¡Eh! ¡Es la dueña! —exclamó Naz—. ¿Qué te ha parecido la actuación? No está mal, ¿eh? Sobre todo teniendo en cuenta que el cantante no tiene oído para la música.

Todos, incluida yo, nos echamos a reír. Jimi se sonrojó ligeramente y le dijo que cerrara el pico.

—Bueno, lo que llevo oyendo una hora sonaba como un accidente de coche. ¿Estáis ensayando alguna canción nueva o sólo hacéis ruido?

—¡Aguántala! Se refiere a ti, Jimi.

—Me refería a todos vosotros —le contradije, sonriendo con descaro—. Creía que había una pelea o algo parecido aquí abajo.

Huelga decir que normalmente no soy tan enrollada, sólo lo estaba fingiendo y, no sé cómo, funcionaba.

—Supongo que tendremos que practicar más —se excusó Jimi, mirándome a los ojos.

¡Agh! Me estaban entrando ganas de abalanzarme sobre él.

Entendí lo de «practicar más» como una indicación para que me fuera, pero, cuando llegaba a la puerta, Jimi me gritó.

—Estás de suerte, Ronnie. Le he preguntado a nuestro manager, y el doce de julio estamos libres. Iremos a Blackwell en Vivo. Los Mesías Perdidos podrían ser tu actuación estelar, ¿no?

Se apartó el pelo de los ojos y tocó un si tan alto que hizo que se tambalearan los cimientos dc la casa, mientras Naz lo miraba un tanto confuso, intentando enterarse desde cuándo tenía manager el grupo.

Esperé a que cesara el ruido, ladeé la cabeza y le contesté con mucho encanto:

—Antes, asegúrate de que estás libre el lunes por la tarde para poder venir a las audiciones, igual que el resto. —Después di unos pasos, me di la vuelta y añadí—: Será mejor que practiques un poco la voz, el listón va a estar muy alto.

Acto seguido me escabullí por la puerta y volví a mi habitación mientras el resto del grupo decía: «Ja, ja, ja..., te han cantado las cuarenta, ¿eh, Steel?»

Todo un triunfo, ¿no?

Ah, y esta vez me acordé de tirar de la puerta en vez de empujarla.

4

Lo mejor... Lo peor...

Tras el buen rollo y la marcha de estos últimos días, a las tres de la mañana concretamente me he enterado de a qué se refería mi madre cuando decía: «Las cosas siempre se ven más negras de noche.»

Tonta de mí, siempre había pensado que sólo era la constatación de algo evidente. Por supuesto que todo está más oscuro; de lo contrario, no necesitaríamos lámparas. ¿Cómo íbamos a saber si no cuándo irnos a la cama? Ahora me doy cuenta de que se trata de un pensamiento profundo y coherente y que lo que quería decir era: «Cuando tus problemas te despiertan a medianoche, siempre parecen más sombríos.»

¡Qué verdad más grande!

Anoche me metí debajo del edredón sintiéndome una organizadora de conciertos marchosa y enrollada, que estaba en el séptimo cielo por lo que había conseguido; pero, a altas horas de la noche, el coco se arrastró sigilosamente hasta mí y me metió toda la desconfianza que pudo por el oído.

Por supuesto, la culpa la tiene el señor McGraw.

Era él, el viejo morros grises, quien me había inducido a pensar siempre en el «peor de los casos posibles» ante cualquier tipo de situación, incluido Blackwell en Vivo. Ni siquiera sabía lo que eso significaba hasta que empecé a ir a ese colegio y me enteré de que cualquier paso que eliges dar en esta vida puede acabar siendo el «peor de los casos posibles», si no se es afortunado.

Por ejemplo, el colegio participa en una carrera a campo traviesa en los campeonatos locales. Bueno, podemos ganar cantidad de medallas y que nuestra foto salga en todos los periódicos locales. Todo suena maravilloso, pero, un momento, porque puede suceder «el peor de los casos posibles»: que quedamos detrás del resto de los colegios, nos roban todo el equipo del gimnasio o el autobús tiene un pinchazo y nos tiene que remolcar una grúa.

¿A que no se os había ocurrido?

Un desastre.

O, por ejemplo, en clase de Geografía estás estudiando Jamaica: su exuberante clima tropical, los carnavales y su producto interior bruto. Muy bien. Si tuvieras de profesor al señor McGraw, éste aseguraría que hay muchas posibilidades de que un extraño temporal provoque que la cosecha de bananas se pierda y cause una epidemia de fiebre tifoidea.

¿Te imaginas? A veces la vida es una porquería, acostúmbrate.

Bueno, pues a eso de las tres y cuarto de la mañana del sábado me desperté con ganas de ir al lavabo, pero, no sé cómo, acabé pensando en la historia en la que nos habíamos metido.

No sólo le habíamos prometido al señor McGraw y a la señorita Guinevere, además de a todo el colegio, que íbamos a organizar un fantástico concierto tipo Astlebury con grupos en directo y público enfervorizado, sino que habíamos pegado carteles para las audiciones y hasta habíamos colgado información al respecto en Internet. Todo el mundo hablaba de ello, no había escapatoria.

Cada vez que cerraba los ojos me imaginaba el concierto vacío y a la señorita Guinevere llorosa y enfadada. Nadie quería comprar entradas. De hecho, que yo sepa, ningún grupo se ha apuntado todavía para tocar en nuestro estúpido festival.

Me empezaron a sudar las palmas de las manos.

¿Os imagináis que no acuda nadie?

¿Qué pasaría si el lunes sólo estuviéramos en el polideportivo las LBD jugando al veo-veo durante una hora, para después hacer el paseíllo de la vergüenza de camino a casa?

Nunca lo superaríamos. Vale, debo reconocer que no me preocupa demasiado quedar como una completa fracasada delante del señor McGraw. Al fin y al cabo, tengo tres años de práctica.

Pero ¿Y FRENTE A TODA LA CLASE DE CUARTO? ¿Y delante de los Mesías Perdidos (que acaban de empezar a ensayar en el salón del pub, así que ni siquiera fuera de las horas de clase podría escapar del ridículo que haría)?

—¡Aghhh! —acabé susurrando en alto—. Vamos a ser el hazmerreír de todo el colegio.

(NOTA A MÍ MISMA: Buscar qué quiere decir exactamente hazmerreír. No tengo ni idea de lo que significa. Sólo sé que Magda acusa a alguna gente de serlo y, al parecer, es algo terrible.)

Como podéis ver, a las tres y media estaba metida en un buen lío. De hecho, a las cuatro decidí que mi única escapatoria era atracar la caja del Viaje Alucinante, comprar un billete de ida a Negril en Jamaica e inventarme una nueva vida con una identidad falsa. (Conociendo mi suerte, seguro que llegaría justo a tiempo para la pérdida de la cosecha de bananas y la fiebre tifoidea.)

¿Cómo narices ha podido pasar una cosa así?

Hace cinco minutos Blackwell en Vivo era la mejor idea del mundo.

Le envié un mensaje de texto a Claude, por si estaba despierta (ya sabéis, negociando un tratado de paz para Oriente Próximo, o lo que haga cuando está levantada toda la noche), pero la pequeña C no respondió.

Finalmente decidí encender la tele y ver alguna película horrible de las de madrugada, para olvidarme de mis penas.

Gran equivocación.

Lo único que había a esas horas eran las últimas noticias de la noche de la BBC1, y sólo daban los titulares mundiales. No era lo que se dice muy divertido. En Escocia iba a cerrar una fábrica, y cinco mil trabajadores se iban a quedar en la calle y sin un duro; un río se había desbordado en Rusia, llevándose por delante un montón de gente... ¡Ah, sí!, y un oso panda gigante del zoo de Miami se negaba a comer porque su compañera se estaba muriendo.

Fantástico.

Me quedé peor que antes.

Está claro que el segundo trabajo del señor McGraw podría ser escribir los titulares de la BBC para «el peor de los casos posibles».

La tristeza es buena compañera del amor, así que a eso de las cinco me alegré de oír a mi madre andando por casa, entrando y saliendo penosamente del baño unas cuatro veces y después en la cocina, en el piso de abajo, donde hizo todo lo posible por despertar al vecindario preparándose un tentempié. Oí un plato que se rompía, unas palabras muy groseras que resonaron en la escalera y finalmente que encendía el televisor del cuarto de estar.

Excelente, mi madre ya estaba en marcha.

Me puse una sudadera con capucha encima del pijama y fui a verla para decirle que mi vida era horrible y que necesitaba abandonar el país.

Por desgracia, ella sufría un ataque nocturno de tristeza. Estaba sentada en el sofá, con una chaqueta de lana gruesa, pantalones de chándal y el pelo sujeto en una coleta, viendo los mismos deprimentes programas que yo. En su regazo había un plato con un sándwich preparado de cualquier manera y tenía los ojos ribeteados de rojo, como si hubiera estado llorando.

—¿Qué haces aquí? —le pregunté.

—No podía dormir, cariño. Tenía hambre.

Me senté a su lado y me fijé en que el bocata estaba hecho con las rebanadas de los extremos del pan de molde y por los lados de su creación culinaria asomaban trozos de plátano, salami y pepino.

¡Puaj!

Miraba la televisión con tristeza.

—Idiota de panda —dijo sorbiéndose los mocos—. No quiere comerse el bambú. —Indicó con la cabeza hacia la pantalla, que mostraba a varios empleados del zoo vestidos de caqui meneando la cabeza y ofreciéndole a un enfurruñado oso unas ramas con pinta de estar buenísimas—. A mí me gusta —continuó como si fuera a echarse a llorar—. Con salsa hoisin está muy bueno.

¡Vaya, hombre!

No era la única que quería que alguien le hiciera sentirse mejor. Tenía un aspecto horrible, aunque, todo hay que decirlo, a juzgar por el ruido que hacía, el sándwich estaba consiguiendo alegrarla (sobre todo la capa de encurtidos).

—Ñam, ñam. ¿Qué te ha despertado, jovencita? —preguntó antes de dar otro buen bocado—. ¿Estás trasnochando muchísimo o te has levantado muy temprano?

—Me he ido a la cama, pero me he despertado. Estoy muuuy estresada.

Soltó una especie de risita.

—Hum. ¿Y qué es exactamente lo que te hacer estar así? Sólo tienes catorce años. —Entonces se corrigió rápidamente, ya que habíamos tenido montones de discusiones sobre mi habitual estado de estrés—. Perdona, quería decir ¿qué es lo que te hace estar así ahora? ¿Todavía odias la asignatura de Ciencias?

—Sí.

—Pero estás intentando superarlo, ¿no?

—Sí —mentí.

—Así que no es por eso.

—No. Estoy muuuy estresada. Y esa asignatura sólo me deprime, que es diferente.

—Ah... Así que también estás deprimida... —se burló—. Deprimida y estresada. Bueno, me alegro de comprobar que tomamos una buena decisión al enviarte a Blackwell.

Pasó el dedo por el plato para recoger las últimas migajas.

—Ya sabes que algunas familias se mudan de casa sólo para que sus hijos puedan ir a tu colegio, ¿verdad?

—Sí, me lo has contado mil veces.

Siempre me lo está recordando.

Hay conversaciones, como la de la suerte que tengo de estar en Blackwell, que las hemos tenido tantas veces que podríamos ponerle número a cada una, decirlo y evitarnos preámbulos.

—Yo no tengo la culpa de estar vieja y senil —se excusó fingiendo un enfado. La verdad es que sí que es bastante mayor. Tiene casi treinta y nueve años—. Venga, cuéntamelo.

Lo hice. Le conté todo lo relativo a que las LBD querían ir a Astlebury y ella contestó que no íbamos a ir. Entonces le solté:

—¡Ja!, lo sabía. Hemos pasado al plan B.

—De todas formas, ¿por qué no me preguntaste a mí, en vez de a tu padre? Crees que soy un ogro, ¿verdad?

—No, no lo eres. Simplemente es que... Bueno, vale, a veces sí que lo eres.

Aquello hizo que se pusiera más triste.

No me quedó más remedio que contarle todo lo de Blackwell en Vivo, el plan de Claude, la reunión con el señor McGraw y la bronca que le armó la señorita Guinevere. Eso la alegró muchísimo.

—¡Ja, ja, ja! ¡Que te metan un cohete por ya sabes dónde! ¡Eso es terrible! No deberíais oír esas cosas. La señorita Guinevere puede meterse en problemas. De todas formas, es muy divertido.

Después le hablé de las audiciones, los Mesías Perdidos, la página web, las entradas... No paraba de hablar, y las palmas de las manos me volvían a sudar.

—Tengo mucho miedo, mamá.

Las dos giramos la cabeza hacia la tele.

Cuando me volví estaba llorando de verdad; ríos caudalosos de lágrimas le caían por las mejillas.

—Creo que es estupendo —aseguró entre sollozos.

—¿Sí?

—Sí, es una idea maravillosa. Estoy muy orgullosa de ti.

—Todavía no he hecho nada, y es posible que todo acabe siendo un gran desastre.

—Estoy segura de que no lo será. Es fantástico... Cuando eras pequeñita, siempre estaba preocupada por... Bueno, ya sabes, por si me pasaba algo y tú no podías valerte por ti misma. Me angustiaba, pero ahora eres una adolescente, y has tomado la iniciativa de hacer todo eso. ¿Sabes?, estás haciendo cosas por ti misma, y eso me hace sentir muy feliz.

Me gustaría poder decir que fue una de esas conversaciones importantes entre madre e hija, una de la que pudiera acordarme con el tiempo, pero, para ser sincera, no tenía ni la más remota idea de qué quería decir con toda aquella sarta de disparates.

Allí estaba sentada, mirándome.

—Lo que intento decir es que no es fácil ser madre y que el mundo es un sitio horrible para una niñita... ¡Buaaa! Y me preocupaba porque a veces no hago las cosas bien, pero ahora oigo todo lo que estás planeando y sé que lo hice bien.

Sacó unos dos metros de papel higiénico del bolsillo y se sonó la nariz con tanta fuerza que casi se le sale parte del cerebro.

—No he sido mala madre, ¿verdad? —me preguntó de repente, como si en ese momento mi opinión le importara realmente.

—¿Qué? Pues claro que no lo has sido. ¡Qué cosas más tontas preguntas! Has sido una madre maravillosa. Un momento, todavía lo sigues siendo. ¿De qué estás hablando?

Siguió mirándome con la cabeza ligeramente ladeada.

—Últimamente he estado haciéndome preguntas, ya sabes. Como qué mundo es éste para traer hijos a él. Ese tipo de cosas.

—Eso es muy profundo —dije inútilmente.

Si está pensando en todas esas tonterías es que se ha tomado muy a pecho la bronca con papá.

Mamá, no seas tonta. Estás muy equivocada. Ya sé que discutimos mucho, pero la mayoría de las veces también nos reímos. Eres la madre más enrollada de toda mi clase.

Al oír eso, se le alegró la cara.

—¿Por qué? —preguntó, enjugándose los ojos.

—Simplemente lo eres —afirmé, y frunció el entrecejo ligeramente—. Vale, eres la única madre que conozco que cuando yo era pequeña me flambeaba el pudin de arroz en la mesa con un auténtico soplete de cocinero, como hacen en los programas de cocina de la televisión. ¡Fluuush!

—¡Sí! Era muy divertido —admitió riéndose—. Puede que no fuera muy seguro, pero lo pasábamos bien.

—Y cuando era pequeña hacíamos pasteles y tartas juntas. Era estupendo. Bueno ya sé que ahora no horneamos mucho porque es un poco..., bueno, infantil. Pero podemos volver a hacer ese tipo de cosas si quieres —propuse, un tanto dolida por haber querido ser siempre demasiado independiente. Aquellos tiempos eran geniales.

—Sí, claro —aceptó sonriendo—. Ya habrá oportunidad de hacer cosas infantiles. No todo tiene por qué ser serio en esta casa.

—No —aseguré, agarrando el mando a distancia para cambiar a un canal de dibujos animados.

—Ronnie, estoy segura de que el concierto saldrá muy bien. Eres una chica muy competente.

Aunque se trataba de mi madre, era una de las cosas más bonitas que nadie me había dicho en mi vida.

Después se levantó, dijo que tenía que ir a preparar cosas a la cocina y se alejó de puntillas.

Cuando volví a verla más tarde, estaba dándole vueltas a una masa tan grande como su cabeza y gritándole a Muriel, la ayudante de cocina.

Parecía estar divirtiéndose mucho.

Qué raro.

Paddy necesita un tranquilium

Es domingo por la noche. El fin de semana ha sido un auténtico rollo.

Claude y Fleur han estado ocupadas en historias familiares. Claude tuvo que ir a casa de su primo Gerard, para la fiesta de cumpleaños de su tío abuelo Bert. («Fiesta» no es exactamente el término que las LBD utilizaríamos para describir ese tipo de acontecimientos.) Fleur, por su parte, tuvo una bronca terrible con el malvado Paddy sobre la factura de teléfono. No le quedó más remedio que hacer frente a la deuda limpiando el BMW y acompañándolo a ver al abuelo. Dice que, cuando va a visitarlo —está loco, ciego y sólo tiene dos temas de conversación: la Segunda Guerra Mundial y lo que sube el precio de los melocotones en almíbar—, es difícil saber quién tiene más ganas de morirse.

Qué triste, ¿verdad?

No me apetece nada llegar a esa edad.

Que te abandonen las colegas es un rollo. He intentado ocupar el tiempo en cosas útiles (como ordenar los CD por orden alfabético y hacer una lista de los que tengo que comprar), he estado oyendo el nuevo álbum de Spike Saunders, *Descenso y regreso de los infiernos*, unas doce veces, me he aprendido la letra de alguna canción y he intentado con todas mis fuerzas no acordarme de lo que me preocupa.

Todavía sigo sintiendo una vertiginosa mezcla de inquietud y aburrimiento mortal.

Pero estar aburrida en el Viaje Alucinante es muy complicado. Si das muestras de ello, hay muchas posibilidades de que Loz o Magda te encuentren algo útil que hacer, como «pasar la manguera por la bodega», «limpiar los grifos de latón del salón pequeño» o incluso «limpiar las ventanas de la calle delante de todos los coches que pasan por la calle».

NO, repito, NO apetece nada hacer ese tipo de cosas.

Sobre todo la opción cristales. Creedme, pasan tantos chicos de Blackwell en el autobús riéndose como locos y saludando con la mano, que más te vale enviar una nota al colegio y decir que has cambiado tu nombre por el de Billy Sin Colegas.

Lo único que me consuela es que ha estado lloviznando todo el fin de semana, con lo que he podido esconderme en mi habitación sin que mis padres se pusieran muy pesados. Si hubiera hecho sol, todo habría sido distinto. En estos últimos catorce años me he dado cuenta de que en cuanto hace un día soleado, los mayores se obsesionan con que los jóvenes lo aprovechen al máximo. (Me saca de quicio.) Si el sol asoma la cabeza por detrás de alguna nube durante diez minutos, estad seguros de que mis padres subirán rápidamente a mi habitación para azuzarme con un palo, darme la lata para que salga y disfrute de la ola de calor, no me pierda la mejor parte del día o incluso para que vaya a la tienda a comprar helados para mí y para mi padre.

Pero, como he dicho, ha llovido todo el fin de semana y, con gran astucia, el sábado por la mañana me subí una lata de cera para muebles y un trapo, y me tumbé en la cama a ver la basura que pusieran en la televisión con las dos cosas a mano. Cada vez que Loz o Magda llamaban a la puerta, me levantaba de un salto y fingía estar puliendo los mismos cincuenta centímetros de alfeizar. Así los he tenido contentos las últimas cuarenta y ocho horas.

RIIING. RIIING.

¿Eso es el teléfono?

Bueno, suena como si lo fuera.

De todas formas, no es para mí.

Nadie me llama aquí, ahora que tengo móvil.

Bah, no voy a contestar.

RIIING. RIIING. RIIING.

Ya puede sonar lo que quiera, que no pienso descolgarlo.

RIIING. RIIING. RIIING.

—¡Roooonniiiiie, contesta el maldito teléfono! ¡El bar está lleno! ¡Sé que estás ahí, vaga! —grita mi padre.

Bueno, será mejor que lo haga.

—¿Diga? Viaje Alucinante y cámara de tortura, ¿puedo ayudarle en algo?

—Sí que puede, señorita Ripperton, soy la señorita Swan —dice Fleur.

—¡FLEUR! ¿Por qué me llamas al teléfono de casa?

—¿Puedes esperar un momento?

—¿Eh?

Oigo que aprieta unos botones.

—Hola, Ronnie —oigo que dice la inconfundible voz de Claude.

—¡Estupendo! —grita Fleur.

—¿Qué pasa Claude? ¿Estáis las dos en casa de Fleur?

—No, yo estoy en la mía —asegura Claude.

—Y yo en la mía —certifica Fleur—. A Paddy le han instalado un servicio de llamada a tres en el teléfono de su estudio y ahora podemos hablar todas a la vez.

—¡YUPIII! —gritamos al unísono.

Es un momento trascendental. Estoy experimentando la absoluta maravilla de una reunión de LBD en mi cuarto de estar. Nunca más tendré que salir de casa.

—¿Buen fin de semana, Ronnie? —pregunta Fleur.

—Más bien asqueroso —la corrijo.

—Vaya. ¿Y tú, Claude? ¿Te has divertido en casa del tío abuelo Bert?

—Hum. Hubo una cena familiar —rezonga Claude—. Todo iba bien hasta que nos sentamos a la mesa. Entonces me di cuenta de que me habían colocado en una mesita aparte para que comiera con el resto de los «pequeños» —Todas gruñimos—. Me pasé una hora intentando que mi primo de seis años no se metiera judías blancas por la nariz.

—¡Qué desastre! —exclamo.

—Un momento, Fleur —nos interrumpe Claude—. ¿No te habían castigado a quedarte en casa por la factura de teléfono? ¿De verdad quieres que sigamos con esta llamada?

—No, no era por eso. Bueno, no exactamente. Era por otra cosa —Hace una larga pausa—. Ya sabéis cómo es mi padre. Está esquizoide. Le ha declarado la guerra a la familia Swan porque Josh le ha roto un espejo retrovisor del wolkswagen, y ahora está en el piso de abajo limpiando las armas. Necesita relajarse un poco.

—¿Y qué hiciste para que te encerraran en casa? —pregunta Claude.

—Bueno, Paddy recibió una carta relativa al teléfono de su estudio. Le dijeron que lo habían seleccionado para el sorteo de unas «Soleadas vacaciones en Martinica».

—¿Por eso fue? —me sorprendo como una idiota.

Seguro que había algo más.

—No, estaba muy contento con el premio. Lo que pasa es que era para nueve personas: él y los ocho amigos y familiares a los que más llama.

—¡Qué guay! —digo.

—No acabo de entender —interviene Claude.

—Es una cosa muy aburrida en la que hay que elegir a la gente con la que más dinero te gastas en llamadas. Los grabas en el teléfono y te hacen descuento.

—Ahora caigo —suelta Claude.

—Bueno, ejem, Paddy no lo hizo realmente —explica Fleur.

—¿Es que no le cae bien ninguno de sus amigos o familiares? —pregunto.

—No lo suficiente como para llamarlos. No fue él quien grabó los números.

—¿Entonces...?

—Bueno, el maldito teléfono lo hizo por él y apuntó a las personas a las que más veces llamé. Esta mañana ha recibido una carta en la que le dicen que puede irse de vacaciones a Martinica con vosotras dos, Junior Watson, Dion, Johnny Goodman de primero de bachillerato y ese chico de Shrewsbury con el que me besé en Rímini el año pasado.

—¡Tomaaa! —exclamamos las dos a la vez.

—Y aún es peor. En la lista también aparecía el número del servicio a domicilio de Paramount Pizza y del restaurante chino Lucky House Cantonese. Cuando mi padre no estaba, utilizaba el teléfono de su despacho.

—¡Nooo! —gritamos, horrorizadas.

—Te han pillado —apunto.

—Jamás lo había visto tan enfadado. Fue incapaz de decir una sola palabra en veinte minutos. Después aseguró que yo era un lujo que no podía permitirse y que iba a entregarme a los servicios sociales.

—Y tu madre ¿que ha dicho? —pregunta Claude.

—Se portó de maravilla. Lo mantuvo en su despacho una hora y me mandó a hacer recados. Ya sabéis, hasta que se calmaran las cosas. Todavía me acuerdo de cómo gritaba al final de la calle que hace catorce años le habían cambiado a su hija en la maternidad y que quería que le devolvieran a la verdadera. Ja, ja, ja.

La crisis emocional de Paddy no había tenido repercusión en ella.

—Me da un poco de pena —dice Claude, comprensiva.

—A mí también, es un lunático —afirma Fleur.

—A lo mejor deberíamos colgar y seguir hablando mañana en el colegio —sugiero.

—No, no te preocupes. Sólo llevamos un minuto. De todas formas os llamaba para hablar de Blackwell en Vivo.

—Sí, las audiciones empiezan mañana. Qué chachi, ¿verdad? —comenta Claude.

—Si, va a ser de muerte. Tengo muchas ganas de ver quién se presenta —continúa Fleur.

—Espero que venga mucha gente. Se apuntaron un montón, ¿no?

—Casi todo el colegio. ¿Estás ahí, Ronnie? —pregunta Fleur.

Silencio.

—¿Ronnie? —dice Claude.

—Ay —gimoteo.

—¿Qué te pasa? —se interesan mis dos compañeras.

—Nada.

—¿Y por qué gimes?

—Estoy un poco... Bueno, es una especie de... He estado pensando que...

—A ver, ¿qué has estado pensando? —me interrumpe Claude.

—Bueno, me preocupa toda esta historia. Puede que mañana no aparezca nadie y... —digo con voz lánguida.

Dejo de quejarme en ese mismo momento.

No quicro cntrar en las cuevas más profundas y oscuras de mi mente y confesarles lo que me ha estado preocupando. Algunas cosas son espantosas. Hubo un momento en el que me dio por imaginar que un altavoz que no funcionaba bien incendiaba el escenario. Y eso que todavía no tenemos participantes, y mucho menos altavoces ni escenarios. Soy un poco tonta; cuando algo me preocupa, me adelanto a los acontecimientos.

—No te preocupes por las audiciones —me anima Fleur—. Todavía no te he contado lo que me pasó ayer cuando fui a hacer los recados. Me lo pasé guay. Seguro que dejas de preocuparte.

—Suéltalo —le pide Claude.

—Bueno, ayer por la mañana bajé por Disraeli Road. Estaba fatal, pero en cuanto llegué a la esquina con High Street me animé. Unos chicos de Blackwell, creo que van a sexto de primaria porque son pequeños, se me acercaron, me sonrieron y me saludaron con la mano.

—¿Los conocías?

—No, pero parecía que ellos sí me conocían a mí. Me dijeron: «Hola, Fleur, nos vemos el lunes. Tenemos algo muy bueno que enseñarte», y se fueron riéndose y cantando.

—¡Qué chachi! —exclama Claude—. Espero que se refirieran a las audiciones. Lo que normalmente quieren enseñar los chicos de sexto son los mocos.

—Ya, pero la cosa no acaba ahí. Sigo andando y veo más chicos de Blackwell. Benny Stark, de tercero, había ido a comprarse unas baquetas para ensayar una canción nueva. Y unos siniestros *nu metal* que suelen ir con Ainsley Hammond me preguntaron si podían traer sus tambores metálicos a la audición.

—¡Ja, ja! ¿Les dijiste que sí? —pregunto, animándome instantáneamente.

—Les aseguré que podían traer lo que quisieran. Después entré en la tintorería a recoger unas faldas de mi madre y acabé teniendo una larga charlita con el guapo Christy Sullivan. Ya sabéis, el chico que está en la caja los sábados. El de los ojos grandes, narices anchas y cazadora vaquera.

—Sí, ya sé quién dices. Sus padres son irlandeses. A veces vienen al bar. Está como un queso.

—¿Hablaste con él? —pregunta Claude.

—Unos veinte minutos. Hasta que la encargada rarita que lleva la permanente descontrolada se enfadó con nosotros. Bueno, pues me dijo que le gusta mucho ir al karaoke. Y, de paso, me tiró los tejos. Me dio un poco de vergüenza, por lo descarado que lo estaba haciendo. En resumidas cuentas, dijo que a lo mejor viene con una canción de Frank Sinatra que suele cantar en las reuniones familiares. Chuli, ¿verdad?

—¡La bomba! —gritamos las dos.

—Bueno, pues cuando salí de allí y volvía por el centro comercial, me tropecé con un montón de chicos que querían hablar de lo del lunes. Empecé a darme cuenta de lo que deben de sentir los famosos. De verdad, que te presten atención constante puede ser agotador... —Hace una pausa y finalmente anuncia triunfalmente—: Chicas, todo el mundo habla de nosotras.

—Pronto empezaremos a firmar autógrafos —bromea Claude.

—Yo ya estoy practicando en mi bloc de notas —dice Fleur sin bromear.

—Así que mañana vamos a tener una audición caótica —comienza a decir Claude con un ligero tono de ansiedad en la voz, seguramente mientras busca un sujetapapeles para empezar a anotar cosas.

—Me olvidaba de la mejor parte —la interrumpe Fleur—. Fui a Music Box y compré unos CD. —Es la tienda que hay en Arundel Road, justo detrás del centro comercial. La puerta es de color rojo y el interior siempre está muy oscuro. Ninguna tarde de compras está completa sin hacerle una visita—. Estaban Jimi Steele y Naz, y hablé con ellos.

—¿De qué? —preguntamos Claude y yo.

—De la historia de Blackwell en Vivo. Ésta es la mejor parte. Van a venir mañana y han compuesto una canción especial. Sólo para nosotras.

—¡Fantástico! Pero no será solamente para nosotras, ¿verdad? —la cuestiona Claude en un intento por introducir cierta cordura en la conversación, como si quisiera darle una especie de aviso, ya que parece que Fleur se está hiperventilando.

—Bueno, vale, no es para nosotras exactamente, más bien es para Ronnie.

—Fleur, ¿has tomado pastillas de idiotez o qué? ¿De qué estás hablando? —pregunto.

—Bueno, a lo mejor son imaginaciones mías... El caso es que cuando acabamos de hablar, Naz dijo: «Nos vemos el lunes.» Pero lo dijo con toda naturalidad, como si yo no le gustara, lo que, para ser sincera, me resulta difícil de creer. Y entonces... —Claude y yo suspiramos—, Jimi Steele abrió la boca como si ésta le hubiera empezado a funcionar sin intervención del cerebro y dijo: «Estará Ronnie, ¿verdad?» Entonces se puso rojo porque se dio cuenta de lo que acababa de decir. Ya sabéis, como si realmente le importara que estuvieras allí.

—¿Eso hizo? —pregunto, ruborizándome un poco también.

—Sí. Entonces Naz le dio una patada en la pierna y soltó: «Qué sutil. Así nadie se dará cuenta de que te gusta.»

—No es verdad —aseguro.

—Sí que lo es.

—Y luego ¿qué pasó? —pregunta Claude.

—Bueno, me fui y los dejé dándose golpes en los hombros y esas cosas. Cuando los chicos empiezan a pegarse, pierdo todo interés en ellos. En fin, pensaba que a estas alturas habrían dejado de subirse constantemente los calzoncillos y darse pellizcos unos a otros. Sin embargo, la cosa fue bastante enrollada.

—No creo que eso quiera decir nada —digo, con la esperanza de que sí quiera decir algo.

—No, yo tampoco lo creo... —asegura Fleur en tono hipersarcástico—. Pedazo de idiota, pues claro que quiere decir algo. Cuelga ahora mismo y empieza tu sesión de belleza. Mañana a las cuatro tienes que estar estupenda.

—Odio esas cosas.

Pero de repente suelta un gritito ahogado, como el que dan en las películas de miedo cuando alguien se da cuenta de que el asesino del hacha ha entrado en la casa.

—¡OSTRAS, OIGO PASOS! Tengo que dejaros. Es mi padre. Paddy va a matarme. Hasta luego.

Clic.

En cierta forma, Paddy Swan debería estar tranquilo, incluso agradecido. El servicio de llamada a tres funciona de maravilla, tal como han comprobado, en su nombre, Las Bambinas Dangereuses.

No lo mencionamos, pero las tres estábamos de acuerdo en que no era el momento más apropiado para comunicárselo.

5

Toca alguna cosa...

Sabía que Claudette Cassiera traería sándwiches.

—Bueno, las audiciones pueden durar horas —insiste Claude, tamborileando con los dedos sobre el táper—. No quería que nos muriéramos de hambre. De todas formas, no es obligatorio comerlos.

—Espera un momento —la corrijo echando un ojo a la fiambrera—. Nadie ha dicho nada. ¿De qué son?

—De queso y encurtidos —explica orgullosa—. Y también he traído patatas fritas y magdalenas de chocolate. Pero, no te preocupes, ya me las comeré yo sola.

—Hum, magdalenas —digo relamiéndome—. ¿Con trocitos de chocolate?

—Puede que sí y puede que no —se burla—. Veremos cómo os portáis con vuestra mejor amiga.

Mete la caja en su mochila con una sonrisa de satisfacción antes de atravesar el vacío polideportivo hacia una polvorienta torre de sillas.

—Esto..., perdonad —interviene Fleur chasqueando la lengua—. Lamento inmiscuirme en vuestra discusión vital sobre magdalenas, pero ¿podríais decirme cuál es el plan para las próximas horas? —Parece un poco nerviosa—. Es decir, ¿qué tipo de música queremos?

Son las tres treinta y siete. Acaba de sonar el timbre que anuncia el final de las clases, y en ese momento el polideportivo está tan vacío que el eco repite nuestras palabras. Aparte de nosotras no hay nadie más. Resulta difícil imaginar que alguien tenga que abrirse paso a empujones entre la multitud para suplicar que le hagamos una audición. De hecho, es posible que nos comamos las magdalenas antes de lo que teníamos previsto, para animarnos un poco.

—Bueno, creo que deberíamos mantener un criterio abierto a todo —sugiere Claude—. Pero no necesitamos más de seis grupos.

—¿Y por qué seis? —pregunto

—Porque no tendremos tiempo para más. Lo que sí debemos elegir es gente que sea... buena.

—Desde luego —suspira Fleur—. Pero ¿qué se entiende por gente buena? ¿Y si no nos ponemos de acuerdo?

Claude se sube las gafas para leer, espira con fuerza y mantiene a raya el impulso de darle en la cabeza con la carpeta de Blackwell en Vivo.

—¿Es que estamos de acuerdo alguna vez?

—Muy de vez en cuando —admite Fleur.

—Pues por eso —concede Claude mientras intenta bajar las tres primeras sillas del montón sin que la aplaste la montaña—. Y sin embargo conseguimos hacer un montón de cosas enrolladas, ¿no? Sólo tenemos que transigir un poco las unas con las otras.

Deja las tres sillas en el suelo barnizado y después se fija en la mesa de caballetes que hay en el fondo y que el señor Gowan, conserje de Blackwell, había dicho que podríamos utilizar siempre que no la rompiéramos. (Es uno de esos adultos que farfulla y refunfuña y que está convencido de que los jóvenes lo rompen todo solamente para divertirse. «Esa mesa está en el colegio desde las bodas de plata de 1977. Procurad no romperle las patas», nos pidió. «La cuidaremos como a nuestra propia vida», le aseguró Claude.)

Mientras Fleur y Claude se pelean con la vieja mesa, toqueteando los tornillos e intentando convencerla de buenas maneras de que se mantenga en pie, yo me ocupo de quitar el polvo y la mugre de las sillas con un pañuelo.

—Lo que necesitamos es... —empiezo a decir intentando recordar una frase que he oído en la televisión—, ¿cómo se llama? Ah, sí, el factor X. —Las dos me miran sin enten-

84

der nada—. Es lo que me gustaría que tuvieran los grupos y cantantes que actúen en Blackwell en Vivo.

—¿Qué es eso? ¿No es algo de matemáticas? —pregunta Fleur, pasándose una mano llena de polvo por el pelo.

—No, tonta. Es lo que se supone que tienen los buenos artistas y lo que les falta a los aburridos. Es esa cosa especial, un brillo en los ojos o una forma distinta de moverse. Es lo que les hace sobresalir, lo que consigue que la gente quiera verlos, en vez de..., bueno... de estar haciendo otras cosas.

—Ya te entiendo, como Spike Saunders —señala Claude, asintiendo con fuerza con la cabeza.

—Exactamente, igual que él. Hay cien tipos que cantan y salen fantásticos en los vídeos, pero él tiene algo realmente... eso.

—¿Factor X? —interviene Claude en mi ayuda.

—Eso es —aseguro sonriendo.

—Me encanta su culo —confiesa Fleur, que no ha entendido nada.

—Sí, a todas nos gusta —confirma Claude, meneando la cabeza—. Pero no hicimos trescientos kilómetros en autobús el año pasado y pagamos una buena pasta sólo para vérselo, ¿verdad?

—Yo sí —asegura Fleur, guiñándome el ojo.

—¡Claro, cómo no! —dice Claude haciendo un esfuerzo por no echarse a reír, ya que las dos sabemos que eso simplemente la anima más.

Claude saca una libreta y apunta «Factor X» en letras grandes en una página en blanco. Me dan pena los pobres que intenten impresionarla esta tarde. Sin quererlo, se lo he puesto un cincuenta por ciento más difícil.

Finalmente conseguimos montar nuestro banquillo de jueces en la parte final del polideportivo, con tres sillas frente a la vacía pista. Claude ha abierto el armario en el que guardan la birria de equipo de música: una minicadena con CD, radio y pletina tan vieja que seguramente perteneció a Jesucristo antes de que amablemente la donara a Blackwell. Tras unas pruebas, la pequeña C consigue enterarse de cómo hacer que los altavoces suenen a todo volumen (una tarea técnica que al señor McGraw le costó casi cinco años aprender).

—Espero que la gente traiga compactos y cintas para poner de fondo mientras cantan —se preocupa Claude en voz alta mientras da vueltas por todo el local en busca de interruptores, por si alguien quiere enchufar guitarras eléctricas o sintetizadores.

—Yo también —se ríe Fleur—. Si suenan fatal siempre podremos poner el volumen al máximo.

—Vergüenza debería darte, Fleur Swan —le reprende en broma Claude, moviendo un dedo acusador hacia ella.

La verdad es que he estado intentando imaginarme qué narices haremos si la gente que viene es muy mala; he decidido que fingiré que tengo que buscar algo de vital importancia en mi mochila, como un bolígrafo nuevo o algo así, y meteré la cabeza dentro para soltar una buena carcajada. Cruel, pero necesario.

—Venga, chicas, tenemos que ser amables con todos, por muy malos que sean —nos pide Claude; como siempre, la voz de la sensatez.

¡Qué horror! Se cree todas esas tonterías de que no es necesario ser bueno, que lo importante es participar, lo que en mi opinión es auténtica basura. ¿Fue alguien amable conmigo el trimestre pasado cuando llegué la última a la meta —éramos cuarenta— en la carrera de cuatrocientos metros? No.

Vale, sí, las dos últimas vueltas fui andando e incluso me senté para descansar un rato, pero nadie me dijo: «¡Bien hecho, Ronnie! Tu presencia y que lleves los pantalones de deporte del derecho es más que suficiente. ¡Excelente!» No, todo el mundo fue muy antipático. En especial la señorita Woods, nuestra profesora de Educación Física. Dijo que había visto carreras a cuatro patas más rápidas y me sugirió que la próxima vez lo hiciera en motocicleta. La gente se partía de risa.

Si yo fuera una persona cruel, estas audiciones serían mi venganza contra un colegio que se burló de mí.

Menos mal que soy encantadora.

• • •

—Antes de que se me olvide, necesito que alguien se ocupe de apuntar los números de teléfono. ¿A quién le apetece hacerlo?

—Yo me encargo. ¿Cuándo quieres que se los pida? —se ofrece Fleur con entusiasmo.

—Bueno —comienza a decir Claude, colocándose en la silla del centro y dejando sobre la mesa tres cuadernos y tres bolígrafos—, antes de que empiecen a tocar o a cantar, les pediremos un número de contacto. Más tarde, en casa, decidiremos a quién elegimos y a quién no y los llamaremos para darles la buena noticia. ¿Os parece bien?

—Bien pensado. Así tendremos montones de números de teléfono de chicos —comenta Fleur, enarcando una ceja maliciosamente.

Esta vez no me queda más remedio que echarme a reír.

—Sí, pero no abusaremos de ese privilegio para llamarlos al día siguiente con otras intenciones —sentencia Claude.

—No, claro que no.

Mientras la pequeña C busca más rotuladores, Fleur me guiña el ojo y, gracias a mi férrea voluntad, consigo no volver a reírme.

—Perdonad —retumba una voz desde el fondo del polideportivo.

¡Acaba de entrar nuestro primer intérprete!

—¿Llego demasiado pronto? ¿Espero un rato?

¡Ajá! Es Chester Walton, un chico de tercero aficionado al deporte, famoso por llevar demasiada gomina, el cuello de la chaqueta siempre subido y abundante y fragante loción corporal. A pesar de que está a doscientos metros, me llega su olor.

—No, Chester, son las cuatro menos dos minutos. Podemos empezar un poco antes por ti. Dale tus datos a Fleur y después... haz lo que quieras. Te toca salir a escena —dice Claude con benevolencia.

—¡Estupendo! —exclama con una sonrisa que deja ver todos sus dientes—. Antes de que empiece, ¿puedo aprovechar la oportunidad para deciros lo extraordinariamente guapas que estáis hoy?

—Gracias, Chester, tú también —refunfuño.

Se acerca con paso decidido hasta donde está Fleur, que enseguida empieza a torcer la cabeza hacia un lado y a gorjear como un pajarillo.

—Sobre todo tú, Fleur Swan. Si tus ojos fueran más azules me pondría el bañador y me zambulliría en ellos. Son como el océano Pacífico.

(Lo dijo de verdad, no me lo estoy inventando.)

—Calla, Chester, no seas tonto —contesta ésta perdiendo todo control sobre sus neuronas—. ¿Me das tu número de teléfono?

—¿Para qué lo quieres? ¿Vas a proponerme salir una de estas noches? ¿Eso es lo que estás insinuando? —bromea Chester.

—Claro que nooo. Ja, ja, ja. —Sonríe con afectación—. Es sólo para...

—Lo necesitamos para llamarte, si por una casualidad no eres condenadamente malo —los interrumpe Claude con aspereza.

¿No había que tratar con amabilidad a todo el mundo?

—Ya veo —continúa Chester sin inmutarse—. Aunque no creo que os disguste lo que voy a cantar.

Se acerca al aparato de música, se detiene a mitad de camino para mirarse en una ventana y asegurarse de que el cuello de su chaqueta está debidamente subido y pone un CD. De repente, el salón se llena de saxofones y platillos; parece la introducción a una anticuada canción de jazz. Tras unos cuantos compases, Chester saca un peine del bolsillo y empieza a canturrear.

—Ésta es para todas las chicas que hay en la sala esta noche —dice señalándonos a las tres con el dedo—. Me siento muy afortunado de que un público tan guapo disfrute de esta bonita canción. Que más o menos dice así...

—No va a actuar en Blackwell en Vivo —asegura Claude entre dientes antes de que ni siquiera haya empezado.

—Espera, esto va a ser divertido —me río—. Dale una oportunidad.

Con mentalidad abierta y acongojadas, le damos «una oportunidad».

• • •

A veces, cuando un hombre ama a una mujer,
a una muuujer como túúú,
es duro,
ya sabes que es muy duuuro.

Si supiera cantar no habría sido tan espantoso, pero no paró de desafinar.

—A que es estupendo... —gorjea Fleur aplaudiendo.

Claude y yo intercambiamos miradas fulminantes.

—Gracias, Chester. Estaremos en contacto —dice Claude cuando éste acaba la última estrofa de rodillas frente a la mesa.

Se levanta, nos envía un beso a cada una con la mano y sale abriéndose paso entre el grupito de gente que se ha congregado en la puerta y dando una palmada en la mano a los afortunados que han contemplado su actuación.

—¡Dios santo! ¿Toda esa gente ha venido a que los escuchemos? Espero que alguno de ellos no sea tan malo como éste —dice Claude.

Me levanto para poder ver mejor. Claude no se ha fijado en la larga fila que hay en el pasillo y que llega hasta los lavabos.

—Hay unas doscientas personas —anuncio, meneando la cabeza con incredulidad.

—Te lo dije —asevera Fleur, metiéndose en el bolsillo el número de Chester, que ha apuntado aparte para ella.

Claude inspira con fuerza e intenta recuperar la calma mientras le hace una seña al siguiente aspirante a Blackwell en Vivo.

—Constance Harvey —anuncia una chica pelirroja de segundo—. No he traído ni CD ni nada. Cantaré a capela —dice muy segura de sí misma.

—Muy bien, adelante. Cuando quieras —le pide Claude, sonriendo.

En un instante empieza a berrear, aunque afinada, una sentida versión de una canción country titulada *Stand By Your Man*.

Hay que reconocer que se esfuerza al ciento diez por ciento, así que no debería ser dura con ella. No es que cante mal, pero tampoco lo hace bien. No me entusiasma. Es decir, llamadme señorita bragas innecesariamente duras, pero no me gusta ese acento medio americano que pone (cuando sé a ciencia cierta que vive a pocas calles de aquí) ni que no deje de menear los brazos en los estribillos como un molino de viento demente.

¡Aghhh! Estaba volviendo a tener esa angustiosa sensación de las tres de la mañana otra vez, auxiliada e instigada por la interminable fila de alumnos de Blackwell cargados con saxofones, trompetas y flautas.

—Quiero que en Blackwell en Vivo actúe gente con factor X —le susurro a Claude—. Es un festival de música de verdad, como Astlebury, no un desfile de monstruos de circo.

Por suerte, la diva de cabellos rojizos canta una versión abreviada y, cuando acaba, nos mira con ojos suplicantes.

—Gracias, Constance. Ha sido realmente... esto... estupendo —la alaba Claude sin asomo de falsedad en su voz—. Nos lo pensaremos y te daremos un toque.

—Muy bien, como os parezca —contesta, retirándose con la barbilla empinada.

Claude mira el reloj y menea la cabeza.

—Bueno, chicas, creo que tendremos que ir un poco más rápidas —nos regaña Claude, pero Fleur la interrumpe poniéndose de pie, con las manos en sus escuálidas y huesudas caderas.

—¡MIRA QUIÉN VIENE POR AHÍ! SI ES DION JAMES, EL AMIGO QUE PERDÍ HACE TIEMPO —gruñe, enfurecida, con los ojos encendidos por la ira.

Y lo es.

Resulta increíble que Dion, quien fue visto por última vez hace una semana morreándose con Fleur en la puerta de su casa, en Disraeli Road (un morreo de verdad, con lenguas y todo lo demás), y quien le prometió que la llamaría para quedar otro día, antes de desaparecer de la faz del planeta, tenga la caradura de aparecer en una audición de LBD. Pero ahí está, con una guitarra acústica en la mano y una sonrisa avergonzada en su sucia cara. O es mucho más tonto de lo que parece (imposible) o tiene algún extraño y retorcido deseo de morir.

—Lo siento, Fleur. He intentado llamarte, pero...
—gime mientras apoya nerviosamente su peso en un pie y
después en el otro.

—¿CÓMO PIENSAS TOCAR LA GUITARRA SIN DEDOS? —grita Fleur.

—¿Qué? Pero si los tengo... —asegura comprobando
que no le falta ninguno.

—¿AH, SÍ? Pues la semana pasada no te debían funcionar, ya que no has podido marcar en el teléfono móvil.
Mientes, asqueroso cubo de basura. Métete tu guitarra por
donde te...

Por suerte, cuando me escondo debajo de la mesa,
Claude se hace con el control de la pelea que se avecina. Un
grupito de chicos y chicas de sexto espera atento, alucina-
dos por el drama que está a punto de producirse. Es mucho
mejor que la tele.

—Cierra el pico, Fleur. Demuestra que eres una profesional —le pide Claude, volviéndose fríamente hacia Dion
y subiéndose las gafas con un dedo—. Muy bien, a pesar de
que eres más rastrero que una rata y más resbaladizo que
una serpiente, tienes una guitarra; así que toca alguna
cosa, y que sea rápido.

—Gracias, Claudette.

Empieza a dar los primeros rasgueos a una cancionci-
lla que ha compuesto él mismo, con más aspecto de coma-
dreja que nunca.

Abre la boca para cantar y nos enseña una hilera de
dientes oscuros.

> *Baby, eres lo que quiero,*
> *quiero abrazarte,*
> *correr contigo por los campos*
> *y alejarte de todo mal.*

Canta mirando al suelo, al techo, a sus zapatos, a cualquier sitio menos a Fleur.

Nos miramos con malicia, le lanzamos una mirada fe-
roz y hacemos un alegre coro en un espectacular estallido
de unidad.

—¡SIGUIENTE!

—Ha estado muy bien, Dion. No nos llames, lo haremos nosotras —asegura Claude, sonriendo.

«Ja, ja, ja. Con las LBD no se juega», pienso para mis adentros.

Se calla. Bueno, al menos durante un segundo, antes de gritar algo extremadamente grosero, que una jovencita como yo prefiere no repetir. Luego se aleja dando fuertes pisadas hacia la puerta y todo el mundo se echa a reír despiadadamente.

—Gracias, chicas. No sé qué haría sin vosotras —nos agradece Fleur, sinceramente conmovida.

—De nada. Nunca me ha caído bien —dice Claude antes de hacer una seña hacia la puerta y gritar—: ¿PUEDE PASAR EL SIGUIENTE, POR FAVOR? VENGA, NO OS PARÉIS.

¿Divertido? Puede. A pesar de esta escenita, es justo decir que la primera media hora se esfuma sin grandes esperanzas para Blackwell en Vivo. Bueno, a menos que queramos pasar todo el festival llamando al horrible ex novio de Fleur a escena para luego humillarlo (algo para lo que yo compraría entrada, pero seguro que el resto del colegio no haría).

Gracias a Dios, el siguiente es Christy Sullivan.

Tal como le prometió a Fleur en la tintorería, aparece con una sonrisa maliciosa y un CD con música de canciones de Frank Sinatra apretado contra su musculoso pecho.

—Ésta es la que me hace cantar mi abuela todas las Navidades —anuncia cuando empiezan a sonar los primeros compases. Al darse cuenta de que ha sido admitido inmediatamente, un ligero rubor asoma en sus mejillas.

—¡Ohhh! —exclamamos a coro las LBD y el resto de las chicas que hay en la sala—. ¡Qué tierno!

A pesar de semejante confesión, consigue lo que quiere, ya que tiene unos hermosos ojos marrones y es, bueno... en general, un chico estupendo. Es decir, no es Jimi Steele, pero ¿quién lo es? Si otra persona hubiera admitido que le canta a su abuela, habría quedado fatal, pero en sus labios sonaba guay. Antes de venir ha debido de cambiarse de ropa rápidamente en un lavabo, con lo que, entre tanta chaqueta negra y pantalones grises, es el centro de todas las miradas. Lleva una ajustada camiseta de manga corta negra y unos pantalones del ejército del mismo color que parecen muy caros y dejan adivinar sus bien torneados muslos.

Suspiro.

Ciertamente tiene algo especial. Aunque haya interpretado *Fly me to the moon*, una canción que debió de ser un éxito allá por 1802, resultaba imposible quitarle los ojos de encima. Sabe cantar, llega a las notas altas y entona muy bien la melodía.

—Él sí que tiene el factor X, ¿verdad? —murmura Fleur, apuntando en su cuaderno.

Estoy segura de que si no estuviéramos sentadas a su lado, habría anotado «Señora Fleur de Sullivan» una y otra vez con letra elegante o sumado las letras de los dos nombres para saber cuánto la quiere. Bueno, ella y todo el contingente femenino que lo mira con expresión vidriosa en los ojos. De hecho, la mayoría ha apoyado la cabeza en la mano y lo observa como si fuera una cesta llena de gatitos.

—Ha sido fabuloso, Christy —afirma Claude cuando acaba, y pone una gran marca al lado de su nombre—. Una cosa, ¿cantas cosas más modernas? Eso es un poco anticuado para lo que necesitamos, sin ánimo de ofender.

—No te preocupes, ya sé a qué te refieres —contesta, y entonces sí que se ruboriza de verdad—. Puedo cantar lo que queráis, chicas: pop, rock y... esto..., incluso tengo alguna canción mía. Mi hermano Seamus y yo escribimos cosas, toca el piano.

—¡Estupendo! ¡Muy prometedor! —lo anima Claude.

—No sabía que tenías un hermano mayor —interviene Fleur con voz soñadora.

Christy recoge sus CD y la bolsa del colegio, le guiña el ojo a Fleur al despedirse y ésta responde moviendo los dedos. Como siempre, cuando estoy al lado de mi colega, que es más alta, tiene más curvas que yo y es rubia, me vuelvo misteriosamente invisible.

—Gracias por venir. Te llamaremos cuando nos lo hayamos pensado —añado de todas formas.

Cuando se va, convirtiéndose en un tierno recuerdo en el corazón de cien alumnas de Blackwell, Fleur se vuelve hacia nosotras.

—Ha estado muy mal, ¿verdad? Fatal, diría yo —dice sin ningún convencimiento.

—Horroroso —confirma Claude con una enorme sonrisa dibujada en la cara.

Estallamos en carcajadas. La verdad es que ha estado maravilloso.

Blackwell en Vivo ya tiene su primer participante.

¡A cantar! ¡A bailar!

Después de Christy vinieron las bailonas.

Bufff. No me había fijado en cuánta gente del colegio va a las clases de la Academia de Danza Anouska Smythe. La verdad.

Creía que a partir de las cuatro de la tarde la mayoría quedaba con los colegas para escuchar música a todo volumen y dejar para más tarde los deberes, como hacemos Fleur, Claude y yo. Bueno, al menos eso era lo que pensaba hasta que me tocó ver a cuatro chicas, una detrás de otra, con mallas muy ajustadas, calentadores de lana y cintas en el pelo. Todas hicieron piruetas, saltaron y levantaron las piernas muy alto con música clásica de fondo, hasta que me sentí descompuesta.

«Son alucinantemente atléticas —pienso—. Seguro que a ellas no las adelantan los chicos asmáticos cuando corren los mil quinientos metros, como me pasa a mí.»

—¿Sabéis? Me encanta que me hayáis dado la oportunidad de bailar delante de vosotras —dice, entusiasmada, una rubia bajita. Las cintas plateadas que sujetan su rizado pelo hacen juego con sus zapatillas de ballet—. Llevo cantando y bailando desde que tenía dos años o así.

—¡Fantástico! —exclamamos las tres.

—Me gustaría añadir que toda mi familia, además de la propia Anouska Smythe, dice que voy a ser una estrella mundial.

—¿Sí? —se extraña Claude.

94

—Pues claro —chilla la rubia antes de desaparecer en la distancia haciendo una pirueta, como una sombra llena de brazos, piernas y rizos.

—Muy bien, ¡SIGUIENTE! —grita Claude.

—¿Habéis traído alguna pastilla para el dolor de cabeza? —pide en voz baja Claude tocándose la frente—. Creo que tengo migraña. Esto es muy estresante, ¿no os parece?

—Lo siento, colega, no tengo —contesto, al tiempo que veo que se acerca Matthew Brown, un chico de tercero.

—Espera, creo que tengo alguna —dice Fleur mientras busca en su mochila—. Un momento, ¿por qué ha venido ése con un oso de peluche? —pregunta frunciendo el entrecejo.

Todas miramos al siguiente candidato, que espera su turno. Fleur tiene razón. Lleva algo que se parece a un oso de peluche, pero eso sería un nombre demasiado bonito para describir al desaliñado y asqueroso animal de peluche que aprieta contra el pecho.

—Esto... ¿Matthew? —dice Claude con expresión de extrañeza.

—Buenas tardes, señoritas. Me llamo Matthew Brown, y éste es el señor Jingles, el asombroso oso parlante

—¡Dios mío! ¡Es un ventrílocuo! —exclamo estremeciéndome. Siento lo mismo por ellos que por los malabaristas, me deprimen.

—Primero veamos qué es lo que hace —se ríe Fleur saludando al monstruo peludo—. ¿Qué tal se encuentra hoy, señor Jingles.

—Guy gien —contesta éste. Mierda, quiero decir Matthew.

No sé cómo he podido confundirme. Hasta mi abuela Tish podría ver a quinientos metros de distancia cómo se le mueven los labios, y eso que la pobre sólo tiene un ojo bueno. He visto actuar a otros ventrílocuos, y esto no se ajusta a la definición que da el diccionario.

—¿Qué ha estado haciendo, señor Jingles? —pregunta Matthew a la pieza de museo comida por las polillas.

—Gueno, Gatthew. Ge gestado giendo la gelevisión.

Por suerte, Claude ya ha visto suficiente.

—Matthew, esto es una audición musical. No veo qué relación tiene con el ventrilocuismo —lo interrumpe con firmeza. El señor Jingles ha puesto a prueba su paciencia.

—¡Ajá! Todavía no hemos llegado a la parte de las canciones y el claqué, ¿verdad, señor Jingles? —dice Matthew, volviéndose hacia el muñeco.

—Gno, gno gemos gegado —contesta el oso meneando la cabeza.

—Lo siento, se ha acabado el tiempo —asegura Claude dando un golpecito en el reloj y chasqueando la lengua.

Eso parece enfadarle, y antes de irse ofendido y resoplando con el oso en el hombro le oímos decir algo sobre la gente que no reconoce el talento cuando lo tiene delante. Seguramente ahora estará fuera uniendo sus fuerzas con la rubia de rizos chillona y estrella mundial, urdiendo un plan para asaltar nuestro cuartel general y darnos una paliza de muerte con el peluche. ¿Podrían ir peor las cosas?

A estas alturas, Claude parece cansada y le sugiero que se coma una magdalena para animarse un poco. La pequeña C sonríe y empieza a rebuscar en su mochila. La necesitaba de verdad, ya que después aparecen los de la Sociedad Campanóloga de Blackwell, al completo, y empiezan a tañer sus campanas alegremente (uno de ellos incluso se sube al potro), hasta que les suplicamos que tengan piedad.

—El sonido de las campanas y la migraña no se llevan nada bien —dice Claude entre dientes, salpicando de chocolate todos los papeles.

El chico perdido

Por supuesto, la flagrante ausencia de los Mesías Perdidos (y, más importante, de Jimi Steele) no deja de darme vueltas por la cabeza. Hace una hora, la posibilidad de que me diera plantón era una semillita de inseguridad que ha ido floreciendo con cada segundo que pasaba en el reloj del polideportivo y se ha convertido en un tupido bosque de desconfianza.

¿Iban a venir a tocar una canción especial para nosotras? Sí, ya.

¿Jimi quería saber si estaría yo? Que me lo voy a creer.

Qué idiota soy.

Debería darme de bofetadas por creerme las historias que me cuenta Fleur. Y no es que sea una mentirosa, sino que no hay que tomarse todo lo que dice al pie de la letra, porque tiene tendencia a exagerar. Lo que pasa es que cuando dice algo que necesitas oír más que nada en el mundo es difícil ponerse los dedos en las orejas y jugar a que no la oyes.

Me levanto y paseo la vista por la fila de aspirantes con la esperanza de ver su lacio cabello o el corte de pelo en punta tipo «aleta de tiburón» de Naz, pero no los veo, ni a Aaron ni a Danny. No hay rastro de los Mesías Perdidos.

Nada.

Plantazo total.

Es igual, me importa un comino. Ni eso siquiera. Al fin y al cabo, no es que haya hecho ningún esfuerzo por ponerme guapa hoy ni que no haya pegado ojo repasando mi guión imaginario de lo que le diría a Jimi en cuanto apareciera.

De pronto, Claude suelta un gritito ahogado y me saca de mis preocupaciones. Ha llegado otro intérprete, otra actuación que no es la de mis añorados Mesías Perdidos.

—¡Liam! ¿Qué haces aquí? —pregunta Claude.

—Esto es una audición, ¿no? —contesta Liam Gelding. Su pendiente de plata reluce con la luz del sol de media tarde—. ¿A qué crees que he venido? —Lleva una guitarra eléctrica colgada a la espalda y en la mano unas hojas con lo que parecen canciones—. Lo montaremos todo en un momento —dice haciendo un gesto a lo que parece su grupo: Benny Stark (que tiene un alocado pelo rizado con marca registrada) y una chica que lleva un bajo y un tamborcillo.

No sé qué pensarán Fleur y Claude, pero a mí me sorprende muchísimo que haya venido. Está en nuestra clase, así que lo vemos más a menudo que a la mayoría de los chicos, pero es rarísimo que apoye una actividad extraescolar. No es su estilo en absoluto. Es el tipo de chico que nos llama cretinas y lameculos de los profesores solamente por haber pensado en organizar Blackwell en Vivo. He estado sentada una hora a su lado hoy en Educación Personal y Social y no ha abierto la boca, y mucho menos mencionado que tuviera un grupo.

Esto es muy extraño.

—Nos llamamos Los Golfos —le dice en voz baja a Fleur.

Ésta lo anota en la lista mientras la temible rubia bajista, que al parecer se llama Tara, toca un ensordecedor «PAAANG» para ver si funciona el amplificador.

No cabe duda de que sí; ha hecho que reverbere en la mesa.

—Cuando queráis —anuncia la rubia con una púa entre los dientes, afinando con gran destreza su impecable instrumento negro.

¡Guau! Tiene un aspecto impresionante. En la próxima clase de música tengo que acordarme de preguntarle al señor Foxton por qué he perdido tres años peleándome con un carillón cuando a estas alturas podría dominar el bajo. Ahora podría ser como ella: guay, poderosa y más intimidatoria que cualquiera de los chicos que hay aquí. Con dos sacudidores de alfombras y cantando «En la granja de Pepito, ia, ia, io» no se consigue la misma pinta.

Mientras el resto del grupo prepara sus instrumentos, Liam se coloca en el centro y toca alguna cuerda un tanto inquieto.

—Venga, Benny, date prisa —le urge al tipo de pelo rizado que toquetea los controles de volumen en un amplificador.

No deja de intrigarme cuál será la contribución de Liam a Los Golfos.

Estoy segura de que no sabe leer ni escribir correctamente, así que me imagino que dominar la guitarra eléctrica no es una prioridad en su lista de «cosas pendientes». Antes de que empecéis a pensar que soy una bruja, os diré que no es que quiera ser cruel, digo la verdad. Me cae bien, pero tiene un pasado. Como diría mi madre, «es un poco salvaje». En primero dejó de venir al colegio para quedarse en los recreativos del centro comercial Westland. Hasta ese momento no me había dado cuenta de que se puede elegir no acudir a clase, pero él me demostró que sí podía hacerse.

Si no fuera porque Magda sería capaz de decapitarme, yo tampoco iría. Para ser sincera, lo de no ir al colegio no era del todo idea suya, porque, cuando iba, hacía tonterías como subirse al tejado o insultar a los profesores, y el señor McGraw lo expulsaba *tout de suite*. «Ah, muy bien», decía, de camino a la puerta. Nunca suplicaba que le dejaran quedarse, no es su estilo.

—Este cable está suelto —se queja Benny a Tara—. Por eso no suena. Pásame el destornillador, a ver si puedo hacer algo.

—Hazlo rápido —le grita Liam guiñándole un ojo a Claude—. Si tardas mucho, Claude Cassiera se nos echará encima.

Liam la conoce mucho mejor que yo.

Bendita sea, cuando estábamos en primero, Claude pasó por su casa unas cuantas veces para hacer los trabajos de clase, pero él casi nunca estaba. Una noche, en el cuartel general de LBD, Claude se enfadó y nos contó que daba la impresión de que su familia no se inmutaba cuando lo expulsaban.

Bueno, no debería cotillear.

Eso es más o menos todo lo que sé de él. Claude mantiene la boca cerrada sobre el resto. De todas formas, es guay que en segundo haya venido un poco más. Algunos días incluso se queda hasta las tres y media.

—¿Qué? ¿Empezamos? —pregunta Liam, pasándose la mano por el pelo.

—Cuando queráis —contesta Claude.

—Vale —dice éste, volviéndose hacia el grupo—. Un, dos, tres...

Inmediatamente, Los Golfos empiezan su actuación. Liam toca la guitarra solista, Benny, el tamborcillo y Tara, el bajo. Suena un poco flojo y quizá algo desafinado, pero, en líneas generales, bastante bien. Tara aporrea una gruesa cuerda del bajo y menea las caderas al ritmo de las notas, mientras Liam se concentra muy serio en los dedos, posiblemente más de lo que lo he visto en toda mi vida. Su ácido sonido es mucho más serio que nada de lo que he oído en todo el día, lo que es de agradecer, después de tantas canciones banales tipo «Te quiero». Cuando finalmente Liam se pone a cantar (aunque en realidad es un ronco susurro), se me ponen los pelos de punta.

> *Creíste en mí,*
> *no te importaron los cuentos,*
> *no hay nadie realmente*
> *como tú,*
> *que,*
> *bueno, ya sabes cómo soy.*

Es una de las muchas estrofas que canta. Es una canción muy buena y no dejo de preguntarme a quién narices se la habrán robado. Le pone sentimiento, y por primera vez todos se quedan flipados con este tipo rubio de ojos verdes, cautivados por su voz y su saber estar en escena, en vez de por alguna tontería que haya hecho.

—Claude, ¿tenías idea de que sabía tocar? —pregunto.

—No. Es un tipo muy misterioso —responde con una risita.

—Oye, estos chicos son muy buenos —asegura Fleur—. De hecho, mucho mejor que la mayoría de cosas que compro en Music Box. ¿No creéis?

—Sí, en eso tienes razón —contesto mientras observo los ágiles dedos de Tara con cierta envidia. Cuando acaban la canción, todo el polideportivo estalla en aplausos y silbidos, y las mejillas de Liam se colorean ligeramente, aunque después echa hacia atrás los hombros como si supiera que iba a recibir esa ovación.

—Gracias. La canción se titula *Promesa*.

—Pertenece a nuestro nuevo álbum —dice Benny con una risita tonta.

—Sí, el que sacaremos en cuanto consiga escribir otras doce tan buenas como ésta —añade Tara secamente.

—Gracias por venir —dice Claude, evidentemente sorprendida por el secreto talento de Liam, y luego baja la voz—. Esto... ¿Cuándo empezaste a tocar la guitarra?

—Bueno, siempre me decías que me buscara un hobby, ¿no, Claudie?

100

—Pero ¿me has hecho caso alguna vez? —le pregunta medio en broma.

—Es verdad, no sé qué me pasa ahora —replica su lado creído—. Tengo que ser fiel a mí mismo. Tengo una reputación que mantener.

—Bueno, de todas formas, gracias por venir, chicos. Tenemos el móvil de Benny, ya os llamaremos.

—De acuerdo —murmura éste por debajo de su mata de pelo.

—Ah, Liam —añade Claude en voz muy baja para que sólo la podamos oír nosotras—. No te he visto en el comedor, ¿te has vuelto a olvidar el dinero de la comida?

—Sí, me he levantado con el tiempo justo —confirma Liam en voz aún más baja—, y no he traído nada.

—Pues yo tengo unos sándwiches. ¿Quieres? —le propone tamborileando los dedos en la fiambrera.

Los ojos de Liam se abren como platos.

—Gracias. Tengo un hambre canina. Eres un ángel.

Coge unos sándwiches, se da media vuelta y abandona el polideportivo con la cara llena de mostaza, un paquete de patatas fritas y una magdalena.

Fleur y yo ponemos cara de desesperación, y Claude revuelve entre los papeles para cambiar de tema por completo

—Muy bien —dice en tono ceremonioso—. El señor Gowan llegará en cualquier momento para darnos la vara. Sigamos. ¿A quién le toca ahora?

—A los Mesías Perdidos —anuncia Fleur.

—¿De verdad? ¿Han venido? —pregunto más animada mientras busco mi brillo de labios, me arreglo la coleta y levanto la cabeza para ver llegar a Jimi, todo a la vez.

—No, la verdad es que no —replica riéndose—. Todavía no, pero, por si te interesa, hay más chicos de la Academia de Danza Anouska Smythe.

—Te odio.

—Ya lo sé —contesta, riéndose más todavía.

Justo cuando creía que el vaso de mi paciencia estaba a punto de colmarse, me sorprende la aparición de Frank Gillespie, un tipo enorme de uno ochenta de estatura, al que en el colegio llaman «Almacén» (apodo que se ha ganado porque todos los recreos hace una peregrinación a una tienda cercana para aprovisionarse de chuches y pasteles. ¿Lo veis?, ya os dije que los chicos de Blackwell son muy crueles). Lleva un par de zapatos de color azul eléctrico con lazos turquesa y en cuestión de segundos empieza a moverse y a cantar —como era de suponer— *Zapatos de gamuza azul*, de Elvis Presley. Da la impresión de que ha practicado muchas horas delante del espejo y, cuando se le acaba el tiempo, no consigue salir de su personaje.

—Gracias, Almacén. Ha estado muy bien. De verdad —le grita Fleur.

—Ah, muchasgraciasseñorita —dice alargando las palabras y torciendo el labio superior como Elvis, el rey del rock, antes de intentar salir dignamente del polideportivo. Una hazaña nada fácil para un tipo que pesa casi cien kilos y lleva unos zapatos de color azul eléctrico dos tallas más grandes que la suya.

—¡Son enormes! —chilla Claude—. Deben de ser de su padre. Es la única persona más grande que él en todo el barrio.

—Unos zapatos grandes no hacen de nadie un buen cantante —señala Fleur con expresión preocupada.

Mientras nos enzarzamos en una no muy acalorada discusión sobre los méritos de «Almacén» y su posible participación en Blackwell en Vivo (yo opino que es guay y divertido, y que los adultos que compren una entrada se lo pasarán bien con él, pero Fleur argumenta que deberían detenerlo por «crímenes contra la música» y que preferiría volver a ver a Matthew y al señor Jingles que incluir a ese «gran bufón»), empieza a oírse un creciente murmullo. En el momento en el que Claude está a punto de perder la paciencia y darnos un cachete, nos interrumpe una voz arrogante.

—Niñas, si no estáis muy ocupadas con vuestra discusión, nos gustaría empezar, gracias —dice en tono engolado.

Levantamos la cabeza y vemos la inconfundible cara de Panamá Goodyear. Lleva su pulcra melena hasta las

102

mejillas sujeta con su marca personal, una diadema de terciopelo escarlata, y sus fríos ojos color avellana nos miran con desdén, como si fuéramos gusanos que hubiera encontrado en su fiambrera. Como siempre, va inmaculadamente vestida con unos perfectos pantalones negros de lycra que se estrechan con mucho estilo en los talones de sus increíblemente caras zapatillas de deporte de Prada y su encorsetada camiseta tubo a juego se ciñe a todas las curvas de su generoso busto y moldeado torso.

—¿O esperamos a que acabéis de cotorrear? —continúa mientras se vuelve hacia su grupo, Pasarela.

—Hola, hola —se ríen Abigail y Leeza, las dos vestidas igual de chic, con modelitos de diseñador de academia de danza y zapatillas a juego.

—No sé qué pensaréis vosotras —continúa Panamá para que la oiga todo el polideportivo—, pero yo estoy en ascuas por saber si estas niñas nos dejarán tocar en su conciertito. —Fleur pone cara de desesperación y tapa el bolígrafo—. He estado dando vueltas en la cama toda la noche, ¿y tú, Abigail? —se burla.

—Sin parar —contesta ésta, apartándose su absolutamente lisa y rubia melena.

—Estamos listas —anuncia Claude, intentando no parecer intimidada.

—Bien, bien —dice Panamá, desdeñosa—. Hemos pensado tocar la canción que interpretamos en los cuartos de final del concurso del programa «En busca de un grupo pop» de Guay FM. —Vaya, me estaba preguntando cuánto tardaría en mencionarlo. Unos once segundos, récord mundial seguramente—. Le gustó mucho a todo el mundo, incluidos los DJ y los ejecutivos de importantes compañías discográficas, ¿verdad, Zanc? —presume Panamá.

—Sí, les encantó a todos —contesta como un corderito Zane, uno de los miembros masculinos del grupo, que hoy parece haberse pasado un poco con el autobronceador. Tiene el cuello blanco y la cara de un extraño color anaranjado a rayas.

No me atrevo a reírme.

—Pasarela gusta a todo el mundo —interviene Derren, el otro deprimente secuaz de Panamá, un tipo que lleva

103

unos pantalones de baile tan ajustados que se puede saber qué marca de calzoncillos lleva.

Por desgracia —odio tener que decirlo—, Zane y Derren tienen la culpa de que el grupo sea tan popular. Todos los presentes, excepto nosotras, babea y se pelea por conseguir estar en primera fila para ver a estos microfamosos.

—El *Daily Mercury* también nos adora —apunta Leeza espontáneamente, lo que me sorprende, pues siempre había pensado que funcionaba con pilas y que no se movía sin que Panamá accionara el mando a distancia—. Nos sacaron en primera página —dice a nadie en particular—. Con el titular «Pasarela camina hacia la fama».

«¡Cierra el pico! —me entran ganas de gritarle—. Sólo conseguisteis llegar a los cuartos de final de un concurso local de baile, estúpidas marionetas. Y tú, Zane Patterson, ¿de qué presumes con esa cara de mandarina.»

Pero no se lo digo, por supuesto. Me limito a quedarme sentada y calladita esperando a que acaben de decir tonterías.

—Cuando queráis —dice Claude con una cara inexpresiva que no revela su enfado.

—Muy bien —contesta Panamá, sacando un CD de su mochila Gucci. Lo mete en el aparato de música y reúne a su pequeña familia para darse un abrazo antes de la actuación.

—Buena suerte a todos.

Y empiezan. Desde el primer acorde se ponen a cantar y a bailar todos a la vez como accionados por un resorte. Panamá ocupa el centro rápidamente haciendo los pasos más impresionantes y cantando las notas más altas. No se puede negar que saben bailar, igual que la gente que se ve en la MTV, y también cantar, a pesar de que Panamá les roba todo el protagonismo, contoneando el culo y soltando de vez en cuando un gritito agudo.

Por desgracia les he visto hacer este numerito, que se titula *Corriendo hacia tu amor*, muchas veces. Tras su éxito en aquel concurso, la señorita Guinevere organizó incontables actuaciones en el colegio para que todos pudiéramos compartir su alegría.

Para mí, lo único que consiguió fue que se lo creyeran aún más.

Oh, baby. Voy flotando por el cielo
como un gran pastel de amor,
me haces sentir muy alto,
oh, oh,
la, la, la, la.

Canta Panamá mientras el resto del grupo hace como que corren sin moverse del sitio y saltan detrás de ella.

—¿Ves?, ya te dije que Almacén tenía talento —le susurro a Fleur.

Sin embargo, a pesar de lo que LBD pueda sentir hacia ellos, el resto de los alumnos los adora. Sólo hace falta echar un vistazo alrededor para darse cuenta de que todo el mundo está aplaudiendo y silbando (incluidos algunos profesores que debían estar *en route* hacia sus coches, pero que, al oír que estaban actuando, han soltado sus carteras y han venido corriendo). Todos disfrutan con los perfectos pasos de baile y armonías a cinco voces.

—Son excelentes —gime una chica con ojos entusiasmados.

En los últimos compases, explota un extasiado aplauso en todo el polideportivo. Panamá mira a su alrededor con sonrisa sumisa, muuuy humilde y ligeramente sorprendida.

—Oh, basta, basta. No lo merecemos. Gracias a todos —dice antes de dirigirse resueltamente hacia la mesa. Conforme se va acercando, su humilde sonrisa cambia a entrecejo fruncido—. Bueno, percebes —dice en voz baja para que sólo la podamos oír nosotras—. Os lo voy a dejar muy claro: necesitáis a Pasarela para vuestro concierto de habas, no lo olvidéis. —La miramos, mudas de asombro—. Y el sábado día doce saldremos en el mejor momento. Sobre esto no quiero la mínima discusión. Además no tocamos menos de una hora, así que, si tenéis que quitar a otros grupos para dejarnos más tiempo, hacedlo.

—Esto... —comienza a decir Claude, pero se calla rápidamente cuando Panamá le acerca la cara.

—Aseguraos de que mi nombre, quiero decir, el del grupo, sale en los carteles en letras más grandes que el de los demás, pues, al fin y al cabo, somos la atracción principal.

Claude se esfuerza para hacerla cambiar de opinión. Una tarea nada fácil, ya que Panamá Goodyear es terrible.

—Mira, no estamos desesperadas —contesta educadamente pero con firmeza—. Si creemos que sois buenos, os incluiremos. Así funciona el proceso de selección.

La cara de Panamá se pone roja de furia, entrecierra los ojos y sus hinchados labios se arrugan para dar forma a una mueca airada y cruel.

—Mira, Maud, o Fraud, o como sea el nombre de culo que tengas, deja que te lo recuerde otra vez —amenaza, pinchando a Claude en el hombro con una uña pintada de color granate—. NECESITÁIS a Pasarela desesperadamente, tanto como la jirafa de tu colega necesita dejar de crecer para no acabar en un circo.

Mueve la cabeza en dirección a Fleur, que mira al frente, negándole de esa forma el placer de una contestación.

Panamá continúa.

—Además, he hablado con la señorita Guinevere y con el señor Foxton, y los dos están de acuerdo en que, sin mi increíble talento, Blackwell en Vivo será un desastre. —Se ríe entre dientes porque sabe que tener a los profesores de su parte es su arma secreta—. Así que no os pongáis tontas o...

—¿O qué? —pregunta Claude con mucho valor.

—Ya lo veréis —amenaza—. Haré que os arrepintáis de haberme conocido, en conjunto e individualmente.

Después se aparta y sonríe como si nos hubiese invitado a pasar la noche en su casa o algo así.

La verdad es que da miedo.

Me tomo en serio sus amenazas, pero no tengo tiempo para sopesar las oscuras posibilidades de su venganza, porque en ese momento Panamá ve a la señorita Guinevere, que ha venido a hacernos una rápida visita, y en un milisegundo su cara se transforma de demoníaca en angelical.

—Oh, hooola, señorita Guinevere —grita, saludándola con la mano—. Me alegro de que haya podido venir.

Ésta le ofrece una amplia sonrisa, pone un brazo alrededor de Leeza y el otro alrededor de Abigail y las felicita por su maravillosa actuación.

«Hemos pringao», pienso para mis adentros.

—Acordaos de lo que he dicho —nos conmina dándose la vuelta y largándose.

Miro a Claude, haciendo un esfuerzo para que el labio inferior no me tiemble, con la esperanza de que en su carpeta de Blackwell en Vivo venga detallada la forma de cometer un asesinato perfecto y el descuartizamiento de una matona de cuarto. O, al menos, algún plan ingenioso para que Panamá Goodyear no se apodere de Blackwell en Vivo, pero no tengo suerte.

Cuando me vuelvo hacia el otro lado, descubro que Fleur se ha ido al servicio, donde se queda hasta que se le pasa la hinchazón de los ojos.

6

Una canción muy especial

Supongo que debería contaros lo que pasó con la canción especial.

Ya sabéis, la que Jimi iba a cantar para mí.

Bueno, finalmente conseguimos que actuaran los Mesías Perdidos, aunque no fue la maravilla que esperaba. No, no lo fue. Nunca lo es, ¿verdad?

«Aspira a poco y nunca te sentirás defraudado», dijo un gran filósofo, no recuerdo cuál. Un momento, creo que fue el viejo Bert, el tipo que siempre está esperando en la puerta del Viaje Alucinante a que mi padre abra el pub para tomarse media pinta de cerveza. Quizá no debería basar mi vida en su sabiduría; hay días que ni se acuerda de ponerse la dentadura.

Es igual, os contaré rápidamente lo que pasó después de que Pasarela nos amenazara, aunque sin profundizar en los detalles, ya que Claude prefiere que no lo hagamos.

Así pues, una vez que Panamá se largó para tener una charlita con la señorita Guinevere, y Fleur volvió a su silla diciendo que tenía el estómago revuelto y que en absoluto había estado llorando, apareció un ángel en forma de Ainsley Hammond. A pesar de su ropa de color negro, el pelo con mechas moradas y su predilección por los pendientes con crucifijos, es el chico de cuarto más encantador y menos aterrador que una se pueda imaginar.

109

—Así que me toca actuar después de Pasarela, qué bien. Si lo hubiera sabido, habría traído mi cuaderno de autógrafos —comentó con sarcasmo antes de salir a escena.

Su grupo, Toque de Difuntos, con sus ropas deshilachadas, labios mal pintados y el lápiz de ojos corrido, parecía haber salido directamente de la película *El ataque de los zombies asesinos*. Sin embargo, cuando Claude les contó las exigencias de Panamá, todos al completo hicieron un espeluznante frente común con nosotras.

—¿Quién demonios se cree que es? —exclamó Candy, una hippie alta con unos pendientes en forma de murciélago.

—No os preocupéis —nos consoló otro chico que tenía unos extraños mechones en punta en la parte delantera de su corto pelo—. Si supierais los insultos que me dedica a mí...

—No le demos a esa malvada bruja el placer de saber que estamos hablando de ella —nos pidió Ainsley. Algo irónico, si se tiene en cuenta que él parece estar perpetuamente *en route* hacia una fiesta de Halloween.

—Tienes razón —accedió Claude.

«Si fuera así de fácil hacer desaparecer a Panamá...», pienso.

—¿Qué vais a tocar? —preguntó Fleur.

—Bueno, es un sonido experimental —aseguró Ainsley, muy serio—. «Nosotros lo llamamos reggae rápido neosiniestro.»

—Estupendo —dijimos las tres a la vez.

—Vale, cuando queráis —lo invitó Claude.

El grupo se abstrajo rápidamente en la música y empezó a tocar una canción muy rara titulada *Los muertos saben bailar*, una extraña mezcla de percusión metálica, estrepitosos sonidos electrónicos, bajo y flautas melódicas.

«Música disco-monstruosa», pensé.

La verdad, he de admitir que no me va mucho y, sin embargo, por la forma en que acudió al polideportivo toda la gente que había a cinco kilómetros a la redonda con el pelo teñido, un piercing o un tatuaje hecho con henna, meneando la cabeza y sacudiendo los puños, estoy en minoría.

—Bueno, parece que son muy populares, ¿verdad? —dijo Fleur.

—¡Ya lo creo! —corroboró Claude—. ¿Qué te parecen? —le preguntó a una chica de sexto de primaria que llevaba unas cien trencitas en el pelo.

—¡Son fantásticos! ¡Toque de Difuntos mola mogollón! ¡Tienen que actuar!

Así que fueron aceptados de forma extraoficial; si no los hubiéramos incluido, nos habrían linchado. Además, a estas alturas necesitamos tantos amigos como podamos.

—¡Eh, vosotras! ¡Se acabó el tiempo! —dice el señor Gowan, que acaba de aparecer a nuestra espalda. Es muy normal en él. De repente, se presenta sin previo aviso. Debe de utilizar un sistema de túneles secretos o algo así—. Son las ocho, hora de irse. ¿Creéis que no tengo otra cosa que hacer que quedarme aquí?

Todo el mundo lo mira sin entender nada, intentando imaginarse qué puede tener que hacer. Prácticamente vive en el colegio. Y no es que sea precisamente un trotamundos; cuando se va de vacaciones aparca la caravana a tres kilómetros de aquí.

—Perdone, señor Gowan, ¿podríamos quedarnos cinco minutos más? —le suplica Claude.

—Está bien, pero ni uno más —accede, ablandado por la buena educación de Claude—. Que no tenga que volver y desenchufar el cable. ¿Me habéis entendido?

—Sí, señor Gowan —respondemos las tres a coro.

—Nosotros también le hemos oído —interviene un grupo de voces masculinas.

¡SON LOS MESÍAS PERDIDOS! Bueno, al menos, tres de ellos: Naz, Aaron y Danny.

¡Aleluya!

—Menos mal que todavía estáis aquí —dice Naz, muy nervioso, mientras busca dónde enchufar su amplificador—. Lo sentimos mucho, chicas. Mil disculpas. Hemos tenido algún problemilla.

—Bueno, habéis llegado, y eso es lo importante —dice Claude, muy contenta de verlos.

Bah, si eres guapo puedes permitirte lo que quieras, ¿no?

«Pero ¿dónde está Jimi?», me pregunto yo.

—¿No os falta el cantante? —inquiere Fleur.

—Efectivamente. Nuestro idiota y patoso líder. Está de camino —asegura Naz.

En ese preciso momento se abren las puertas del polideportivo y Jimi entra cojeando, con Jess, su tabla de *skate*, bajo el brazo, arrastrando la pierna izquierda como si fuera un soldado herido.

—¡Jimi! —grito (no muy fríamente, ahora que lo pienso)—. ¿Qué te ha pasado?

—Nada, nada en absoluto. Me he caído. Es menos de lo que parece —dice, inclinando la cabeza hacia un lado y sonrojándose ligeramente.

Muestra la muñeca y nos deja ver un terrible espectáculo de sangre y piel arañada.

—¡Ayyy! —exclamamos las tres (y alguna otra chica que de repente está muy interesada en la salud de Jimi).

¿Veis lo que os decía de que a los guapos los tratan mejor? Si al señor Gowan le hubieran arrancado un brazo, nadie habría pestañeado siquiera, porque tiene cara de patata.

—Sí, aquí el listillo éste se ha peleado con unas escaleras y ha perdido —continúa Naz, meneando la cabeza.

Jimi vuelve a ponerse rojo y suelta un gemido cuando su muñeca roza con la cinturilla de sus pantalones.

—Tú has tenido la culpa, Naz. No deberías haberme dicho que habían puesto una barandilla nueva.

—¿Yo tengo la culpa de que seas tonto perdido?

Por la discusión que mantienen, nos enteramos de que el Ayuntamiento, en su infinita sabiduría, ha instalado una nueva barandilla en las escaleras del centro comercial Westland. Pues vaya cosa, pensaréis. Bueno, pues no habría pasado nada si Naz no la hubiera visto y se lo hubiera contado a Jimi. No sólo le dijo que era muy empinada y estaba recién barnizada (para un *skater* eso es como el capote rojo para un toro), sino que apostó con él a que no sería capaz de bajar los treinta y siete escalones y aterrizar en Bess sin estamparse con los coches que pasan por la calle.

—¡Guau! —exclaman todas las chicas del polideportivo.

—¡Es tan sexy! —le comenta una chica de primero a una amiga en voz demasiado alta y se pone colorada instantáneamente.

Es una cosa muy rara, pero, cuantas más temeridades hacen los chicos, más atractivos nos parecen. Por el mero hecho de arriesgar su vida a cambio de cinco minutos de gloria, Jimi tiene a todo el polideportivo rendido a sus pies.

Las chicas quieren besarle y los chicos ser como él.

—Casi lo consigo. La primera vez fue bien, pero la segunda la cagué —dice Jimi.

—Creímos que se había quedado para comida de gusanos. Se quedó inmóvil unos minutos y nos asustamos mucho —interviene Naz.

—Muy bien —dice Claude, un tanto secamente.

—¿Puedes cantar? —le pregunta Fleur.

—Sí, creo que sí. No es nada, aunque con la muñeca así no creo que pueda tocar la guitarra. De todas formas, lo intentaré.

Se acerca donde está Aaron, que se la ha afinado, e intenta pasarse la bandolera por encima de la cabeza, pero pierde el equilibrio y se da con la rodilla herida en un amplificador.

—¡Ayyyy!

Se deja caer y se sujeta la cabeza con las manos. Tiene un aspecto terrible. Un murmullo de espanto inunda la sala. Me entran ganas de correr hacia él y estrecharlo en mis brazos, pero es demasiado tarde.

—¡Santo cielo! ¿Estás bien? ¿Quieres que te llevemos al hospital? —pregunta una voz preocupada, que de repente se ha hecho cargo de la situación.

Es Panamá Goodyear.

Creía que se había ido a casa.

—No sé —contesta Jimi, mirando el palpitante pecho y los grandes ojos marrones de Panamá, seguramente sintiéndose mejor—. Estoy un poco mareado.

—Bueno, veamos qué tienes —dice Panamá, poniéndose en cuclillas—. A ver si te has roto algo.

Idiota de mí, no sabía que tuviera un maldito título de enfermera, pero ahí está, maltratando a MI Jimi Steele, haciendo que doble las rodillas y que suba y baje las piernas para poder establecer un «diagnóstico». Me juro que si le dice que se quite algo para poder examinarlo mejor le voy a dar de bofetadas hasta que le duela a ella también.

—Te pondrás bien —asegura la doctora Goodyear, pasándole la mano por el brazo—. Estás un poco conmocionado, eso es todo.

«¡Conmocionado! —pienso, echando chispas—. Por supuesto que lo está, asquerosa. Casi te lo comes delante de todos. ¡Te odio!»

—Gracias, ya estoy mucho mejor —le agradece Jimi.

—Me alegro de haberte sido útil —dice Panamá, sonriendo con afectación. Después se levanta y nos lanza una mirada llena de engreimiento, como diciendo: «Si no hubiera sido por mí...»

—Nos ha arreglado el día —murmura Fleur.

Después de eso, Jimi se recupera milagrosamente y va dando saltitos con una sonrisa dibujada en la jeta. Los Mesías Perdidos empiezan a tocar una canción que han escrito unos días antes, titulada *La chica de la boca de oro*, que trata de una tía problemática que siempre le replica a Jimi y lo vuelve loco. Para ser sincera, nos lo canta directamente a nosotras y, por defecto, muchas de las estrofas a mí, mirándome a los ojos, aunque da la impresión de que lo hace por ser amable.

Puede que, después de todo, ésta sea la canción especial, aunque no creo que sea especialmente para mí.

¡A las armas!

—Un día se te quedará así para siempre, Ronnie. Te lo he dicho muchas veces —me advierte Claude, levantando la vista de sus notas.

114

Fleur se olvida por un momento del espejo y las pinzas.

—¿El qué? —pregunto.

—Tu cara. Te dará un golpe de viento y te quedarás con el entrecejo fruncido para siempre —me reprende, solamente porque he tenido la cara como goma derretida los últimos cincuenta minutos.

—Bueno, siempre se puede poner inyecciones de Botox —sugiere Fleur amablemente—. Mi madre se puso alguna el año pasado. Quitan ese tipo de arrugas.

—O también podría dejar de fruncirlo —propone Claude—. Tenemos una buena lista de candidatos entre los que elegir —dice pasándome el papel—. El problema será a quién dejar fuera. ¿A qué viene esa cara larga?

—Lo sabes perfectamente, Claudette —replico, negándome a contagiarme de su ridículo optimismo—. Me preocupa Panamá.

—Oh, Panamá Mierdamá, Pasarela Mierdarela. No vamos a dejar que ese maniquí andante altere nuestros planes —me espeta Claude, poniéndose de pie con su metro cincuenta y dos de audacia—. ¿Qué puede hacernos? —pregunta con incredulidad.

—¿Darnos una paliza? —sugiere Fleur, que se ha depilado una ceja excesivamente y ahora tiene una expresión de sorpresa permanente en un ojo.

—Sí, vale, eso sí, pero no será capaz de mutilarnos ni matarnos. Eso no es legal —dice, sonriendo con satisfacción—. ¿Qué más?

—¿Insultarnos? —digo.

—Sí, es una posibilidad, pero recordad que lo ha hecho desde que estábamos en sexto de primaria. No me asusta lo más mínimo. Siempre que la vemos nos dice algo. Casi me siento honrada de que se moleste en hacerlo después de tantos años. Es evidente que no hemos perdido nuestra magia —asegura Claude de manera casi convincente.

Ha puesto las manos en las caderas y espera que le digamos la próxima amenaza de la que no tenemos que hacer caso.

—Puede mentir acerca de nosotras. Siempre lo hace con otra gente —apunta Fleur.

115

—Bueno, si son mentiras, son mentiras —argumenta Claude—. Sólo los estúpidos se creen los rumores sin comprobar si son verdad.

«Si eso fuera cierto...», pienso.

Nos miramos en silencio y finalmente les expongo mis miedos más profundos.

—Esa chica es un demonio. Lo que más me preocupa es que arruine el concierto si no se sale con la suya.

Esto último le parece un problema muy lejano.

—BUENO, YA BASTA —grita, perdiendo la paciencia—. Ya estoy hasta el gorro de Panamá Goodyear. —Indica hacia un punto imaginario por encima de su cabeza—. No voy a escuchar chorradas ni un minuto más.

Su morena piel brilla casi majestuosamente, iluminada por los focos de diseño que hay en el techo de la habitación de Fleur.

El susto que nos llevamos hace que ésta se siente inmediatamente y yo deje caer la revista sorprendida.

—Vaya, me alegro de que me prestéis atención. Ahora escuchad lo que voy a deciros, porque no me gusta repetir las cosas. Esto tiene que acabar ahora mismo.

Nos quedamos en silencio.

—¿El qué? —pregunta Fleur.

—Toda esta historia de Panamá Goodyear, no la aguanto. Es decir, no vamos a aguantarla —se corrige rápidamente.

—Hum —murmuro.

—A veces no os comprendo. ¿Creéis que me asusta lo que esa panda de inútiles mononeuronales puedan hacernos a nosotras y a Blackwell en Vivo?

En mi opinión, sí que parece preocupada, pero en una forma airada y desafiante, y no sumisa y derrotista como yo.

—Pues no, no me asusta en absoluto. Confío en LBD.

—Sí, te entiendo —digo en tono lastimero y poco convincente—. Somos mejores que ellos.

—¿Te recuerdo otra vez por qué somos LBD?

—Si quieres... —acepto sonriendo. Cuando se pone, puede ser hilarante.

—Venga, hazlo —le pide Fleur.

116

Nos encanta ese discursito, una inteligente y potente diatriba que saca a relucir cada vez que tenemos problemas. Después de tres años juntas, se ha convertido en una tradición. De hecho, no sé qué haríamos sin ella, sobre todo en ocasiones como ésta.

—LBD, o Las Bambinas Dangereuses... —dice subiéndose a una silla para dar comienzo a su charlita—. Ya sé lo que estáis pensando. Estáis pensando: Claudette, ¿qué es LBD. ¿Qué significa el nombre exactamente?

—Dínoslo, hermana —le pide Fleur.

—No os preocupéis, que lo haré —asegura llevándose un puño al pecho como si fuera un emperador romano—. Bueno, en primer lugar, *Las* es un artículo plural..., pero no voy a daros una aburrida clase de gramática ahora, señoritas. Baste con decir que significa que somos más de una.

—¡Así se habla! —exclama Fleur con acento americano por alguna razón que desconozco.

—En nuestro caso, somos tres. Así que, te sientas como te sientas, cuando formas parte de LBD no estás sola, pues las tres sentimos lo mismo. Un problema compartido es un problema a tercias. Tres cabezas piensan mejor que una, y todas esas cosas.

—¿Unidas venceremos? —sugiere Fleur, intentando recordar más clichés—. ¿Cuantos más, menos peligro?

—¿Desgracia compartida, menos sentida? —añado.

—Eso también —admite—. Pero, en cualquier caso, las LBD no están tristes mucho tiempo, no es algo que pegue con su carácter. Somos proactivas y sabemos solucionar nuestros problemas. —Ha empezado a mover las manos; le encanta hablar en público, incluso aunque éste sea de lo más reducido—. *Bambina* es una palabra italiana enrollada y guay que se utiliza para designar a una chica. Y supongo que no hace falta que os estrujéis el cerebro para daros cuenta de que somos unas tías guays y *fashion*, con más personalidad y carisma en la nalga izquierda que la mema con sonrisa bobalicona de Panamá Goodyear en todo su cuerpo. ¿No creéis, chicas?

—¡Así es! Sigue, me encanta lo que dices —la anima Fleur.

117

—*Dangereuses* —grita Claude, y casi se cae de la silla, aunque consigue agarrarse en el marco de la puerta—. Somos *bambinas* peligrosas por muchas razones. Por ejemplo, no aguantamos chorradas, en especial las de Pasarela. Siempre tenemos un as en la manga y nunca nos rendimos. De hecho, nadie sabe cuál va a ser nuestro siguiente paso: somos astutas como zorras.

—Sí que lo somos —se ríe Fleur.

—¡Somos taimadas como coyotes! —grita Claude, seguramente mosqueando al Malvado Paddy, que está abajo, intentando ver una película de James Bond tranquilamente.

—¡Somos *bambinas* peligrosas! —grito aún más alto, lo que es peligroso, si se tiene en cuenta lo que se enfada Paddy cuando alguien no le deja disfrutar de *Goldfinger* por decimoséptima vez.

—¡*Bambinas* peligrosas! —gritamos todas a coro riéndonos como locas.

(Seguramente os estaréis preguntando cómo es que todo esto acabó en una mezcla inventada de francés e italiano: «Las Bambinas Dangereuses», pero si os hubierais sentado con Fleur, Claude y yo en clase de Francés en sexto de primaria mientras la señorita Bassett se enrollaba con *monsieur* Boulanger de La Rochelle, creedme, también habríais inventado un nombre idiota para vuestra pandilla.)

¿Teatro callejero?

Ahora me siento mucho mejor.

Enseguida nos sentamos en el suelo de la habitación de Fleur, rodeadas de papeles e inmersas en un frenético debate sobre a quién aceptamos y quién tiene el factor X para poder actuar en Blackwell en Vivo. Gracias a la sorprendente arenga de Claude, parece que no hubiese habido ningún problema con Pasarela, aunque eso tampoco pone fin a nuestras dudas. A todas nos gusta Christy Sullivan, y dos de nosotras incluso votamos por Almacén..., pero, cuando Claude pide que se incluya a Los Golfos, yo empiezo a sentir lástima por Chester Walton y Fleur hace de abogado del diablo y sugiere que el concierto podría comenzar con el señor Jingles, el asombroso y chungo oso parlante. La discusión sigue, le damos vueltas y más vueltas a todo, levantando unas veces la voz y otras permaneciendo en completo silencio, hasta que nos interrumpe un sonido muy peculiar.

Parece una piedra que ha dado contra el cristal.

—¿Qué ha sido eso? —pregunta Fleur.

—No sé, ha sonado allí —digo.

—Es como si alguien hubiera tirado algo —apunta Claude.

—Sí, creo que tenemos visita. Si es el cerdo de Dion Williams, aseguraos de tener cargada la pistola de agua —dice Fleur levantándose, seguida de Claude.

Cuando las tres estamos peleándonos por poder pegar las narices en la ventana, Fleur deja escapar un grito.

—¡Eh! Hay seis tipos muy extraños ahí afuera. ¿Qué os parece? Rápido, Claude, abre la ventana.

Tiene razón, ahí están.

En Disraeli Road hay seis chicos de unos quince años mirándonos. Tienen aspecto *hiphopero*: llevan pantalones holgados, zapatillas de deporte chillonas y cadenas de oro. Uno de ellos incluso lleva un pañuelo en la cabeza, como si acabara de salir del South Central de Los Ángeles, en vez de haber llegado hasta aquí en bicicleta, que es lo más probable.

—¿Quiénes sois? —pregunta Fleur.

Si hubiera estado mi abuela, habría dicho algo diplomático como: «¡Eh! Parecen las malditas Naciones Unidas», ya que la banda está compuesta por dos chicos blancos, uno que parece chino, dos negros de diferente tonalidad de piel y otro de aspecto chipriota, con unos increíbles ojos marrones y pómulos muy pronunciados.

—¿Eres Fleur Swan? —pregunta el chipriota.

—Sí —contesta ésta arqueando una ceja.

—Estupendo, nosotros somos el Sindicato de la Vida Fácil —los presenta, y los chicos que hay detrás de él empiezan a hacer gestos de rapero—. Queremos actuar en vuestro concierto.

—¡Ah! —exclamamos las tres, un tanto sorprendidas, porque jamás los habíamos visto. ¿Cómo narices habrán dado con nosotras?

—¿De dónde sois? —pregunta Claude, que controla la situación.

—Del instituto Chasterton. Está al otro lado de la ciudad —dice uno de los chicos negros, que tiene unas espaldas muy anchas.

—Lo conozco. ¿Dónde vivís?

—En la urbanización Carlyle —dice el chico negro señalando al resto del grupo y a dos chicas de aspecto hispano que hay sentadas en una valla cercana.

—No me extraña que se llamen así. Ese barrio es bastante más lujoso que éste —nos informa Claude en voz baja.

—No importa —replica Fleur—. ¿Y qué música hacéis? ¿Rap?

—Somos más bien un sindicato —responde el chino—. Hacemos rap y, ya sabes, algunos de nosotros son DJ, otros bailan, cantan... Es un rollo colectivo. Una historia de la vida fácil. ¿Me explico?

Vuelven a hacer gestos rarísimos.

—Sí, claro —contestamos de forma poco convincente.

—La gente de Music Box nos ha contado lo que estabais organizando y os hemos buscado —interviene uno de los chicos blancos, que tiene un anillo en cada dedo y lleva una chaqueta negra acolchada de cuello alto.

—Bueno, pues ya nos habéis encontrado. ¿Qué hacemos? —inquiere Claude.

—¿Tenéis diez minutos para oírnos? —pregunta el chipriota mientras mete un CD en un enorme radiocasete portátil.

—Venga —les grita Fleur sin preocuparse por el resto de los vecinos de Disraeli Road, que seguramente están disfrutando de algún programa de televisión.

Esto no les va a gustar nada.

—¡Genial! —corea el Sindicato de la Vida Fácil, mientras suena un bajo a todo volumen. En cuestión de segun-

120

dos la calle se llena de un ritmo sobrecogedor y machacante a 132 compases por segundo. Los chicos se inclinan hacia delante y hacia atrás al compás de ritmos increíblemente rápidos, luego se mueven con aire taciturno y trazan piruetas extrañas, mientras las chicas, vestidas con ajustados pantalones negros y camisetas que dejan ver los ombligos, menean el culo. Uno de los chicos está dando vueltas sobre su espalda, mientras los otros, muy serios, esperan su turno para entrar en la canción con una estrofa o una palabra. A su alrededor se descorren cortinas y aparecen caras en las ventanas.

—¡Apártate de mi Volvo o llamo a la policía! —les grita el tipo del 42, tapado solamente con una toalla.

—¿Es un programa de cámara oculta? —pregunta la abuelita del 52 a las dos cantantes y bailarinas de la Vida Fácil—. ¿Me están filmando? ¡Qué bien, voy a salir en la televisión! —exclama, saludando con la mano a una cámara inexistente.

Si tuviera que acordarme de uno de los momentos más agradables de Blackwell en Vivo, posiblemente sería éste: nosotras tres asomadas a la ventana del 39 de Disraeli Road, gritando y riéndonos, el Sindicato de la Vida Fácil rapeando y bailando como locos... y Paddy Swan corriendo hacia ellos con el puño en alto amenazándolos con avisar a la policía y al departamento de contaminación acústica si no cesaba inmediatamente aquel estruendo infernal, con una cara de enfado tal que su calva tenía color remolacha.

Para morirse de risa.

Por suerte, los chicos entienden el mensaje rápidamente y los ocho se largan con el equipo de música.

—¿Cómo nos ponemos en contacto? —les grita Fleur desde la ventana de su dormitorio, lo que consigue que Paddy se enfade aún más.

—¡Envíame un mensaje! —vocea el chico chipriota, repitiendo su número de móvil a voz en grito, con lo que lo oye toda la calle—. Escríbeme cuando te lo hayas pensado.

—¿Cómo te llamas?

—Golpe Mortal —contesta sin el más mínimo corte.

—¡Oh, Dios mío! —exclama Paddy.

BLACKWELL EN VIVO, NOTICIAS
GRACIAS A TODOS LOS QUE ACUDISTEIS
A LA AUDICIÓN EL LUNES PASADO

QUEDAN CONFIRMADOS LOS SIGUIENTES
INTÉRPRETES:

CHRISTY SULLIVAN
TOQUE DE DIFUNTOS
LOS MESÍAS PERDIDOS
LOS GOLFOS
PASARELA
EL SINDICATO DE LA VIDA FÁCIL
SOCIEDAD CAMPANÓLOGA DE BLACKWELL

SE RUEGA A LOS PARTICIPANTES ELEGIDOS
ACUDAN EL JUEVES 26 DE JUNIO
A LAS 4 DE LA TARDE A LA SALA DE TEATRO
PARA UNA REUNIÓN GENERAL

LA VENTA DE ENTRADAS PARA BLACKWELL EN
VIVO COMENZARÁ EL 2 DE JULIO, DURANTE LOS
RECREOS Y LAS HORAS DE COMIDA, EN LA PUERTA
DE LA SALA DE TEATRO
PRECIO: 3 LIBRAS

7

Otra idea genial

Al parecer, de pequeña, yo era una niña excesivamente falta de alegría.

Según la tradición oral del clan de los Ripperton, durante mi infancia no llegué a entusiasmarme por nada, para gran enfado de mis padres, que esperaban, mejor dicho, exigían, una retribución en forma de maravillas infantiles a cambio de todo lo que habían hecho por mí.

Paseos por el parque, bolsas de chuches, globos, dejarme ver por la noche el final de un programa de televisión..., todas esas cosas, y muchas más, eran recibidas por mí con indiferencia evasiva y rostro carente de expresión.

—Ronnie, tener que forzar a una hija de seis años a que sonría es una experiencia muy desmoralizadora para un padre —me dijo una vez después de que yo sola vetara una excursión familiar al Parque Temático de Chessington.

Sin duda lo era, sobre todo cuando venía acompañado de una explicación cortante: «Parece divertido, papá, pero a lo mejor os gusta más a vosotros que a mí. Id solos, yo me quedaré en casa» (Lo que daba paso a golpes en la frente y amenazas de llevarme al orfanato más cercano.)

Con todo, no era una niña desdichada, ni mucho menos.

Simplemente no mostraba la cantidad de alegría que se supone debía provocarme un globo en forma de perro salchicha o una taza de gelatina y helado. Creedme, eso alucina un montón a los padres. La verdad es que lo único que me entusiasmaba era Nochebuena, pero que un jubilado entre en casa, un día al año, con el consentimiento de los padres y deje juguetes y chocolate por valor de doscientas libras provoca una sonrisa a cualquiera.

De todas formas, esto no es un triste viaje a los confines del recuerdo.

Cuento todo esto porque parece que ahora, con catorce años y medio, tengo problemas por ser «demasiado feliz». En mi opinión, es una prueba concluyente de que para ser padre hay que estar un poco esquizofrénico o, al menos, ser propenso a grandes lapsus de memoria y delirios mentales.

Mis padres no acaban de creerse que haya estado tan contenta toda esta semana, justo desde que empezó a tomar forma lo de Blackwell en Vivo. No he dejado de sonreír y de hablar sin parar; me he mostrado positiva ante la vida y el futuro; no he mencionado la posibilidad de una guerra bacteriológica (a veces me obsesiono con las cosas que veo en la televisión); he ido corriendo al colegio todas las mañanas muy temprano porque LBD tiene que concretar un montón de cosas. Estar alegre no ha sido una decisión deliberada, pero si se tiene en cuenta que el objetivo inicial de organizar el concierto era, ejem, conocer a chicos, y unas semanas más tarde hay montones de ellos que quieren hablar con nosotras y venir a nuestras casas, bueno, supongo que sí que estoy más contenta. Incluso hemos conocido al Sindicato de la Vida Fácil, y eso que son de otro colegio. ¡Estamos importando chicos de otros barrios! Y sí que es cierto que últimamente hemos pasado algún mal rato con Panamá Limpiaváteres y sus gremlins, pero a pesar de todo he conseguido no desanimarme.

—Tú tomas drogas, ¿verdad? —dice mi madre mientras quita un cuenco de papilla de la mesa de la cocina. Cuando me lo ha servido hace una hora parecía arroz tostado.

—¿Qué? —pregunto.

—Que seguro que tomas algo. Te lo noto. No sé qué, pero no dejas de sonreír. —Me sujeta la cara y me baja un párpado—. ¿Lo ves? Tienes los ojos rojos. Eso es por las drogas.

Seguro que tiene el mismo título en medicina que Panamá Goodyear.

124

—¿Te importaría lavarte los dientes antes de acercarte tanto a mí por la mañana? —resoplo, zafándome de ella antes de que descubra un grano y quiera quitármelo—. No me lo puedo creer, te has pasado los últimos catorce años atormentándome para que sonriera más y me animara, y ahora me riñes porque me río mucho. Estás mal de la cabeza. Para mí que te falta un tornillo.

—A ti sí que te falta un tornillo.

—No, señora. Ya te darás cuenta.

(Desde que soy adolescente nuestras discusiones han pasado a ser muy profundas.)

—¡Veronica, no le digas esas cosas a tu madre! —grita mi padre desde otra habitación.

—Y a él le falta otro —digo, señalando con la cabeza hacia donde procede la voz.

—En eso tienes razón —acepta, arrugando la nariz en la misma dirección—. Has heredado los genes defectuosos de su familia, pero no lo metamos en esto.

Mi padre, que sabe muy bien lo que le conviene, decide quedarse callado en el cuarto de estar con su té y no intervenir en su defensa.

Anoche estuve pensando durante unos cinco minutos que mis padres han debido de resolver el extraño problema que tenían. Cuando volví del colegio estaban juntos en la cocina y hablaban civilizadamente de cosas del pub. ¡Estaban hablando, nada menos! No se decían cosas el uno al otro simplemente. Era como si fueran amigos, casi.

Bueno, al menos hasta que papá mencionó que el año que viene podría ser buen momento para reformar el patio trasero del Viaje Alucinante. Lleva unos cinco años soñando con montar una terraza de verano, pero, según los albañiles, le costaría unas tropecientas mil libras.

—Tenemos cosas más importantes en las que gastar los ahorros, Laurence —le gruñó mi madre.

—Creía que a ti también te gustaba la idea, Magda. Podría montarme una tienda de campaña y vivir allí. Así no tendrías que verme —le gritó mi padre.

Gracias a Dios, las LBD teníamos una cita para hablar de Blackwell en Vivo. Me sentaría bien salir de casa y hacer algo que no tuviera relación con mis padres.

Cuando levanto la vista de mi papilla helada, mi madre me está mirando fijamente, esperando que confiese mi angustioso problema con las drogas.

—Mira, pasa de mí un rato —le pido, meneando la cabeza—. Simplemente estoy muy bien. Blackwell en Vivo va de maravilla y estoy flipando... —Sigue observándome—. Bueno, sí, es posible que la semana pasada estuviera muy estresada.

—Estresada y deprimida —me corrige mientras se come una cebolleta en vinagre.

—Vale, tienes razón, pero ahora estoy contenta y...

—¿Feliz y extasiada? —pregunta, levantando una ceja.

—¡Sí!

—Hum.

—Pero no tomo drogas. De hecho, no sabría ni dónde ir a buscarlas, así que es imposible que las consuma —confieso con toda sinceridad.

—Por la noche hay un montón de camellos en la puerta del colegio ofreciendo su mercancía —asegura mi madre, que últimamente le ha dado por leer a fondo el *Daily Mercury*.

—¡Por Dios, mamá! ¡Esos camellos ni siquiera existen! Una vez Claude y yo nos quedamos por allí para ver en acción a un camello de verdad y la única persona que vimos fue a la señora Baggins, la mujer que ayuda a cruzar los pasos de cebra.

—Ella sí que toma drogas —dice, empezando a sonreír más aliviada.

—Pues sí, está como una chota —confirmo, contenta de que haya acabado el interrogatorio. Aunque, como siempre, quiere tener la última palabra.

—Bueno, Veronica Ripperton, recuerda que te vigilo. Te tengo fichada. Y si veo que haces algo que no me gusta, caeré sobre ti como una tonelada de ladrillos —amenaza apuntándome con un dedo.

—Muy bien, controla lo que quieras, vieja bruja, porque no consumo drogas —digo en voz baja mientras se come otra cebolleta.

—Estoy segura de que Fleur Swan tiene algo que ver con todo esto —continúa para quien quiera que le esté escuchando—. Es la instigadora de todas vuestras fechorías. Si yo fuera Patrick Swan, hace tiempo que la hubiera encerrado en el desván.

—¿Y por qué Fleur? —pregunto, agarrando la mochila—. ¿Por qué no Claude? Puede que ella sea mi camello —añado con malicia.

—Ja, ja, ja. No me hagas reír, Ronnie. Ella no se metería en cosas de ésas. Tiene demasiado sentido común. Es una chica encantadora.

(Estoy convencida de que si Claudette Cassiera no tuviera un color de pelo completamente diferente al mío, ni a la señora Cassiera para cuidarla, mi madre la haría pasar por hija suya, después de abandonarme en una cuneta. La adora como a la hija que le habría gustado tener. ¿Cómo lo hace Claude?)

—Bueno, no puedo entretenerme. Me voy al colegio a ponerme ciega de drogas. —Levanta la vista del bote de encurtidos en el que está metiendo una cuchara para sacar el vinagre—. Espera, olvídalo. Lo más probable es que vaya a la clase de dos horas de Ciencias a aburrirme mortalmente. Me llevaré una patata asada para comer.

—Buena chica.

—Hasta la vista, locatis —me despido dándole un beso en la mejilla.

—Tú sí que estás como una cabra —replica cerrando la puerta del pub antes de que pueda contestar.

Mi madre es de lo más infantil.

La reunión

Me encanta el olor de la sala de teatro.

El señor Gowan utiliza una cera que huele increíblemente bien y que deja el suelo suave y brillante.

Supongo que si tuviera que esnifar alguna sustancia extraña, para facilitarle a mi madre esa crisis familiar relacionada con las drogas que tan desesperadamente busca, posiblemente me sentaría aquí y me dedicaría a oler este agradable e intenso aroma a barniz hasta que me pisoteara una manada de chicos de sexto de primaria que simulan

127

ser «árboles que echan retoños» o «aves que remontan el vuelo» al rítmico sonido de una pandereta.

No pensé ni por un segundo que si convocábamos en la sala de teatro una «reunión general» (como la llama Claude oficialmente) con los grupos participantes en Blackwell en Vivo, vendrían todos sin excepción.

Gente que ni siquiera se caen bien unos a otros, con diferentes horarios y compromisos después de las clases.

Demasiados para citarlos a la vez.

Siempre hay uno que se acuerda a última hora de una cita urgente con su Nintendo Gamecube (por ejemplo, Aaron) o una chica que necesita arreglarse la coleta (véase Abigail, de Pasarela). Sin embargo, gracias a que Claude está al timón y ha ido recorriendo los servicios entre clase y clase para amenazar a los músicos con la pena de muerte si no acudían a las cuatro, nos hemos reunido todos.

—Les he dicho lo que había —nos explica Claude mientras vamos *en route*—. Si no vienen, no actúan. Si no puedo confiar en que aparezcan hoy, no voy a hacerlo el doce de julio.

—A veces eres un poco Morticia Addams —dice Fleur.

—Ya, pero lo dices como si fuera algo malo, y mira, están todos, ¿no?

—Sí, pequeña C. Lo has conseguido —dice Fleur, soltando una risita mientras asoma la cabeza por la puerta y ve un mar de cabezas que se vuelven para mirarla.

Veintinueve personas; son todos los que están y están todos los que son.

Ahí tenemos a Toque de Difuntos, los cinco alumnos de Blackwell pioneros del reggae rápido neosiniestro, sentados al lado de Los Golfos, el trío de percusión y guitarra de Liam. Mientras éste espera que empiece la reunión, Tara, la bajista, habla con un montón de pelo que resulta ser Benny Stark, cuya vestimenta es todo un alegato de ironía. No sé cómo lo consigue. Supongo que se debe a que lleva siempre la corbata más estrecha, el cuello más puntiagudo y los pantalones más ajustados que el resto de los chicos, todo comprado en tiendas de segunda mano (a pesar de lo cual, Panamá no se mete con él). En la solapa luce una fila de chapitas de grupos de música neoyorquinos de los que nadie ha oído hablar, que le confiere un aspecto «demasiado inconformista para el uniforme». La verdad es que no sé si se esfuerza mucho para tener esa pinta o es tan condenadamente descuidado que da la impresión de que quitarle la tapa a un bote de remolachas lo dejaría hecho polvo una semana entera.

—Sí, he oído el nuevo disco de Los Divinos, pero Music Box no me lo puede traer de Estados Unidos hasta finales de agosto. ¡Vaya rollo! —le dice Benny a Tara.

—Esa tienda es muy mala. Yo lo pido todo por Internet, es mucho más rápido —susurra ésta por encima del murmullo general de la sala.

En el estrado están sentados los nueve culos de Pasarela y los Mesías Perdidos. En el centro están Jimi Steele y Panamá Goodyear, hombro con hombro. Me fijo en que ésta está tocándole la rodilla, que menea el pelo cuando habla y suelta risitas agudas a cada paso.

Me imagino que le está contando chistes de «se levanta el telón y aparece...», o a lo mejor se le derrite más el cerebro que a Fleur cuando está con chicos guapos.

Abigail y Leeza, de Pasarela, están hablando con Christy Sullivan, el morenazo de ojos oscuros, que está sentado en una silla cerca de la puerta.

—¡Eh, Christy! —chilla Leeza, dando un golpecito en el espacio que hay entre ella y Abigail—. ¡Ven a sentarte con nosotras! Tienes el culo pequeño, ¿no?

—No, gracias, chicas. Estoy muy bien aquí.

Abigail y Leeza se olvidan pronto del rechazo de Christy y se ponen a hablar de su tema favorito, aparte de ellas mismas, aeróbic.

Pero, por encima del bullicio general, se oye una voz.

—Y le dije: «No puedes comprarme los zapatos de Gucci y el bikini para mi cumpleaños, papá, es mucho dinero.» —Es Panamá, que habla con Jimi en un tono bastante alto—. Pero él me contestó que sólo tiene una niñita y que puede gastarse lo que quiera en ella. ¿Qué iba a decirle?

—Pues no sé... —contesta Jimi.

—Exactamente. Le tuve que dejar que me comprara las dos cosas. Ja, ja, ja.

Jimi intenta reír también, pero, para ser sincera, parece que le atraen más sus tetas, que por cierto las lleva suspendidas con una especie de ultrasujetador que mantiene el escote alto y separado, a la altura de las orejas. (N. B.: Yo no lleno ni una huevera con mis domingas. ¡Como para ponerme una talla grande! Ésta es otra de las razones por las que hay que acabar con Panamá. Preferentemente en un accidente de apisonadora.)

—Perdona, no paro de hablar de mí —se excusa Panamá con voz un poco más baja, aunque sigo prestando atención a sus cotilleos y distingo todas y cada una de sus palabras—. ¿Qué tal estás del accidente? Te hiciste daño en el brazo y en la pierna, ¿verdad? —pregunta con voz angustiada mientras le acaricia la mano derecha—. Me tenías preocupada, tonto.

—No fue nada. Siempre me caigo de la tabla —contesta sonrojándose ligeramente.

—Bueno, pues si sigues haciéndote daño tendré que seguir ocupándome de ti. No me dejas otra elección —bromea pinchándole en el estómago—. A partir de ahora tendré que vigilarte de cerca.

Jimi le devuelve el golpecito en el estómago superplano de Panamá y los dos se echan a reír. Esta chica es muy buena en cuestiones de flirteo, hay que reconocerlo.

—¡Atención todo el mundo! —grita Claude—. Con el debido respeto, ¡cerrad el pico! Necesito informaros de unas cuantas cosas; después podréis hacer todas las preguntas que queráis. ¿Vale?

—¡Vale! —contestan todos.

—¿Está el Sindicato de la Vida Fácil?

—¡Sí! —contesta un grupo de voces al fondo de la sala.

—Gracias por venir desde la otra punta de la ciudad —dice Claude haciendo un respetuoso gesto con la cabeza en dirección a su atractivo líder, Golpe Mortal.

—De nada. Presentes todos.

Y así era. Allí estaban los ocho miembros del grupo, además de otros dos o tres chicos que les habían acompañado, al parecer para darles apoyo moral. No me parece mal que hayan traído refuerzos; venir a Blackwell desde Chasterton debe de ser una odisea. Estábamos convencidas de que no aparecerían, sobre todo porque estos dos colegios tienen un antiquísimo historial de peleas, pero estamos contentas de que lo hayan hecho.

Por cierto, si os estáis preguntando cómo hemos conseguido que el señor McGraw accediera a que toquen grupos que no son del colegio, os diré que ha sido gracias a Claude; ella se ha encargado de las negociaciones.

—Los ha aceptado, pero con una condición —nos dijo cuando volvió de la guarida del señor McGraw.

—¿Cuál? —pregunté con cautela.

—Bueno, ya sabéis lo que le gusta la Sociedad Campanóloga.

—Sí. ¿Y?

—Bueno —suspiró—, me ha dicho que no podemos incluir a unos y a otros no, así que los he aceptado a los dos.

—¡Ding-dong! —exclamé sonriendo.

La expresión de pena de Claude era tan divertida que Fleur y yo no pudimos evitar echarnos a reír. De hecho, intento no hacerlo cuando Jemima y George, campanólogos ambos, se sientan frente a Claude, campana en mano, listos a darnos un recital si se presenta la ocasión.

Finalmente, Claude da comienzo a la reunión y recurre a algunos tópicos, como dar las gracias a todos por la audición, decir «la elección ha sido muy difícil» y bla, bla, bla. Evidentemente, evita comentar que el lunes pasado a las diez de la noche estábamos tan cansadas de discutir, en particular de Almacén y sus *Zapatos de gamuza azul*, que tuve que atizar a Claude y a Fleur en la cabeza con un cojín. Tampoco dice que lo de las campanas ha sido puro chantaje, ya que son asuntos internos de LBD.

No hace falta que la gente se entere de todo.

—Seguramente estáis pensando que faltan muchos meses para el festival —continúa Claude—, pero tengo que deciros que no es así. Hoy es jueves veintiséis de junio y tenemos que prepararlo todo para el doce de julio, así que nos quedan dos semanas.

—¿Qué? ¿Sólo? —exclama todo el mundo.

¡Santo Dios!, cuando pone las cosas así hasta yo me asusto.

—Bueno, para abreviar. Dejamos en vuestras manos lo que vais a tocar y cómo pensáis hacerlo. La única regla es: aparecer a la hora y hacerlo bien.

Todo el mundo refunfuña, incluida Panamá, que le da un codazo a Leeza y después mira con desprecio a Claude y murmura: «¿Cómo vamos a hacerlo mal?»

—Y otra cosa, intentad no ser indecentes. No es una exigencia nuestra. El señor McGraw me ha dicho que no tolerará blasfemias o lascivia, o sea que no se pueden decir tacos ni enseñar el culo.

—¡Vaya! —exclama Golpe Mortal—. Yo pensaba enseñar mi...

—Es igual lo que pensara hacer, señor Golpe, no podrá hacerlo —le interrumpe Claude riéndose.

—Ah, y si alguien tiene alguna duda sobre qué palabras se pueden decir y cuáles no delante del señor McGraw, hablad conmigo. He pasado suficientes horas castigadas como para saberlo —añade Fleur.

Todo el mundo se ríe, excepto los campanólogos, que se miran unos a otros, horrorizados. ¡En qué depravada pesadilla se han visto envueltos!

—¿Vendrá al concierto el señor McGraw? —Quiere saber Ainsley, de Toque de Difuntos.

—Buena pregunta. La última vez que hablamos con él se acordó de repente de que ese día venían unos parientes suyos de Mongolia Exterior, así que es posible que no pueda asistir —les informo.

—¿Tiene familia tan lejos? —pregunta Ainsley.

—Vete tú a saber. A lo mejor sí que viene.

Cuando a la gente empiezan a entrarle calambres en el culo, Claude continúa rápidamente.

—Para ser sincera, uno de los grandes obstáculos de Blackwell en Vivo es el dinero. Tendremos que vender muchas entradas para que salga bien. —Saca su carpeta y nos enseña las cuentas que ha hecho—. Según mis cálculos, la cantidad mínima que necesitamos para que la cosa funcione son mil libras; para alquilar un escenario, altavoces y un entoldado para refrescos, baile y todas esas cosas. Así que sólo tenemos que vender trescientas treinta y cuatro entradas a tres libras cada una.

—Y si vendemos más, mejor —añade Fleur.

—El caso es que en Blackwell hay mil alumnos, y otros tantos en Chasterton. Y, evidentemente, toda esa gente tiene familiares y amigos que a lo mejor quieren venir. Necesitamos que todo el mundo empiece a presionarlos para que compren entradas —sugiero.

Todos asienten en mi dirección, lo que me parece maravilloso porque lo de hablar en público no se me da nada bien. De hecho, tengo las manos completamente sudadas.

—Si pudiéramos conseguir algo de publicidad en el *Daily Mercury* o en Guay FM sería fantástico —dice Claude, que ha urdido una sutil estratagema—. ¿Tiene alguien contactos en esos sitios?

Claude arquea una ceja con socarronería.

Por fin hemos conseguido estimular el ego de Panamá, que inmediatamente levanta la mano.

—¡Yo! Es decir, nosotros —chilla—. ¿Os hemos hablado alguna vez de cuando llegamos a los cuartos de final del concurso «En busca de un grupo pop» del programa de Guay FM?

—Sí —gruñen todos.

—Bueno, lo hicimos. Conocemos gente allí y en el periódico también y piensan que soy, perdón, somos fantásticos. Los llamaré para ver si muestran algún interés.

—Gracias, Panamá —le agradece Claude con los dientes muy apretados—. Nos vendrá muy bien.

Panamá se sienta y deja que su enorme e hinchada cabeza disfrute de la atención que ha despertado, antes de volverse hacia Derren y Zane, miembros de Pasarela, para darse importancia mencionando algún nombre.

—Warren nos ayudará, estoy segura, y Frankie también —anuncia mencionando por sus nombres a dos conocidos DJ de la radio local y asegurándose de que nos enteramos de que prácticamente son sus mejores colegas.

—Eso es todo. Convocaremos otra reunión cuando tengamos algo más que comentar —se despide Claude.

—Yo tengo una última pregunta —dice Zane, levantando una mano teñida con falso bronceado.

—Dispara —le pide Claude un tanto preocupada.

—¿Quién va a ser el grupo estelar?

¡Glups!

De pronto los cinco pares de ojos de Pasarela comienzan a taladrar a Claude, junto con los del resto de presentes. Ésta inspira profundamente, revuelve entre los papeles para ganar tiempo y después anuncia con voz ligeramente temblorosa:

—Todavía está sin confirmar, lo siento.

Horror, buena la ha hecho.

De repente, la cara de Panamá adquiere una expresión absolutamente venenosa. ¿Cómo se atreve Claude Cassiera a ser tan insolente después de las exigencias que le planteó el lunes? Evidentemente, en su opinión, Claude demuestra un comportamiento intolerable y me pregunto cuándo habrá sido la última vez que la matona de pelo castaño no se ha salido con la suya.

Si es que ha ocurrido alguna vez.

La verdad es que sería más fácil que los de Pasarela se pusieran en pie, se acercaran a nosotras, nos sacaran a rastras de la sala y nos dieran una buena paliza en los servicios. Así, al menos, zanjaríamos la cuestión de una vez por todas. Pero, en vez de eso, nos miran fijamente un buen rato antes de murmurarse algo entre ellos y mostrar sonrisas de satisfacción. Después, se levantan lentamente y se van soltando un falso «Adiós y gracias por todo».

Estoy segura de que estáis de acuerdo en que eso es más espeluznante, si cabe.

Intento que Claude se dé cuenta de que la estoy mirando para decirle con los ojos «Ahora sí que la hemos cagado», pero aprieta los labios y finge estar estudiando sus notas. Ha echado hacia atrás los hombros y levantado la nariz en actitud desafiante, pero, a pesar de su pose, sé que es puro teatro.

En casa, pero acompañada

Estoy a mitad de Lacy Road, de camino a casa y, en esta rara ocasión, sin ningún miembro de LBD.

134

Claude se ha quedado hablando con Liam Gelding después de la reunión y Fleur se ha ido a casa pasando por GAP para devolver una falda que no le gusta. He rechazado acompañarla y he preferido irme sola. No me apetecía otra escenita de volver locas a las dependientas pidiéndoles que le devuelvan el dinero por una prenda que ha llevado a un montón de fiestas, antes de decidir que ya no está de moda. De todas formas no me echará de menos. Golpe Mortal se ha ofrecido a acompañarla, ya que le pilla de camino. Evidentemente, Fleur salió inmediatamente a pintarse los labios en su sonrisa de oreja a oreja antes de que yo tuviera tiempo de replanteármelo.

Encantador.

Así que camino lentamente hacia casa, pensando en todo lo que ha ocurrido hoy e intentando que no me atropellen en los cruces, cuando siento que alguien se me acerca.

—¡Eh, Ronnie! Espera un momento —me llama una voz masculina.

Me doy la vuelta y veo a Jimi Steele encima de Bess, rodando por la acera en mi dirección.

¡Dios mío!

Lo que he soñado tantas veces está sucediendo ahora mismo.

Él y yo solos. Todo para mí, una auténtica oportunidad para demostrarle que soy la chica sin la cual no podrá vivir.

Entonces, ¿por qué me pongo nerviosa? ¿Por qué no creo que todo es encantador y maravilloso, como me sucede cuando sueño con eso durante las dos horas de Ciencias? En cambio, me siento torpe y sin gracia, y algo más que preocupada de que mi desodorante me haya abandonado.

—Hola, Jimi. ¿Por qué me sigues? ¿Me estás acosando? —añado, intentando hacer un chiste.

—Así es. Te sigo todas las noches, aunque normalmente me pongo una barba postiza.

—Sí, sabía que eras tú —aseguro y hago un esfuerzo por andar con despreocupación. Meto el estómago, saco mi escaso pecho y mantengo la cabeza ladeada hacia él para que no me vea de perfil y se fije en mi enorme nariz. Cuando paso por delante de un escaparate me doy cuenta de que parece que tenga gases y decido caminar con normalidad.

—Bueno, la verdad es que no te estoy acosando, pero sí que te estaba siguiendo. Quiero preguntarte algo.

—¿Qué? —pregunto, rogando que me diga: «Quería saber si quieres ser mi novia, porque estoy loco por ti.»

Pero, por supuesto, no dice eso.

—¿Puedo entrar un momento en el salón del pub? Creo que la semana pasada me dejé allí mi sudadera Quicksilver después de ensayar.

—Pues claro —aseguro, un poco decepcionada, pues la cosa no tiene pinta de acabar en besos—. De todas formas, yo no la he visto, y la de la limpieza ya la habría encontrado, ¿no?

—¡Vaya! Espero que siga allí. Me la compró mi madre la semana pasada, y si la he perdido se pondrá esquizoide.

—No te preocupes, echaremos un vistazo. La mujer de la limpieza es una inútil y seguramente no la ha visto —lo tranquilizo, agradeciéndole a Dios en silencio que la de la limpieza no la haya encontrado, pues, de haber sido así, no sabría cómo explicar el hecho de que estuviera debajo de mi almohada, donde sin duda la habría estado abrazando como la idiota que soy.

Bajamos Lacy Road en silencio, e intento pensar en algo que decir. Por irónico que parezca, para ser una chica que no para de hablar la mayor parte del día, hasta el punto de que el informe escolar de todos los trimestres dice: «Muy inteligente, aunque muy habladora», en este momento no se me ocurre nada.

¿Por qué me pasan estas cosas cada vez que conozco a alguien que me gusta de verdad? Al fin y al cabo, soy la hija del propietario de un pub, y debería llevar en la sangre lo de decir tonterías a gente que no conozco. Pero si me ponen a alguien como Jimi Steele delante, con sus largas pestañas, sus ojos color aguamarina y sus brazos bien contorneados, las palabras huyen de mí.

—Qué día más caluroso —digo por fin.

¡Oh, no! Tres minutos sin que se oiga el vuelo de una mosca y lo único que se me ocurre es hablar del tiempo. Vaya rollo.

—Sí, ya lo creo —asegura, aliviado de que alguien haya roto el silencio—. Hace más calor que ayer, ¿verdad?

—Sí, es espantoso.

—Un gran cambio después de una semana de lluvia.

—Sí.

¿Entendéis por qué no tengo novio todavía?

—¿Hiciste algo especial el fin de semana pasado?

—No, estuve... —¡No! No le puedo confesar que estuve viendo la televisión con las cortinas corridas. ¡Maldita sea, papá, tenías razón! Si hubiera aprovechado para salir, tendría alguna anécdota que contar. Rápido, Ronnie, inventa algo—. Estuve planeando lo de Blackwell en Vivo. Ya sabes, calculando el coste y esas cosas. Últimamente estamos muy liadas.

—Me lo imagino —dice, regalándome una maravillosa sonrisa y tocándome el codo antes de volver a hablar—. De hecho, me gustaría hablar contigo de eso. Quiero que sepas que me parece muy enrollado lo que estáis haciendo. Me parece estupendo que hayáis conseguido engatusar al señor McGraw, organizar las audiciones y todo lo demás.

Me está mirando directamente a los ojos, como dándome a entender que lo dice de corazón.

—Ah, sí... Gracias. La verdad es que casi todo lo ha hecho Claude. Yo solamente la ayudo en lo que puedo —replico, derritiéndome cada vez más.

Me encantaría recibir algún cumplido sin tener que decirle a la persona que me lo hace que no lo merezco.

—Bueno, a mí me da la impresión de que todas estáis trabajando duro, no sólo Claude —me corrige con mucha amabilidad.

—Gracias, supongo que es así —acepto, con una cálida sensación recorriéndome todo el cuerpo.

Después no dejamos de hablar hasta que llegamos al pub. Creo que es uno de los chicos con los que más fácil resulta hablar en este mundo. Durante la siguiente hora, mientras buscamos su sudadera, comentamos cosas del co-

137

legio, de la gente que nos cae bien y de la que no. Antes de que pueda darme cuenta, le hablo de la extraña pelea que tienen mis padres, de los silencios salpicados con discusiones y todas esas cosas, y de cómo eso hace que desee estar en casa de Fleur.

Resulta sorprendente lo cómodo que me resulta decírselo a él. Simplemente parece entenderlo todo sin que haga falta entrar en detalles. Luego él me cuenta la separación de sus padres, en dos ocasiones, antes de volver a juntarse otra vez.

—Las dos veces creí que iba a ser para siempre, pero no lo fue —dice, y me tranquiliza un poco—. Supongo que siempre hay esperanza, que cuesta mucho tomar la decisión de dejar a una persona definitivamente, ¿no te parece?

No contesto, ya no estoy segura de nada.

—Bueno, al menos, eso es lo que yo creo.

En ese preciso momento siento un enorme nudo en la garganta, pero consigo tragármelo. Aunque por un milagro quisiera besarme, sería más feliz con un abrazo. La historia de mis padres hace que me sienta como una enorme caca.

Le hablo de que ser hija única me destroza (él tiene tres hermanos mayores y ellos también lo destrozan a él) e incluso de que odio la clase de Ciencias (a él le echaron del primer nivel de Matemáticas porque no sabía hacer ecuaciones de segundo grado).

—Sólo a los muy raritos les gustan esas cosas —asegura.

—Exactamente. Si quieres ser barrendero, ¿para qué necesitas estudios? —bromeo.

—Para nada.

Incluso consigo que se ría con carcajadas que le salen de lo más profundo de su ser, y ésa es una de las mejores señales de que estás atrayendo al sexo opuesto, según la revista *Glamour*.

Cuando se dispone a irse, con su tabla y su sudadera roja bajo el brazo, me siento como si hubiera tenido un curso intensivo de cómo ser su novia. Me sé toda la teoría, lo que le gusta y lo que no, y estoy lista para pasar a la práctica, cuando me toma en sus brazos y me da un gran beso.

Pero no, no lo hace.

Solamente dice:

—¡Oh! ¡Qué tarde es! Les dije a los viejos que esta noche cenaría con ellos. Me tengo que ir, Ronnie. Gracias por ayudarme a encontrar esto. Eres fantástica. Nos vemos.

Y se va.

Y a pesar de que hemos estado hablando largo y tendido, es como si hubiéramos tenido conversaciones diferentes.

8

Una pizza de malas noticias

—Así que tuviste a Jimi Steele en tu casa, para ti solita, casi una hora —dice Fleur metiéndose el salami de su pizza en la boca.

—Ajá.

—Y estuvisteis hablando, riéndoos y contándoos vuestros más íntimos secretos.

—Supongo.

—Y después de eso, ¿no pasó nada? ¿Ni un beso? ¿Ni siquiera intercambio de teléfonos? —Me mira y menea la cabeza—. Eres una inútil —De repente la distrae un chico con pinta de italiano, bastante guapo, que lleva un bol de parmesano—. ¡Eh, Gianni! ¿Me pasas un poco más de queso? —le pide soltando una risita tonta y pestañeando.

Siempre insiste en que vayamos al bufé de Paramount Pizza los sábados a mediodía, y no solamente por lo de «Come lo que quieras por 4 libras», sino porque todos los hijos y sobrinos de Carlos, el propietario, trabajan allí los fines de semana de camareros y amasadores de pizza. Van vestidos con camisas negras de seda, pantalones ajustados y cantidades industriales de intensa loción para después del afeitado. No me extraña que hayamos venido aquí para la «comida de negocios» de Blackwell en Vivo, como la llama Fleur.

—La pizza está buenísima, Gianni. ¿La has hecho tú? —le pregunta Fleur al pedazo de italiano que está al lado de nuestra mesa.

—No, el mio padre es el chef —contesta, poniéndose colorado.

—Bueno, pues está fantástica, díselo.

—Lo haré. Y tú vuelve la settimana que viene. Yo estaré por aquí. No sé tu nombre —dice Gianni valientemente.

—Fleur, y puede que venga.

—Espero que lo hagas, Fleueur —dice, muy serio, antes de darse la vuelta para atender a otro cliente.

—¡Jo, tía! —exclama Claude mirando a Fleur y después a la pizza que todavía no ha empezado. Es prácticamente la primera cosa que dice desde que nos hemos sentado—. ¿No podríais dejar más claro que os gustáis? ¿Por qué no os hacéis unas camisetas?

Fleur no le hace caso.

—Así funcionan las cosas, Veronica. A los chicos hay que dejárselo claro. Seamos realistas, todas esas elocuentes miradas e insinuaciones no te están sirviendo de nada con Jimi, ¿no?

—Bueno, la verdad es que no —contesto.

—¿Lo ves? Jimi nos dio su número de teléfono en la audición. Lo llamaremos para que quede contigo —sugiere sacando su móvil del bolsillo.

—¡Ni se te ocurra! —grito tirándole de la mano—. ¡Díselo, Claude! —Pero Claude está distraída mirando una hoja con números—. ¡Claude! ¡Fleur quiere llamar a Jimi! ¿Crees que debería hacerlo?

—Bueno, si sirve para que dejéis de hablar de él, sí, pero...

—¿Pero qué? —preguntamos las dos.

—En cualquier caso seguramente seguiréis con esa conversación, así que callaos. Necesito contaros algo nefasto para Blackwell en Vivo.

—Muy bien, pequeña C, cuéntanoslo —le pide Fleur, cerrando el teléfono.

—¿Qué pasa? —pregunto.

Parece algo serio.

—Me he equivocado —dice Claude con voz ligeramente entrecortada—. Di algo por sentado antes de tiempo. Puede que incluso tengamos que cancelar el concierto.

142

Vuelve a mirar sus hojas, y el labio inferior parece temblarle.

—No pude ser tan malo. Vamos, cuéntanoslo —le pide Fleur, apartando la pizza y pasándole un brazo por el hombro.

—He sido una idiota. Dije que necesitábamos mil libras para ponerlo en marcha, imaginando que podríamos pagar cuando acabara todo.

—Ya, y podemos. No te preocupes, conseguiremos el dinero. Empezaremos a vender entradas el miércoles que viene —aseguro.

—Sí, pero la única empresa que alquila el equipo que necesitamos es Castillos en el Aire, ya sabéis, los que suelen sonorizar la fiesta de verano de Blackwell.

—¿La gente que trajo ese castillo hinchable que pinché con uno de mis tacones de aguja? —pregunta Fleur.

—Sí —contesta Claude, intentando no echarse a llorar—. Aunque eso no es lo único por lo que estamos en su lista negra. Esta mañana he hablado con el jefe, Cyril, y resulta que el año pasado hubo un montón de roturas y agujeros. La gente del colegio es de lo más torpe. Así que si no pagamos por adelantado no nos alquilan nada.

—¿Las mil libras? —pregunto con un grito ahogado.

—Así es, toda la pasta. No creo que dispongas de esa cantidad, ¿verdad Ronnie?

—No, en el banco sólo tengo cuarenta y dos libras con cincuenta céntimos. Y eso no sirve de mucho, ¿no?

—Pero se lo daremos en poco tiempo, cuando tengamos la recaudación de las entradas. ¿Se lo has dicho? —pregunta Fleur.

—Sí, pero lo quiere antes.

—¡Qué cerdo! —exclamo, a falta de algo positivo que añadir.

—Supongo que quiere cubrirse las espaldas. Con nosotras corre un gran riesgo, o eso es lo que dice él —admite Claude intentando ser justa.

—Espera, tengo un dinero que me dejó mi abuela —ofrece Fleur amablemente—. Seguro que es más de mil libras, aunque no creo que pueda cobrarlas hasta que tenga veintiún años, y todavía me faltan siete.

—Nada, o pagamos antes del lunes a las nueve de la mañana o cancelará el pedido —añade Claude con desaliento—. Además, piensa darle nuestro escenario y altavoces a la Iglesia de la Luz Eterna para su congreso anual.

Nos quedamos un buen rato sin decir nada.

Ni siquiera Gianni, que está haciendo piruetas a nuestro alrededor, consigue animarnos.

—Perdonadme un momento, chicas —nos pide Fleur mientras agarra su móvil y sale del restaurante. Claude y yo ponemos cara de desesperación, ha elegido un momento estupendo para ponerse a charlar.

—Podríamos pedir un préstamo al banco —sugiero, con serias dudas de que funcione.

—Ningún banco daría un préstamo a unas adolescentes. Al menos, no un sábado por la tarde —susurra Claude, que ya lo tenía todo previsto—. Incluso había pensado la posibilidad de lavar coches para conseguir algo de dinero. Pero necesitaríamos unos quinientos tipos dispuestos a desprenderse de un par de libras en las próximas cuarenta y tres horas. Y no creo que lo consigamos.

—No.

Silencio.

De hecho, esta vez es un silencio ensordecedor que sólo interrumpe la cuenta de nuestras pizzas cuando la dejan caer sobre la mesa.

Más deudas, qué ironía.

—¿Cómo vamos a decírselo a todo el mundo? ¿Cómo se lo voy a contar a Liam y Ainsley? —se pregunta antes de sonarse la nariz con una servilleta de Paramount Pizza.

—Venga, Claude, no tendremos que hacerlo —digo, a pesar de que sé que es posible que pase. Fleur está en la calle, va de un lado a otro, hablando sin parar mientras menea un brazo. De repente, cuelga y vuelve a entrar.

—Habrá que comunicárselo enseguida. Están ensayando como locos. ¿Cómo vamos a hacerlo?

—Bueno —dice Fleur—. He estado pensando que... Ah, la cuenta. Bueno, pagaré yo, como detalle con LBD.

Saca su tarjeta de crédito y la deja en la mesa.

—Gracias —decimos las dos intentando sonreír. A veces es fantástica.

144

—Lo que necesitamos es un patrocinador —continúa Fleur apartándose el pelo de la cara—. Alguien que nos ayude hasta que podamos apañárnoslas solas.

—¡Ya lo creo! —dice Claude.

—Alguien que se solidarice con LBD y su trabajo. Una persona que nos conozca y sepa que somos unas *bambinas* enrolladas que pueden hacer que Blackwell en Vivo sea un éxito...

—Eso es exactamente lo que necesitamos —digo levantando una ceja.

—Bueno, pues vamos, tengo una cita dentro de veinte minutos con un potencial inversor —anuncia mientras firma «Fleur Gabrielle Swan» con letra elegante al final del ticket.

Nuestro héroe, más o menos

—Así que lo que me estáis diciendo es que necesitáis un crédito instantáneo de alto riesgo sin garantías. Mil libras, ¿no? —dice Paddy Swan, reclinándose en la lujosa butaca negra de su estudio.

Fleur pone cara de circunstancias, y Claude y yo sonreímos con nerviosismo al darnos cuenta de lo ridículo que suena.

—Ya sabes que es eso lo que queremos, papá. Ya te lo hemos dicho dos veces.

—Ya, ya lo sé, pero me gusta repetirlo porque es lo más divertido que me han propuesto en toda la semana.

—Ja, ja —gruñe Fleur.

Tras la calva cabeza del señor Swan, hay un cuadro con un certificado oficial:

Patrick Arthur Swan
Miembro 872 del club oficial de fans de James Bond

Colgadas en las paredes, hay montones de fotos enmarcadas de la última convención a la que asistió, en las que aparece abrazando a actores de películas del agente 007.

145

¿Y dice que nuestra propuesta le parece divertida?

—Vamos a dejar las cosas claras desde un principio porque a lo mejor mi demencia senil se está manifestando antes de lo que esperaba. Queréis gastar ese dinero en unos tontos del pueblo como ese Golpe Mortal. Ah, y el mariquita ese que va por la calle con el maquillaje de su madre.

—¿Ainsley Hammond? —pregunta Fleur.

—Ese mismo. Y el payaso que se subió al tejado el año pasado y se lo tuvo que llevar la policía.

—Liam Gelding —suspira Fleur con paciencia.

—Eso. —Se ríe, saca un pañuelo y se seca los ojos con mucha teatralidad—. Queréis que os deje dinero para un festival de rock en el que pueda tocar esa gente. ¡Dios mío! ¡Cada vez estáis peor!

Esto no tiene muy buena pinta.

—¡Papá, deja de comportarte así! —le pide con firmeza—. Hace media hora te has quedado de piedra cuando te lo he contado y has dicho que no podías creer lo madura y responsable que te parecía por organizar Blackwell en Vivo.

—Eso ha sido antes de que supiera que queríais quitarme hasta la camiseta. ¡Jesús! Así es como me ve toda la familia Swan, como el Real Banco de Paddy.

—Te lo devolveremos —insiste Fleur.

—¿Cuándo?

—El domingo trece de julio —asegura Claude muy segura de sí misma.

—Hum —exclama Paddy, sacando una calculadora enorme—. Veamos —dice apretando botones con sus gordos dedos—. Mil libras prestadas a corto plazo, aplicando el tipo de interés del nueve por ciento anual del Real Banco de Paddy...

Claude traga saliva; no había pensado en la posibilidad de tener que pagar intereses.

—Para esa fecha me deberíais mil libras noventa. Supongo que estaréis de acuerdo en que es una ganga, ¿no? Y no os cobraría recargo por tareas administrativas, aunque deberíamos estipular los términos del préstamo, por si surgieran problemas.

—No habrá ningún problema —asegura Fleur.

—Pero existe la posibilidad. Podéis perderlo todo, y entonces necesitaréis otro a largo plazo que tendréis que pagar poco a poco con vuestra paga semanal.

Lo miramos sin entender nada. Se está divirtiendo de lo lindo.

—Supongamos que mi encantadora hija Fleur es la titular. —Continúa apretando botones—. Fleur Swan, que tiene una asignación mensual de veinte libras, quiere un préstamo sin garantía con mi tipo de interés a largo plazo del veintisiete por ciento anual.

Todas gruñimos.

—Teniendo en cuenta que la señorita Swan ya le debe al Real Banco de Paddy trescientas cuarenta y siete libras del último recibo del teléfono y cuatrocientas veintiuna del viaje a la nieve de primero, se compromete a pagarme la cantidad de...

La calculadora de Paddy echa humo.

Finalmente sale un papel lleno de números.

—Y teniendo en cuenta que todos los meses se gasta su asignación y pide más, supongo que podría pagarme unas dos libras al mes. Lo que significa que tardaría...

Aprieta un último botón y estudia el medio metro de rollo de papel que tiene enrollado delante.

—Noventa y tres años y cinco meses en devolverme la pasta.

Lo miramos con tristeza.

—Y, entre nosotros, chicas. Para entonces supongo que estaré muerto y ya no tendré que pelearme con mi hija por asignaciones y majaderos que se llaman Golpe Mortal.

Sonríe, pero se da cuenta de la tristeza que reflejan nuestras caras y cambia su expresión por otra un poco más seria.

—Mirad, niñas, salid de mi despacho e id a disfrutar del sol. Ya hablaremos de todo esto. Tengo cosas importantes que hacer y me estáis haciendo perder el tiempo.

A pesar de que nos hace gestos con la mano para que nos vayamos, no nos movemos. No es que seamos insolentes, sino que ninguna de nosotras sabe adónde ir. Si esto significa el fin de Blackwell en Vivo, no me apetece nada salir fuera y jugar con la pelota en el jardín de Fleur.

De pronto, el móvil de Claude da un pitido para informarle de que tiene un mensaje de voz.

—¡Es Guay FM! —anuncia a nadie en particular con voz cansina. Es obvio que el hecho de que la llame la emisora local de radio no hace sino aumentar sus preocupaciones.

—¿Qué quieren? —pregunta Fleur.

—Están muy interesados en Blackwell en Vivo. Quieren hacernos una entrevista, y el *Daily Mercury* también.

—¿Vais a salir en la radio y en el periódico? —se interesa Paddy.

—Íbamos a salir —le corrige Claude—. Ayer también hablé con una persona de *Look Live*, la cadena local de televisión.

—Hum —exclama Paddy. Evidentemente lo está meditando.

—Si nos ayudas podrías conseguir un montón de publicidad. Ya veo los titulares: «El empresario Paddy Swan apoya una buena causa.»

—¿Empresario? —repite Paddy, al que evidentemente le gusta como suena.

—También podría presentar a los grupos —sugiere Claude, dándole más coba—. Necesitamos a una persona en la que se pueda confiar y tenga buena voz. Ya sabe, alguien con autoridad.

—Autoridad —repite ajustándose la corbata.

—Sí, nos es indispensable un adulto que salga en la televisión y en la radio para explicar por qué merece la pena Blackwell en Vivo —añade Fleur, que sabe que a su padre le encantaría ser microfamoso.

—Bueno, yo estoy capacitado para hacerlo, ¿verdad? —dice sonriendo—. Podría ser vuestro patrocinador oficial. Ya lo veo: «Blackwell en Vivo, en asociación con Paddy Swan, presenta...» Suena bien.

—Puedes convertirte en un personaje moreno, misterioso y fuerte al que todo el mundo teme y respeta —le dice Fleur a su padre—. Ya sabes, Patrick Swan, el salvador. Patrick Swan, el alto y guapo héroe que socorre a las damiselas en apuros. Un poco como...

148

—Como James Bond —dice sin ninguna ironía.

—Exactamente —aseguramos las tres asintiendo vivamente con la cabeza.

Paddy parece embriagado por el placer, pero recobra la compostura.

Menea la cabeza como si no pudiera creer lo que va a hacer, abre el cajón superior de su escritorio y saca un talonario de cheques con funda de cuero.

—No hagáis que me arrepienta, señoritas —nos avisa mientras toma una pluma estilográfica de plata y se detiene un momento para contemplar las tres filas de dientes que le sonríen—. Muy bien, ¿a nombre de quién lo extiendo?

Una mañana totalmente guachiii

Cosas que no sabía del programa de Guay FM «Despierta con la bonanza matinal de Warren y Frankie de seis a nueve» hasta que fui al estudio.

(1) Warren el chiflado y Frankie el chistoso no son ni la mitad de sexys de lo que parecen en las fotos que envía la emisora cuando ganas un concurso telefónico. Los dos tienen por lo menos cuarenta años, llevan pantalones de chándal viejos y fuman cigarrillos extra largos Regal entre disco y disco.

(2) El equipo de animadores no es en realidad un grupo formado por sus locos colegas, que se ríen y silban, tal como había imaginado. Es una cinta de gente que aplaude y se ríe. Warren la pone cada vez que cree que es oportuno. No estoy diciendo que ninguno de los dos tenga amigos; simplemente son prácticos.

(3) El estudio de Guay FM es del tamaño de mi dormitorio. Minúsculo. De hecho, LBD, Ainsley Hammond, Liam Gelding, Jimi, Christy Sullivan, Panamá y Golpe Mortal tenemos que esperar en un pasillo con corrientes de aire hasta que estamos en el aire para dar publicidad al festi-

val. Panamá está extra insoportable e incluso calienta la voz por si le piden que cante.

«Do-re-mi-fa-sol», gorjea mientras pestañea a cualquier cosa que lleve pantalones y pide limón y miel para relajar el esófago. ¡Aghhh!

Jimi, el zoquete, corre a buscarle un té.

(4) Frankie y Warren Sí que conocen a Panamá, no se lo había inventado, y creen que es fantástica.

—¡Estamos de nuevo con ustedes! ¡Buenos días! Es miércoles dos de julio y, queridos oyentes, para nosotros es maravilloso tener a los chicos de Blackwell en Vivo esta mañana en el ochenta y seis punto cuatro «Despierta con la bonanza matinal de Warren y Frankie», ¿no es así, Frankie?

—¡Es fantááástico! —asegura poniendo la cinta de animación.

—¡Uhhh, uhhh! —gritan los animadores.

También se oye un petardo y alguien que toca un kazoo alegremente. Ahora que estoy aquí, me parece ridículo.

—Son las siete cuarenta y siete y estamos muy contentos de tener a estos sorprendentes chicos en directo en el estudio —continúa Warren—. Han organizado un enrolladísimo festival de rock que quiere rivalizar con los festivales de Astlebury o Reading. Tendrá lugar el doce de julio en las instalaciones de su colegio, y quieren que se sepa. ¿No es así, chicos?

—Sí —murmuramos todos, conscientes de que estamos en el aire y toda la ciudad nos oye. Jimi está escondido detrás del grupo con Liam, que está colorado como un tomate. Ainsley mira a Frankie el chistoso como si éste fuera un alien.

Fleur y yo no hacemos mucho tampoco, simplemente sonreímos.

—Gracias por dejarnos venir. Estamos muy contentos de estar aquí —dice Panamá con voz de pito.

—Sí, mucho —interviene Claude.

—Bueno, Panamá Goodyear, el año pasado os oímos a ti y a tu fantástico grupo, Pasarela. Blackwell en Vivo debe

150

de ser una buenísima oportunidad para que actuéis —dice Warren.

—Sí. Después de llegar a los cuartos de final del concurso de Guay FM nos dimos cuenta de que aquí no hay suficiente música en directo.

—Estoy de acuerdo —dice Warren.

—Por eso se nos ocurrió la idea de Blackwell en Vivo.

Es la mentira más descarada que he oído desde que Fleur aseguró que el último chupetón que llevaba en el cuello era una alergia.

—¡Brrr! —gruñe Claude intentando pensar en alguna forma de llamarla mocosa mentirosa en la radio.

—Estupeeendo —chilla Frankie sin motivo mientras se quita una legaña.

—En Blackwell en Vivo habrá música para todos los gustos —anuncia Claude—. Además de Pasarela habrá cinco grupos locales muy buenos, como los Mesías Perdidos y Toque de Difuntos.

—Sí, ya veo que hay buen reparto. ¿Habéis ensayado mucho, chicos?

—Hum, sí —contestamos todos, y nuestra timidez le da a Panamá «Boca a Motor» la oportunidad de enrollarse más y más.

—Pasarela ensaya todos los días. Somos muy perfeccionistas en lo referente a nuestro arte.

—¡Por favooor! —exclama Ainsley, que finalmente ha encontrado la lengua.

—Me alegro de oír eso Panamá —dice Frankie—. Ahora tenemos que poner un poco de música, pero volveremos con los chicos de Blackwell en Vivo más tarde.

—Sííí, fiestaaa —grita el público imaginario.

—Pero antes una pregunta rápida —interviene Warren—. Supongo que Pasarela, al ser un grupo conocido, será cabeza de cartel el día doce, ¿no?

Warren sonríe sin darse cuenta de la gravedad de su suposición.

Tras cuatro segundos de silencio, que es mucho tiempo cuando se está en el aire, Panamá y Claude hablan a la vez.

—Sí, claro —chilla Panamá meneando su brillante y castaña melena.

—No necesariamente —la contradice Claude—. Tenemos muchos grupos con talento entre los que elegir, todavía no lo hemos decidido.

Se ponen cara a cara, con el entrecejo fruncido.

Oh, oh.

—Queridos oyentes, en el estudio reina cierta controversia que podéis mezclar con los cereales. Parece haber desacuerdo.

—No lo hay —asegura Panamá—. Claudette está un poco confundida. Pasarela SERÁ el grupo estelar, que nadie se preocupe por eso.

—Bueno, la verdad es que... —empieza a decir Claude—. Creo que...

—No empecemos otra vez, no vaya a ser que te dé una bofetada —gruñe Panamá.

—No me amenaces, matona —replica Claude.

—Eso es estupendo, chicas, pero no tenemos más tiempo —interviene Warren, presintiendo que va a empezar una pelea—. Ahora, en el ochenta y seis punto cuatro el genial sonido de los Happy Clappers y su *La La La Love*.

Entonces nos cortan.

Creo, junto con el resto de la ciudad, que Claudette Cassiera ha perdido los papeles.

Con gran estilo.

La vuelta al colegio se nos hace excesivamente larga y silenciosa.

Warren y Frankie no nos dejaron hablar más. De hecho, nos hicieron salir rápidamente del estudio.

En un intento por «dejarle claro» a Jimi que me pone, había planeado pillar un asiento a su lado en el minibús, pero Panamá y su diminuto culo se me adelantan. Sin embargo, por primera vez en su vida, se queda callada. Simplemente se dedica a contemplar su reflejo en el cristal de la ventanilla, a ponerse brillo de color rosa en sus lascivos y gruesos labios, y a sonreírse a sí misma.

Por extraño que parezca, un grupo de chicos de sexto de primaria se han concentrado a las puertas del colegio para saludarnos y aclamarnos a nuestra llegada. Panamá reconoce a alguno de sus fans y les hace un cortés gesto con la mano. Entre los reunidos hay dos improbables devotos de Pasarela: Benny Stark y Tara, de Los Golfos, que esperan en el bordillo con una sonrisa de oreja a oreja.

—Muy bien, chicos —me felicita Tara, dándome una palmadita en la espalda cuando bajo del autobús.

Claude suspira.

—Esta mañana todo el mundo habla de Guay FM —asegura Benny.

—Sí, ha sido muy divertido, perfecto —nos anima Tara.

—Hum, puede. Creo que hemos quedado un poco mal —se queja Claude.

—No, no te preocupes —nos tranquiliza Benny, haciéndonos un gesto para que lo sigamos hacia la sala de teatro—. Por eso hemos venido. Venid a ver lo que está pasando, es fantástico.

Todos lo miramos perplejos.

—Los dos mendas de las campanas que dejasteis a cargo de la venta de entradas... están un poco estresados. La señorita Guinevere les ha preparado un té y ha estado poniendo un poco de orden.

—¿Qué quieres decir? —pregunta Fleur.

—Bueno, ¿habéis oído alguna vez eso de que «Toda publicidad es buena»? —inquiere Tara, inclinando la cabeza con tranquilidad.

—Sí.

—Bueno, pues desde que te has peleado esta mañana con Panamá hemos vendido cuatrocientas ochenta y siete entradas.

—¿Qué? —se extraña Claude.

—Ha sido una flipada —dice Benny riéndose, con lo que se le mueven todos los tirabuzones.

—¿Cómo ha sido eso? —preguntamos todos mientras miramos la fila de chicos que salen de la sala de teatro.

Cuando me vuelvo, Liam está haciendo girar a Claude sin dejar de gritar y Fleur no puede moverse. Por primera vez se da cuenta de la importancia de lo que ha puesto en marcha LBD.

9

¡Paren la rotativa!

Resulta sorprendente cómo el equipo de televisión de *Look Live* consigue condensar un día entero de colegio en tres miserables minutos y medio.

Además, nos han metido entre un documental sobre nutrias y la previsión de concentración de polen.

¡Qué jeta!

Pensaba que al menos saldríamos en los titulares de los informativos. Me está bien empleado por pasarme todo el día con un portapapeles en la mano, intentando parecer profesional y metiendo las naringas en todas las tomas. A pesar de mis esfuerzos, redujeron la exclusiva de Blackwell en Vivo a unas imágenes de Leeza y Abigail, de Pasarela, bailando en leotardos color fucsia muy ajustados, un poco de Ainsley Hammond y Candy, de Toque de Difuntos, gimiendo y aporreando tambores metálicos con cucharas de madera, y dos segundos en los que Claude decía: «Esto..., comprad una entrada, va a ser la bomba, de verdad.»

—No lo he dicho así —se queja ésta—. Eso era un momento en el que estaba bromeando. Después lo he dicho unas diez veces con mucha más sensatez. No puedo creer que hayan escogido esa toma.

Gracias a Dios, Paddy Swan consiguió colarse en el reportaje, porque ya nos había echado en cara que nos olvidamos de mencionarlo en Guay FM.

—Todavía no se ha secado la tinta en el cheque y ya me habéis olvidado —se quejó.

155

Por suerte, su cara salió en pantalla unos doce segundos al final del reportaje (sí, los conté). Lo presentaron como un empresario local y fan de la música, y apareció soltando un discursito sobre «devolver algo a una comunidad que tanto me ha dado».

¡Ja! ¿Un fan de la música, el hombre que le desenchufó el equipo a Fleur porque no quería repasar los exámenes de primero?

—He salido muy bien, ¿verdad? —le dijo Paddy a su mujer rebobinando el vídeo para enseñárnoslo por undécima vez.

—Sí, cariño, estás absolutamente guapísimo —contestó Saskia Swan.

—¿Lo vemos otra vez?

—Sí, venga —le pidió con entusiasmo.

Fingiendo que teníamos que hacer deberes, conseguimos escabullirnos las tres.

Finalmente, esta semana, vino un periodista y un fotógrafo del *Daily Mercury* para sacar una foto a las LBD, que incluirían en el artículo de Blackwell en Vivo. Apasionante, ¿eh? Esa vez sólo salieron tres caras. Apropiarnos del papel principal estuvo chupado, aunque, cuando esta tarde han dejado el periódico sobre el felpudo del Viaje Alucinante, con nosotras en primera página, me he arrepentido.

Había estado tan preocupada por salir bien que me pasé toda la hora de la comida arreglándome el pelo para que estuviera más ahuecado.

Después cambié de opinión y decidí alisármelo otra vez. Luego me dio por hacerme raya en medio. Más tarde me puse serum para cabellos finos, para que pareciera más sedoso, y finalmente intenté darle algo más de vida y movimiento. A esas alturas lo tenía tan pegado y duro como una piedra, como el peinado de un oficinista de cincuenta años. Entonces, Fleur Swan, que en tiempos hizo un cursillo de modelo (que le costó a su padre una buena pasta y con el que se suponía que acabaría convertida en una supermodelo en cuanto terminara la secundaria), me dio un buen consejo.

—No te preocupes por el pelo. Si quieres salir fantástica en las fotos, sólo hay que seguir las reglas de oro de la moda.

—¿Y cuáles son? —le pregunté, intentando desenredar el peine, que se me había quedado enganchado en la parte de atrás de la melena.

—Número uno: baja la barbilla para que no se te vea la papada.

—De acuerdo —dije, intentando recordarlo.

—Número dos: gira las caderas hacia un lado con las manos en la cintura. Hace que parezcas más elegante y acentúa las curvas —sugirió haciendo una demostración.

—¡Guau! —exclamé. (Parecía una tía buena de verdad.)

—Y número tres: separa un poco los antebrazos del cuerpo. Eso disimula el problema de la carne flácida.

—Pero si no la tengo... —protesté.

—Créeme, si no lo haces, la tendrás.

—Y finalmente, lo más importante. Pon la lengua detrás de los dientes de arriba, abre la boca ligeramente y sonríe.

Eran demasiadas cosas que recordar para una maldita fotografía, pero estaba dispuesta a hacerlas. Sobre todo porque Jimi la iba a ver.

Por supuesto, cuando el *Daily Mercury* ha salido publicado esta tarde, Fleur y Claude estaban de lo más normales, mientras que yo parecía una atracción secundaria de circo que se hubiera dado a la fuga con la cara contraída y distorsionada, y con una peluca puesta del revés.

—La pondré al lado de la caja, así los clientes no se atreverán a robarme —dice mi padre antes de darme un gran abrazo.

Hay veces que odio a Fleur con todas mis fuerzas.

Pero esta semana, entre las entrevistas con periodistas chismosos, los equipos de televisión, los ensayos de los grupos, las peleas con Panamá, los flirteos con Jimi y las discusiones con el señor McGraw sobre «el peor de los casos posibles», además de los intentos por conseguir sacarle mil libras a Paddy y hacerme muchas ilusiones sobre el doce de julio..., creo que he pasado algo por alto.

Hace cuatro días que no veo a mi madre.

De hecho, en el momento en el que entro en el pub y veo a Muriel, la ayudante de cocina, que me mira con pena antes de ofrecerse a prepararme dos huevos pasados por agua para cenar, me doy cuenta de que algo va mal.

—¿Dónde está mi madre? —pregunto.

—No estoy segura, cariño —miente—. ¿Por qué no le preguntas a tu padre?

—¿Y por qué no me lo dices tú?

—Porque no lo sé, cielo. ¿Quieres los huevos? —pregunta antes de darse la vuelta y fingir que tiene que ocuparse de las cacerolas.

—¡MURIEL!

—Vale, vale. Está en casa de tu abuela. Se ha ido a allí, creo, pero no estoy segura. Por favor, Veronica, habla con tu padre. No debería habértelo contado, no es mi responsabilidad —asegura amablemente, aunque con firmeza.

—¿Y dónde está él? ¿Se ha ido también? ¿Y cómo me quedo yo? ¿Huérfana? —pregunto con voz aguda.

—No, está arriba. Ve a verlo. Tienes que ser amable con él, está muy afectado.

—¿Y yo? Soy yo la que se ha quedado sin madre.

Salgo corriendo escaleras arriba, evitando entrar en el salón, en el que se oye un blues excesivamente triste.

«Buen momento para ponerse a oír discos», pienso. Después me acuerdo de que la semana pasada, cuando Jimi no me pidió que saliera con él después de recoger su sudadera, me deprimí mucho y estuve oyendo la cuarta canción, *Tiovivo* (que es la más triste de todo el CD de Spike Saunders), treinta y dos veces seguidas.

Puede que esté afectado realmente.

Entro en mi habitación, cierro la puerta con fuerza y me tumbo en la cama, donde me quedo casi veinte minutos pensando en las razones que pueden tener mis padres para separarse.

No encuentro ninguna que me parezca válida.

Es cierto, discuten mucho, pero es normal, porque los dos son muy irritables.

Mi madre siempre se queja de que la familia de mi padre es de una clase social mucho más baja que la suya y que algunos de sus miembros son «criminales profesionales»; y

158

él hace lo propio con los parientes de mi madre; dice que tienen delirios de grandeza, aunque en realidad desciendan de gitanos.

Pero eso no puede ser, ¿verdad?

Más bien parece un chiste. Bueno, al menos a mí me lo parece.

También discuten mucho por el dinero: cuando mi padre se olvida de pagar alguna deuda y nos cortan el suministro de carne, o cuando mi madre sale a comprarse un vestido nuevo y vuelve con un frigorífico de 2.000 libras. Sí, esa discusión fue muy chunga.

Pero después siempre hacen las paces.

¿No?

Pongo el CD de Spike otra vez para ahogar el sonido que viene del salón.

Puede que uno de ellos esté saliendo con otra persona.

No, imposible.

Eso significaría que alguien le ha echado el ojo a uno de ellos y ha pensado: «La verdad es que no está mal; no me importaría...», antes de destrozar mi feliz hogar.

(Resulta curioso que uno no se dé cuenta de lo que tiene hasta que lo ha perdido. Era un hogar feliz.)

Pero eso tampoco tiene sentido.

Si yo, Ronnie Ripperton, que estoy en la flor de la vida y hago todo lo posible por estar guapa, no consigo que nadie me haga caso, ¿cómo narices va a poder atraer al sexo opuesto una cocinera psicótica con extraños hábitos alimenticios o un hombre que siempre huele a cerveza rancia y ceniceros?

¿Cómo?

De repente empiezo a tener frío y a sentirme muy sola en mi habitación.

Porque puede que haya sido por mi culpa.

Es decir, yo no soy una hija modélica, y siempre estoy gastándoles bromas para enfadarlos. Y si tengo una bronca con uno de ellos y me berrea, el otro sale en mi defensa y acaban peleándose.

Últimamente las cosas habían empeorado.

Mi madre siempre estaba riñéndome por cualquier tontería, y mi padre intentaba suavizar las cosas con un: «Venga, Magda, déjala tranquila, es una niña», lo que la ponía frenética, pues sabe muy bien que tengo catorce años y que ya no soy una cría: soy capaz de limpiar mi habitación, acordarme de cerrar con llave la puerta de atrás cuando vuelvo tarde y todas esas estúpidas cosas que hago inconscientemente.

Así que puede que yo sea la culpable.

No me siento nada bien.

—¿Mamá?

—Hola, cariño. Así que finalmente te has decidido a llamarme... ¿Te has quedado sin bragas limpias o algo así?

Touché.

—No me había dado cuenta de que no estabas.

—Ya.

—¿Por eso te has ido? —pregunto, decidida a pasar directamente al motivo de mi llamada y a saltarme las formalidades—. ¿Porque soy una desconsiderada y tienes que lavarme las bragas y hacer un montón de cosas por mí?

Me tiembla la voz.

—No, por Dios. En absoluto —replica al darse cuenta de que estoy atando cabos y me he enredado—. No es por eso. Sé que últimamente has estado muy ocupada, y no estoy enfadada porque no hayas advertido mi ausencia.

—¿Cuándo vas a volver? ¿Por qué te has ido? ¿Qué ha pasado? —pregunto, todo a la vez.

—No pasa nada, Ronnie, tranquilízate.

—¿Que me tranquilice? ¿Qué pintas en casa de la abuela? —digo levantando la voz.

Largo silencio.

—Estoy tomándome un tiempo para pensar.

—¿El qué?

—Lo que quiero hacer.

—¿Si quieres volver a casa? ¿Qué hay de malo en vivir con papá y conmigo?

Mi madre se ha vuelto definitivamente majara.

—No, tengo que pensar en el futuro.

—Pero eso también lo puedes hacer aquí.

—No —contesta con firmeza—. Tu padre y yo queremos cosas distintas.

—¿Como qué?

—Bueno, él quiere que viva en el Viaje Alucinante y yo quiero quedarme en casa de la abuela —contesta y suelta una especie de risita.

No estoy de humor para bromas.

—¿Has estado bebiendo?

—Ojalá.

—Mamá, me estoy cabreando mucho —aseguro, a pesar de que no es cierto. No puedo explicarlo. Me encuentro un poco atontada, un poco como si la vida que conozco se hubiera derrumbado e incendiado de repente y yo fuera demasiado estúpida para saber por qué—. Dime qué ha pasado —le pido finalmente, y esta vez, al preguntarle algo obvio, obtengo un poco de información.

—Vale, de acuerdo. Sé que estoy siendo injusta, que estamos siéndolo los dos. No veo por qué tenemos que meterte en esto. Mira, digamos que ha sucedido algo importante, y que tu padre y yo tenemos opiniones diferentes de cómo enfocarlo.

—¿Os ha llegado una factura enorme? ¿Es eso? ¿O es que quieres despedir a alguien y él se niega?

—No, no se trata de eso. Es mucho más grave. No te preocupes...

—Vale, pues no lo haré —replico con brusquedad.

Después no decimos nada durante un buen rato. Oigo el reloj de cuco de mi abuela a lo lejos.

—Mira, Ronnie, me enfadé muchísimo por algo que dijo tu padre anoche. De momento no quiero ni verlo. Sólo necesito unos días para...

—¿Días?

—O semanas o meses, no lo sé. Pase lo que pase, tú estarás bien. Eres muy importante para nosotros. Ahora tengo que dejarte, necesito ir al servicio. Ya te llamaré.

Y cuelga.

No sé qué pensar de todo esto. Así que decido enfadarme. Y acatando las reglas universales del mal humor, decido arruinarle el día a la primera persona que me encuentre. Por casualidad, resulta ser mi padre.

—Ejem —digo entrando en el salón y cerrando la puerta con tanta fuerza que abre la de un armario empotrado que hay al lado.

Por algo así me han reñido unas tropecientas veces.

—Hola, cariño —saluda mi padre con tristeza. Está rodeado de montañas de viejos vinilos, tazas de café y ceniceros rebosantes de colillas. Parece que hubiera olvidado que es viernes por la noche y que cientos de adictos a la cerveza se dirigen hacia el Viaje Alucinante para divertirse y frivolizar, estimulados por la bebida. Pero ésa no es una de sus prioridades. No, él está demasiado ocupado escuchando viejos discos de blues.

—¿Por qué se ha ido mamá a casa de la abuela? ¿Qué has hecho? —comienzo a decir, sutil como un tornado.

—Yo no he hecho nada —contesta, muy herido—. Bueno, no mucho. Tu madre ha decidido irse un tiempo. Eso espero. En casa de tu abuela podrá pensar con más calma.

—¡Más calma! ¿Por qué habláis todos con adivinanzas?

—Hum —dice mirando al vacío—. Tienes razón, Ronnie. Yo tampoco sé lo que quiere decir eso.

—Fantástico —exclamo con sarcasmo.

—Sabe lo que le conviene, volverá —asegura, limpiándose una mancha de pollo de la camisa. Hace días que no se afeita.

No da la impresión de ser un buen aliciente para que mi madre vuelva.

—Estás muy enfadada conmigo, ¿verdad? —pregunta al darse cuenta de que lo estoy taladrando con la mirada y que se me ensanchan las aletas de la nariz.

—Sí, lo estoy. Me saca de mis casillas que nadie me diga lo que está pasando.

—Normalmente te lo contamos casi todo.

—En esta casa somos tres, y no me parece mucho pedir que se me informe de las últimas entradas y salidas.

—Por cierto, yo que tú no hablaría tan a la ligera de ese tema...

—Todavía me tratáis como si fuera una niña, pero no lo soy —digo, pasando por alto la insinuación—. No quie-

162

ro que volváis a hacerlo —le exijo, apuntándole con el dedo.

—Menos mal, porque... —empieza a decir, pero se calla al ver que me empiezan a caer lágrimas por las mejillas—. Ronnie, ya tienes bastantes cosas en que pensar. El festival es dentro de una semana, ¿no?

—Siegte díag, a partir de maagñana —digo, reprimiendo el llanto y sorbiendo los mocos.

—Mira, he estado pensando... ¿Te acuerdas de lo que me dijiste el miércoles? De que iba a comprar entradas más gente de la que podíais imaginar y que Claude tenía problemas para alquilar el equipo?

—Sí, pero ya lo hemos arreglado. El padre de Fleur nos dejó mil libras, ya te lo dije.

Se pone pálido.

—No, no lo sabía —dice—. Podréis devolvérselo, ¿verdad? —Pongo cara de desesperación y aprieto los labios. En mi opinión, una excelente respuesta—. Bueno, es igual, eso era en lo que he estado pensando. Ya sabes que tuve relación con la industria de la música antes de que nacieras y que todavía conozco a mucha gente que sale de gira con grupos de rock.

—Ya. —Por supuesto. Siempre lo cuenta.

—En vista de que lo de Blackwell en Vivo va a ser algo grande, ¿qué te parece si llamo a algunos de mis colegas y les pido que os echen una mano? —sugiere, sonriendo como si hubiese sido la mejor idea del mundo. Lo miro sin pestañear durante medio minuto—. Bueno, ¿qué me dices? —pregunta, contento de estar pensando, al menos durante cinco minutos, en algo que no sea mi perdida madre—. ¿Te parece buena idea?

Me dirijo hacia la puerta y preparo cuidadosamente mi discurso de despedida. Esta vez sí que la ha cagado.

—Muy típico —comienzo a decir en voz alta.

—¿El qué?

—¡TÚ! Crees que soy una niña tonta que tiene amigas tontas y que no sabemos hacer nada por nosotras mismas. ¿Crees que os necesitamos a ti y a otros viejos chochos llenos de arrugas para solucionar nuestros problemas? No me lo puedo creer.

—Ronnie, no seas tonta. Ésa no era mi intención. Simplemente...

—Ya, encima di que soy tonta. Sí, soy una idiota. Tanto, que os separáis y ni siquiera me lo contáis.

—Ronnie, cálmate. ¿Adónde vas?

—Afuera. De todas formas, ¿a quién le importa? —grito, y en ese momento comienzo a decir lo primero que me viene a la cabeza, sin pensarlo, porque gritar me hace sentir mejor. Lo que, en ningún caso, excusa las siguientes joyas que salen de mi boca—. ¡Te odio! ¡Os odio a los dos! Odio estar viva. Ojalá no me hubieseis tenido nunca. De hecho, sé que siempre habéis lamentado que hubiera nacido. ¡Adiós!

PORTAZO.

He dicho tantas cosas espantosas en esta última frase, que cuando salgo la cara de mi padre es como la de un conejo al que han sorprendido los faros de un coche.

Empujo hacia dentro la puerta del Viaje Alucinante, le doy una patada al cubo de la basura y espanto al gato del vecino, que parece estar burlándose de mí desde el garaje de al lado. Después avanzo dando fuertes pisotones hacia casa de Fleur.

Estoy enfadadísima y, por defecto, sorprendidísima.

«Se lo he soltado, ¿verdad? —pienso mientras me acuerdo de cada detalle de mi arrebato de ira—. Ahora ya sabe a qué atenerse.»

Y sigo andando lentamente, sólo que ahora, a cada tienda que paso y a cada metro que avanzo, me voy dando cuenta progresivamente de lo idiota que he sido.

Conforme pasan los segundos, empiezo a pensar en lo herido que parecía mi padre y lo desagradable que me he mostrado con él, cuando seguramente lo único que intentaba era ser amable conmigo. Y en lo mucho que quiero volver corriendo a casa, si mi orgullo me lo permitiera, y decirle que no estoy enfadada con él; que lo único que pasa es que el solo hecho de pensar en que mi madre nos va a dejar me hace ponerme peleona por puro miedo, que estoy estresada por el festival y que no sé por qué he dicho todas esas cosas.

Y que lo siento mucho.

Pero no doy media vuelta, porque me parece muy difícil; es más fácil ir a casa de Fleur, ponerlo como un trapo y después ver un vídeo. Así que sigo caminando.

Entonces los veo.

Jimi Steele y Panamá Goodyear.

A través del escaparate de Paramount Pizza veo que Jimi le ha puesto el brazo encima del hombro, mientras ella le ofrece una cucharada de tentador tiramisú. En un milisegundo, Panamá se da cuenta de mi presencia y le hace una seña a Jimi, que intenta esbozar una sonrisa que me parece extremadamente avergonzada. En ese momento, Panamá le besa en la mejilla.

Tengo ganas de gritar, pero ya he consumido toda mi adrenalina y me he quedado sola en la calle con un nudo en el estómago y el corazón arrugado como un chicle usado.

10

Una visita especial

Ayer no me levanté de la cama.

En vez de eso, me escondí debajo del edredón con las cortinas corridas todo el sábado leyendo una novela que tomé prestado de mi madre y que se titula *Cierto tabú*.

Es una basura. No me extraña que beba demasiadas margaritas y se quede dormida en la playa con el libro en la cara si lee este tipo de chorradas.

Tampoco me vestí.

Estuve con la misma ropa interior todo el día y simplemente me puse un jersey cuando tuve que ir al baño. Levantarse y vestirse no tenía sentido.

Ni vivir.

Envié un mensaje de texto a Claude y a Fleur, les mentí diciéndoles que estaba en casa de mi abuela, eché el pestillo a la puerta y en el pomo de fuera puse el cartel de «No molestar». Cada vez que mi padre llamaba, fingía que estaba roncando hasta que lo oía bajar las escaleras suspirando. Estuve de lo más antisocial. No había nada, y sigue sin haberlo, que ninguna persona pudiera decir para que me sintiera mejor. Sobre todo porque mi madre no había vuelto a casa y ni siquiera me había llamado al móvil, como dijo que haría. Vale, también podría haberla llamado yo, pero ésa no es la cuestión. Yo soy su hija. Su instinto maternal debería urgirla a llamarme y enterarse de si he desayu-

167

nado o tengo dinero para pasar el día, en vez de estar en casa de mi abuela sin hacer otra cosa que pensar. Mi asistente social, cuando lo tenga, se va a enterar de todo esto; acordaos de lo que digo. Le hablaré del día que mi madre me abandonó porque «necesitaba tiempo para pensar» y yo me pasé el día sola, en ropa interior y muriéndome de hambre.

¿Y para «pensar» en qué exactamente? No es necesario pensar para saber si quieres vivir con tu marido y tu hija, ¿no? No, una «necesita tiempo» para saber si el top que te has probado lo quieres en azul o en negro. O para elegir el menú en un restaurante. Pero para vivir con tu familia no hay que pararse a pensar, ¿no?

Mi madre debería regresar a casa ahora mismo. Papá tendría que obligarla.

Creo que estoy volviéndome loca.

Quiero que todo vuelva a la normalidad. Pensar que ya no podemos vivir juntos no es nada agradable. Ahora me doy cuenta de lo que los quiero a los dos.

Ya está, ya lo he dicho.

Los quiero a los dos.

Pero no se lo voy a decir, porque no me hablo con ellos.

Después de ver a Jimi con Panamá me pasé todo el viernes por la noche llorando a lágrima viva. Me senté en el parquecito que hay detrás de las tiendas y me quedé allí hasta que se me hincharon los ojos y se me llenaron de mocos las mangas. Al final, un vagabundo se me acercó para preguntarme si estaba bien y me ofreció un poco de sidra. (No la acepté, aunque, ahora que lo pienso, fue un detalle muy amable por su parte, pues él la necesitaba más que yo.)

Ahora que he tenido tiempo para meditarlo, ya sé por qué sale Jimi con ella. Es muy guapa, para caerte de culo, y tiene unas domingas enormes que no le importa exhibir. No como yo, que tengo bultos más grandes en la espalda. Bueno, al menos eso comentó un chico muy amable el año pasado en clase de Educación Física. Además, siempre está haciendo cosas enrolladas, como irse a Londres a pasar el

168

fin de semana para ver a sus primos, organizar fiestas o largarse de vacaciones a sitios exóticos de los que vuelve con desajuste horario.

Y sí, sé que es horrible, desalmada y una matona cruel en el colegio, pero los chicos no ven esas cosas, ¿verdad? Simplemente no son capaces. Recuerdo los montones de veces que hemos cotilleado en clase alguna cosa infame, barriobajera y malvada que hubiera dicho o hecho. Los chicos escuchaban con interés los espantosos detalles de sus maldades y al final uno de ellos siempre decía de sopetón: «¿Quién? ¿Estáis hablando de Panamá Goodyear? ¿La tía de cuarto, de pelo largo castaño, que tiene unas magdalenas enormes? Está como un queso, ¿verdad?» Y después soltaban un sentido berrido con todas sus fuerzas.

Qué tonta fui al pensar que Jimi era diferente o creer que yo podría gustarle a alguien tan maravilloso y con tanto factor X. Yo, con mi cutis mixto, mi culo en forma de pera y mi familia de lunáticos.

Pero, bueno, como os decía, la otra noche estuve llorando a mares. Aunque ahora ya no quiero pensar más en ello. Que sean muy felices. De hecho, espero que Jimi se despeñe en su escote y tenga que sacarlo de allí algún equipo de rescate de montaña.

Yo estoy muy bien aquí, sola, en bragas, con mi libro.

Aunque sea una porquería.

Son las diez de la mañana del domingo y estoy en la cama leyendo un trozo fascinante de *Cierto tabú*, cuando un ruido en el piso de abajo me distrae del país de los libros malos: el inconfundible sonido de alguien que está afinando una guitarra.

¡No!

¡No, por favor!

¡Es domingo! Es el día en el que ensayan los Mesías Perdidos. Jimi Steele está ahí abajo y yo estoy en bragas y no me he lavado el pelo ni cepillado los dientes en dos días. Huelo como el taparrabos de un luchador de lucha libre. ¡Glups! Será mejor que me levante rápidamente, elija un modelito, me dé una ducha y..., un momento. Está saliendo con Panamá, ¿no? La pinta que yo tenga no tiene importancia. Se acabó. No voy a mover un solo músculo. Voy a pudrirme aquí, en este pozo, con mi libro, y con el aspecto de una vacaburra..., lo que consigo durante la siguiente media hora, a pesar del ruido de percusión, cantos, solos de guitarra y reverberación de amplificadores que llegan hasta mi habitación. Cuando oigo otra voz que se une al alegre coro, suelto un «¡grrr!» de mosqueo, pero no me levanto de la cama ni hago ningún intento por ponerme guapa.

¡Qué fuerte soy!

Después oigo gritar a mi padre.

—¡Ronnie! ¡Sé que estás ahí! ¡Baja inmediatamente!

Me quedo paralizada y me tapo con el edredón.

Ni lo sueñes, colega.

—Ronnie, han venido a verte tus amigas.

Oigo risitas de chicas de fondo. ¡Ajá! Son Claude y Fleur. Sabía que tarde o temprano vendrían a rescatarme.

—Las mando arriba —dice, chiilando—. Subid, chicas, está hibernando.

Salto de la cama y abro la puerta, vestida solamente con mis enormes bragas de color lila y una vieja camiseta con manchas de tomate en la parte delantera.

—Bienvenidas a mi mundo —las saludo, con una expresión de tristeza en la cara, como para justificar el motivo de mi aspecto tan desastrado; pero, en vez de encontrarme a mis amigas, oigo dos gritos agudos y alguien que murmura: «¡Puaj, qué asco!»

Para mi horror, Panamá Goodyear, Leeza y Abigail están en el pasillo, frente a la puerta de mi dormitorio, mirándome con desprecio, a mí, a mis bragas y a mi casa.

—¡Bonita decoración! —bromea Leeza haciendo una mueca al fijarse en el papel pintado con relieve, que, para ser sincera, es del tipo del que sólo mi madre cree que es elegante—. Es muy acogedor, ¿verdad?

—Sí, tengo que buscar este cuchitril en la revista *Casas con Estilo* —asegura Abigail con sonrisa afectada.

—¿Qué? —exclamo intentando ocultarme tras la puerta.

—Oh, pasábamos por aquí y he entrado a ver a mi novio, Jimi Steele, que está ensayando. Ahora salgo con él, ya lo sabías, ¿verdad? Te vimos el viernes cuando nos estábamos comiendo una pizza. ¡Menuda cara pusiste! —se ríe Panamá con engreimiento.

—Hum —murmuro sin saber qué decir.

—Me contó que erais buenos amigos y yo le dije que seguro que te gustaba y que te quedarías hecha polvo al saber que ahora somos pareja, aunque él piensa que no. ¿No te parece divertido?

—Para morirse de risa —contesto con los dientes apretados—. ¿Qué queréis exactamente? ¿No deberíais estar ensayando? Ya sabéis que el concierto es dentro de una semana...

—Ya —se ríe Leeza.

—Estamos impacientes —asegura Abigail.

—Zane, Derren y nosotras llevamos toda la semana preparando nuestras canciones a cinco voces. Suenan de maravilla —afirma Panamá.

—No me cabe duda —digo con sarcasmo.

—Por eso hemos venido a hablar contigo. Queríamos aclarar lo de qué grupo va a ser cabeza de cartel. Esa historia aburre ya —continúa Panamá.

—Y que lo digas.

—¡Es necesario que lo aclaremos de una vez por todas! —grita Abigail con voz estridente.

—Exactamente —interviene Panamá—. Para ser sincera, el que seamos la atracción principal no es el mayor problema, al menos no tanto como el hecho de que tres vulgares, insolentes y feas mutantes como vosotras nos estéis desobedeciendo. Es increíble e inaceptable. —Su voz se ha transformado en un gruñido—. Y no voy a tolerarlo.

Acerca su cara a la mía, pero huele mi asqueroso aliento y se echa hacia atrás rápidamente.

—¿Y qué vais a hacer? ¿Pegarme? —replico valientemente. Ni si quiera ella tendría el valor de darme una paliza estando mi padre abajo. ¿O sí?

—Por supuesto que no. ¿Te crees que he venido a hacer un trabajo de aficionada? —dice con desprecio, ajustándose su diadema de terciopelo color escarlata—. No, tenemos mejores ideas.

—Mucho mejores —confirma Leeza.

—En primer lugar, hemos estado pensando en cancelar nuestra actuación en Blackwell en Vivo —amenaza Abigail—. Evidentemente le diríamos al señor McGraw, a la señorita Guinevere y al señor Foxton que se debe a vuestra forma poco profesional e infantil de gestionar el festival. Eso no sería nada bueno para vosotras, ¿verdad? Tener que devolver las entradas, los profesores echándoos la bronca y la sensación de fracaso e inutilidad. ¿Te lo imaginas?

La miro sin entender nada. Sí, eso sería asqueroso.

—Pero la cosa no quedaría ahí. Le diríamos a todo el colegio los problemillas que has tenido con tus padres. Pobrecita Ronnie. Jimi me lo ha contado todo.

¿Qué? No me puedo creer que le haya hablado de lo triste que estoy. Es increíble. Me siento como si me hubieran dado una patada en el estómago.

—Pero, claro, eso sería muy aburrido, así que le daré más saborcillo y diré que tu madre es una alcohólica y que tu padre le pegaba.

—¡Ni se te ocurra! —grito y me doy cuenta de que les estoy siguiendo el juego, ya que sus caras se iluminan inmediatamente—. No te creerá nadie —continúo más calmada—. Nadie te hará caso... —murmuro, a sabiendas que algunas personas lo harán, y eso es suficiente.

—Ya verás como sí. Será el cotilleo del siglo —asegura Panamá bruscamente—. Sobre todo cuando les hable de ti y de que te has besado con tres chicos del Sindicato de la Vida Fácil. ¡Qué asqueroso! —dice con desprecio.

—Jamás he tocado a ninguno de ellos, en toda mi vida. ¿Quién te ha contado eso? —chillo perdiendo la paciencia.

—Nadie —grita Leeza—. Nos lo acabamos de inventar. ¿Es guay, verdad?

—Y lo mejor es que todas esas cosas se nos han ocurrido de camino a tu casa. Imagínate lo que podemos tramar sobre tus otras dos amigas cuando tengamos tiempo para pensar con tranquilidad —se ríe Abigail.

—Exacto. Así que más te vale arreglarlo, Ronnie. Te evitará muchos problemas —me avisa Panamá antes de desaparecer escaleras abajo.

—*Ciao* —se despiden Abigail y Leeza, riéndose y lanzándome besos con la mano.

172

• • •

Son las siete de la tarde del domingo y seguro que os gustará saber que he abandonado mi autoimpuesto arresto domiciliario y que me he ido, completamente vestida, al cuartel general de LBD. En cuanto Fleur oyó por teléfono mis gemidos cargados de mocos, me sacó todos y cada uno de los terribles detalles de la visita de Panamá.

—La odio, Fleur —le dije entre sollozos. En ese momento me dolía la cabeza de tanto llorar.

—No te preocupes, corazón. Yo también la odio. Ven aquí ahora mismo. Voy a llamar a Claude para tener una reunión como Dios manda.

Tentada estuve de salir a la calle con mis bragas de color lila y mi camiseta llena de manchas para dejarle bien claro a la gente con la que me cruzara que se me había hundido el mundo, pero después lo pensé mejor. Aunque habría sido preferible ir desnuda. La cesta mágica que hay en un rincón de mi habitación, en la que pongo la ropa sucia y después aparece limpia y planchada encima de la cama como por arte de magia, parece haber dejado de funcionar desde que se fue mi madre, así que tuve que conformarme con algo sucio y arrugado.

—No te lo voy a decir —dice Fleur meneando la cabeza.

—Dímelo —le pido.

—No. Además, ¿para qué quieres saberlo?

—Venga, cuéntaselo. Así nos dejará en paz de una vez —le aconseja Claude.

—¿Seguro? Bueno, pero sólo es un cotilleo que he oído. El jueves por la noche, las chicas de Pasarela, Jimi y Aaron y Naz de los Mesías Perdidos estuvieron ensayando en la sala de teatro.

—¿Y? —pregunto con labios temblorosos.

—¡Por Dios, Ronnie! ¿Lo quieres saber de verdad? Vale, la acompañó a casa y le dio un superbeso a Panamá en la puerta. Al parecer, sus padres estaban en el supermercado y ella le invitó a tomar algo. Se estuvieron besando más y...

—NO QUIERO OÍRLO —grito metiendo la cabeza debajo del edredón de Fleur.

—Ya te lo había dicho. Además, Ron, el otro día estuve observando a Jimi y..., ¿te has fijado en la cara de tonto que pone cuando está con la tabla de *skate*? Parece el monstruo de las galletas. Además tiene unos labios muy blandos. Seguro que besa fatal.

Me siento y le pongo un dedo en la boca.

—Fleur, no te pases, porque Jimi y yo estaremos juntos algún día y no quiero que tú y yo nos llevemos mal.

Lo digo medio en broma.

Las dos miran con pena mi desaliñado aspecto.

—Vale —acepta Fleur, pero, cuando voy a cambiar el CD, la veo dar vueltas con el dedo en la sien y decirle a Claude: «Se ha vuelto loca.»

—La verdad, lo de Jimi y Ronnie es algo que no descartaría —dice Ainsley Hammond, que ha estado escuchando en silencio desde el futón de Fleur.

—¿En serio? —pregunto. Si va a decir cosas tan sensatas, por mí puede venir a todas las reuniones de LBD que quiera. Además, lleva más maquillaje que ninguna de nosotras.

—Les doy una semana. Dos, a lo sumo —continúa nuestro pálido e interesante amigo—. Jimi no la aguantará. Es buen tipo, muy divertido y muy listo. Se dará cuenta enseguida de que está con una descerebrada.

—Gracias, Ainsley.

¿Quién iba a pensar que alguien vestido en plan heavy metal me daría la primera alegría del fin de semana?

—Bueno, señor Hammond, nos habías prometido contarnos algo muy enrollado. Venga, desembucha —le pide Claude.

—Ah, sí, casi me olvido. —Busca en su mochila, que está llena de crucifijos dibujados con tipex y tachuelas plateadas, y saca una cinta—. Esto es para morirse de risa.

—¿Qué es? —preguntamos las tres a coro.

—Señoras, el sábado tuve el placer de estar en las proximidades de la sala de teatro cuando Pasarela estaba ensayando. ¡Me lo pasé en grande!

174

—Estaban ensayando un coro a cinco voces —les informo con tristeza acordándome de la visita de Panamá.

—No —sonríe Ainsley, satisfecho—. Por eso quería contároslo. Creo que se han dado por vencidos.

Pone la cinta en el equipo de Fleur e inmediatamente la habitación se llena con un curioso ruido de gemidos.

«Corrieeendo hacia tu amooor», chillan lo que parecen varias voces desentonadas y forzadas, en distintos tonos. Es la peor forma de cantar del mundo. Suena como si hubiera fuego en un zoo.

—¡Quita eso! —le pide Claude estremeciéndose.

—Eh, esa gente suena fatal. ¿Quiénes son? —pregunta Fleur tapándose las orejas.

«Amor, amor, amooor», continúa una voz de la cinta antes de tener un ataque de tos. Otra voz femenina intenta llegar a un do muy alto, pero se queda en un horrible aullido desentonado.

Ainsley apaga el aparato.

—Son Pasarela —anuncia, sonriendo.

—No lo entiendo —dice Claude, frunciendo el entrecejo—. Normalmente cantan muy bien.

—No, lo que les sale muy bien es la mímica. Por lo que sé, el año pasado hicieron *playback* con una cinta de sus voces arregladas en uno de esos aparatos que las mejoran. En esta cinta cantan *Corriendo hacia tu amor* en directo. —Ainsley está que no cabe en sí de gozo—. Me tomé la libertad de grabarlos al natural.

—¿No saben cantar? —pregunto, empezando a reírme.

—Bueno, si queréis, lo oímos otra vez —propone, poniendo la cinta. «Amooor, corriendo hacia tu amooor», gruñe alguien, posiblemente Derren, al que parece que una segadora le estuviera triturando un miembro vital—. Como veis, no. Solamente mueven los labios. Pasarela es un auténtico fraude. ¿Qué os parece?

Claude y Fleur se ríen como posesas mientras rebobinamos la cinta para oírla una y otra vez, disfrutando cada segundo de lo malos que son. Si se presenta la oportunidad, huelga decirlo, nos lo vamos a pasar muy bien con esta información.

Muchísimo.

• • •

—Bueno —dice Claude, secándose las lágrimas—. Será mejor que os cuente la reunión que tuve el viernes con el señor McGraw, la señorita Guinevere y el señor Foxton.

—Perdona, se me ha olvidado preguntarte. ¿Cómo está el señor McGraw? —pregunto.

—Un poco deprimido. Digamos que está preocupado por Blackwell en Vivo —contesta Claude, esbozando una sonrisa con las comisuras de los labios.

—¿Y por qué exactamente?

—Pues... —empieza a decir mientras toma una hoja y se pone las gafas—, ¿sabías que a Christy Sullivan le asaltan las chicas de sexto de primaria cada vez que va de una clase a otra? Intentan rasgarle la ropa y besarlo. El pobre tiene que esconderse en la biblioteca durante el recreo. Así que el señor McGraw cree que necesitamos gente que se encargue de la seguridad.

—Pero no podremos pagarles —replico.

—Hum, puede que tengamos que conseguir el dinero. Sobre todo ahora que el señor McGraw cree que Golpe Mortal y el Sindicato de la Vida Fácil son una especie de banda callejera que lleva armas y dispara a la gente.

—No es verdad. Son encantadores.

—No me digas... También piensa que el grupo de Ainsley, Toque de Difuntos, es una secta de adoradores de Satán y que hay que vigilarlos de cerca.

—A él si que le hace falta una buena revisión en el cerebro —murmura Ainsley.

—Sí, pero es el director y está al frente del colegio. Ah, y no le preguntéis lo que opina de que actúe Liam —nos pide Claude.

—¿No le parece bien?

—No. De hecho, empezó a sujetarse la frente y a decir algo como que los locos se habían apoderado del manicomio, antes de asegurar que necesitamos agentes de seguridad que se ocupen de evitar que «ese tonto de remate» vuelva a subirse al tejado del colegio.

—Sólo lo hizo una vez. ¿Cuándo se va a olvidar de aquello? —lo defiende Fleur.

—Nunca. Incluso la señorita Guinevere le pidió que se callara —asegura Claude.

Que Dios la bendiga. La semana pasada fue el ángel de la guarda de Blackwell en Vivo. Se ha ofrecido a llevarnos en coche a los sitios y nos ha defendido cuando el señor McGraw o el conserje, el señor Gowan, empezaban a quejarse de nosotras. Incluso ha renunciado a la hora de la comida muchos días para vender entradas, que es mucho más de lo que se puede decir de ningún otro profesor. ¡Qué mujer!

Y el señor Foxton también nos ha sido útil. Resulta que en tiempos tocó en algún grupo de rock, antes de entrar en el Instituto de Ciencias de la Educación. En ninguno famoso, claro está, pero sabe mucho de organizar actuaciones, de instrumentos, y cuántos ensayos tienen que hacer los músicos. Para ser un adulto es muy enrollado.

—¿Le gusta al señor McGraw alguno de los grupos que van a actuar? —pregunto.

—Adivina —contesta Claude.

—¿Pasarela?

—Y los campanólogos, no te olvides. Le encaaantan —se ríe Fleur.

—¿Cómo lo has sabido? Ah, y la otra preocupación del señor McGraw es que hemos vendido demasiadas entradas. Al parecer mil doscientas veinte son excesivas, y está seguro de que se producirá algún disturbio.

—¡Pues sí que hemos vendido! —exclamo, tragando saliva.

—Bueno, a lo mejor tiene algo de razón —acepta Claude—. Pero la gente sigue comprándolas. Nos piden más y más a la hora del recreo. No podemos negarnos.

Mira mis labios esperando sabias palabras.

Pero no sé qué decir. En mi opinión, el único problema de Blackwell en Vivo es que se ha hecho demasiado popular y se nos ha ido un poco de las manos. Es una gran responsabilidad. Mi madre siempre dice que las cosas que merecen la pena conllevan algún riesgo, y los riesgos dan miedo, ¿no? Esto es lo que le digo a Claude:

—Creo que LBD puede hacer dos cosas: o asustarse de cómo está saliendo Blackwell en Vivo o trabajar para que crezca —opino, más confiada de lo que realmente estoy. Me impresiona lo que nos espera en menos de seis días, aunque esté orgullosa de nuestro «problema».

Cuando abro las puertas del Viaje Alucinante son las diez y media de la noche. Mi padre está detrás de la barra limpiando un vaso de pinta, con la vista perdida en el infinito, mientras el viejo Bert, el cliente sin dentadura, da su aburrida opinión sobre la situación de la monarquía británica.

—Papá.

—Hola, Ronnie —me saluda sonriendo y pasándome la mano por el pelo—. ¿Estás bien, cariño? Llevo intentando hablar contigo desde el viernes.

—Ya, lo siento mucho.

—No pasa nada. No te preocupes. Estamos todos un poco confusos —dice amablemente y volvemos a hacernos amigos al instante.

—Estoy un poco..., ya sabes. —Me encanta que, en ocasiones, con la familia no haya que decir nada, te entienden sin más—. De todas formas, he estado pensando sobre lo que te dije el otro día, lo de tus colegas relacionados con la música.

Se le ilumina la cara.

—Me encantaría que me ayudaras, si todavía quieres. ¿Lo harás?

Sus rubias patillas brillan de regocijo. Pone un vaso de pinta debajo del tirador y luego me sirve a mí una Coca-Cola *light* para celebrarlo.

—Por supuesto que lo haré, Veronica. Será un honor —dice poniendo las bebidas en la barra y agarrando el bolígrafo que lleva en la oreja—. Bueno, lumbrera, ¿por dónde empezamos?

Una semana (no) es mucho tiempo para el rock and roll

Me alegro de tener a mi padre de mi parte.

¿No os parece extraño que cuando no te hablas con tus padres llevas como una nube gris encima de la cabeza?

178

Incluso cuando te estás riendo y divirtiéndote con los amigos siempre hay algo que te ronda y te dice que las cosas no van bien.

Y a pesar de que digas que te importa un pimiento lo que piensen, en realidad te preocupa. En el fondo, a Fleur le gusta que incluso un torturador empedernido como Paddy Swan, que pasa gran parte de su vida o enfadado con sus amigos o sin que éstos le hagan caso, esté orgulloso de ella.

—Es una de las cosas más impresionantes que he visto hacer a unas adolescentes —comentó entusiasmado Paddy el lunes por la noche cuando las LBD nos sentamos a la mesa. Nuestros móviles no paraban de sonar con preguntas sobre los planes del sábado. También hablamos de las fabulosas sugerencias que hizo mi padre sobre cómo solucionar imprevistos y acondicionar el espacio del concierto.

—Gracias, papá —le agradeció Fleur, ruborizándose un poco cuando su madre, Saskia, le pasó la mano por el pelo—. ¡Pasa de mí, mamá!

—De verdad —continuó Paddy, al que Saskia ha sacado del club de golf, donde llevaba alternando desde las cuatro de la tarde—. Cuando me dijisteis que queríais gastaros el dinero en un día de música hipihopera y cosas como las que oyes en tu cuarto, lo admito, pensé que os faltaba un tornillo, pero ahora...

—No lo estropees, cariño. Ibas muy bien —lo interrumpió su mujer haciendo una mueca.

—Se dice *hip hop*, papá —se rió Fleur—. De todas formas, gracias, lo tomaré como un cumplido.

—¡Era un cumplido! —insistió Paddy mientras Saskia lo llevaba al salón como medida preventiva.

—Os quiero, chicas —nos gritó de camino—. Sois un buen ejemplo para la juventud de hoy en día.

—Bueno, eso sí que es una primicia. Las píldoras para el cerebro deben de haberle hecho efecto —bromeó Fleur.

Pero cuando me volví para mirar a mis amigas, advertí que Claude parecía un poco triste, a pesar de que las hojas que había encima de la mesa indicaban que todo iba bien.

—¿Qué te pasa? —le pregunté.

—Sí, C, ¿te pasa algo? —se unió Fleur.

—Nada, no es nada. Estaba pensando en lo orgullosos que están vuestros padres de vosotras... y, bueno..., ya sabéis que soy un poco tonta.

—No lo eres —la contradije, agarrándola de la muñeca.

—Sí. Y ahora no tenemos tiempo para serlo —dijo, recobrando la compostura instantáneamente, con ese gesto envidiable que hace cuando desconecta y se pone a trabajar en algo.

—Creo que, si tu padre estuviera aquí, también lo estaría de ti. Porque hemos organizado todo esto gracias a ti —la alabó Fleur, que es fantástica en este tipo de situaciones.

—Hum —susurró Claude, dejando escapar una lagrimita que se limpió con la manga antes de sonreír.

—De verdad. Todos estamos muy orgullosos de ti —continúa Fleur.

—Gracias, chicas. Estoy bien, no pasa nada.

—Y si te sientes excluida, conozco a un encantador aunque ligeramente deprimido hombre que te adora y al que le chiflaría que fueras su hija —le dije.

Sonrió, e inmediatamente puso cara de desesperación.

—¿Te refieres a Samuel McGraw? —preguntó Fleur arqueando una ceja.

—¡El señor McGraw! —repitió Claude, riéndose y meneando la cabeza—. Sí, podría vivir con él y Myrtle. Cantaríamos canciones de *Voces felices, vidas felices*, acompañadas al piano, y comeríamos pastelillos hechos en casa. ¡Sería fantástico!

—Y cuando hicieras algo malo, como besar a un chico o llevar demasiado maquillaje, entraría en tu habitación y te diría: «Me resulta difícil creer que esté implicada en algo así, Claudette Cassiera. Usted es el orgullo de esta casa» —dijo Fleur imitando perfectamente su voz en todo su decrépito esplendor.

—¡El orgullo de esta casa! —repetimos las LBD a coro y nos echamos a reír.

• • •

Por supuesto, la semana no iba a acabar sin problemas.

El martes, como estaba previsto, Edith nos condujo por el pasillo de Administración para mantener una reunión de emergencia con el señor McGraw sobre la venta de entradas. Resultó que esa mañana, en una de sus raras excursiones fuera de su oficina, le había oído decir a un chico de sexto de primaria que habíamos vendido más de dos mil (de hecho eran 2.221) y que alumnos de otros colegios, aparte de Blackwell y Chasterton, como la Academia Lymewell y Cary Hill, habían aparecido en los recreos con el dinero de sus pagas semanales.

—¡Se acabó! ¡Hay que poner fin a todo eso! —nos gritó el señor McGraw levantando una peluda mano como si fuera un policía de tráfico, aunque la tensión se desvaneció cuando vimos que llevaba apuntado en ella un recordatorio con rotulador: «Pagar la factura del gas.»

—¿A qué, señor? —le preguntó Claude, ajustándose las gafas. Me encanta cuando le dice «señor». Consigue que suene respetuoso, como en una obra de teatro de época de la BBC.

—¡Tienen que dejar de vender entradas! ¡Ya es suficiente!

—Pero si los terrenos del colegio son enormes. Caben muchas más de dos mil personas —replicó Fleur, quebrando nuestra regla fundamental: «Dejar siempre que sea Claude quien hable con el señor McGraw.»

—¡Ajá! Ése es el tipo de respuesta despreocupada que me esperaba de usted —le espetó el señor McGraw, que ya empezaba a estar bastante desconcertado, y no sólo deprimido, como yo había imaginado—. Y venga, que haya disturbios, ¿no? ¿Es eso lo que quieren? ¿Que arrasen el colegio? ¿Que haya pillaje y caos?

—Esto... —Las tres lo miramos sin entender nada. Estaba empezando a asustarnos un poco, pues los ojos se le salían de las órbitas.

—Y supongo que ustedes pagarán el pato cuando se produzca el peor de los casos posibles y alguien pierda pie en una desbandada.

—¿Pato? ¿Qué pato? ¿Y cómo va alguien a perder un pie? —comentó Fleur, sinceramente desconcertada.

—O sea que tenemos que dejar de vender entradas...
¿Ahora mismo? —preguntó Claude.

—¡Aleluya! —susurró el señor McGraw—. Gracias, Claudette Cassiera. Sabía que me entendería.

—¡Puaf! —exclamó Fleur, que no pudo contener el disgusto más tiempo.

—Ya pueden irse, venga. Y presten atención. Si veo que siguen vendiendo entradas, conocerán el lado más oscuro de mi persona.

—¡Uf! —murmuramos todas.

—Dejemos algo claro desde el principio, señoritas —nos gritó mientras avanzábamos abatidas por el pasillo—. Yo soy el primero al que le gusta pasárselo bien, pero la diversión ha de tener sus limitaciones y restricciones. ¿Me oyen?

—¡Brrr! —nos quejamos, andando más deprisa.

—Uno no se puede divertir de cualquier manera. La vida no es así —chilló, pero, por suerte, ya estábamos demasiado lejos para que nos importara.

Evidentemente, en cuanto anunciamos que se habían acabado las entradas, éstas se convirtieron en el trozo de papel más deseado en el mundo.

Las cosas se desquiciaron.

Yo jamás había sido tan popular.

Gente con la que hacía meses que no hablaba empezó a llamarme al móvil a todas horas del día y de la noche. Chicas con las que me había sentado en el autobús en una excursión de sexto de primaria de repente se acordaban de «lo amigas que éramos, y, por cierto, ¿no tendrás dos entradas para mí y mi primo Hubert?». Decirles que no fue muy duro, pero estábamos decididas a que el señor McGraw no nos pillara.

Para el jueves, la demanda estaba al rojo vivo. El propio señor McGraw se dedicó a patrullar por todos los rincones del colegio para pillar a los revendedores y aplicarles humillantes castigos como recoger la basura o despegar chicles del suelo. Por desgracia, aquello añadió más glamour y riesgo al mercado ilegal de entradas, que empezaron a cambiar de manos por veinte libras. (No me hubiera importado nada ver algún penique de esas ganancias.) Las LBD estábamos muy ocupadas distanciándonos de esas malvadas actividades, intentando parecer enfadadas cuando el señor McGraw se nos acercaba con su paso de ganso, y resolviendo cientos de problemas. ¡Jesús!, fue de lo más agotador. Sin embargo, no estaba tan ocupada como para no darme cuenta de que Jimi y Panamá parecían ir juntos a todas partes.

¡Qué miserables!

—No entiendo a los chicos —comentó Claude el jueves por la tarde cuando íbamos a casa hechas migas—. No les encuentro ningún sentido. ¿Qué es lo que quieren exactamente de una chica? ¿Cómo puede interesarse Jimi Steele por alguien como Panamá?

—Gracias —suspiré. Había estado preguntándome lo mismo desde el domingo, unas veintisiete veces al día, una y otra vez.

—Tengo una idea, Claudey —dijo Fleur sonriendo—. ¿Por qué no le preguntas a Liam Gelding qué es lo que tienen en la cabeza los chicos? ¿Lo verás luego, no?

—Puede.

—¡Ooooh! —exclamamos con retintín, como unas crías.

—No es lo que pensáis —se defendió Claude—. Me está ayudando con lo de Blackwell en Vivo y después se quedará a cenar.

Fleur me lanzó una mirada de complicidad y le guiñé un ojo. Había algo que Labios Sellados no nos estaba contando.

Claude siguió andando, como si no pasara nada.

—¿Y os montáis cenas románticas? —le preguntó Fleur.

—No, es más bien... Bueno, ya sabéis lo mucho que le gusta cocinar a mi madre... estofados, pasteles, etc.

—Ya.

—Creo que está intentando alimentarlo hasta que reviente —aseguró Claude muy en serio.

—Vaya forma de morir —soltó Fleur.

Cuando llego al Viaje Alucinante me encuentro a mi padre acurrucado en uno de los reservados de la parte de atrás, rodeado de un grupo de gente espeluznantemente extraño. La mesa está llena de platos humeantes de salchichas de Cumberland con puré de patatas y montones de salsa de cebolla, junto con montones de pintas de cerveza. Todo el mundo está comiendo, bebiendo o fumando alegremente. Enseguida distingo a mi tío Charlie entre ellos.

¡Dios mío! Hacía por lo menos cinco años que no lo veía, y no ha cambiado nada. (Por cierto, no es realmente mi tío, sino un amigo de mi padre que aparece cada tantos años por casa para charlar con él de guitarras durante semanas enteras. Espero con todas mis fuerzas que a mi madre no se le ocurra volver en este preciso momento. Seguramente se daría la vuelta y se iría otra vez.)

—¡La señorita Veronica Ripperton! —me saluda, dejando un cigarrillo a medio liar e intentando darme un fuerte abrazo contra su cutre chupa de cuero.

—¡Tío Charlie! —exclamo.

—Chicos, ha llegado la organizadora de Blackwell en Vivo, Ronnie. Será vuestra jefa durante los próximos días, así que tened cuidado; es de las que no hace prisioneros —grita mi padre.

—Igual que su madre —opina el tío Charlie.

—Y que lo digas —confirma mi padre.

—¿Quién es toda esta gente? —le pregunto, quitándome hebras de tabaco del pelo.

—No te asustes, te he conseguido ayuda de verdad. Serán tu equipo durante el concierto —afirma mi padre, muy orgulloso—. Venga, Ronnie. ¿No decimos siempre que si se quiere hacer algo hay que hacerlo bien?

—Sí.

—Bueno, pues ahora lo vamos a hacer. ¿Alguien quiere más cerveza?

Todo el mundo vitorea.

11

Blackwell (realmente) en Vivo

—Papá. A ese hombre le estoy viendo..., esto..., el culo.

—¿Qué? ¿Dónde? ¡Ah! No pasa nada. Es normal.

Me quedo paralizada ante la visión de un sorprendente culo peludo que sobresale como una hirsuta luna por la parte de atrás de unos mugrientos vaqueros. Su propietario es Vinny, que está agachado enchufando un cable a un micrófono en el centro del impresionante escenario de Blackwell en Vivo.

—Es uno de los pipas —me aclara mi padre antes de darle un mordisco a una hamburguesa vegetal. No es que sea lo que desayuna todos los días, pero la mujer que está en la camioneta de los bocadillos, una de las muchas delicias culinarias de las que vamos a disfrutar, le ha ofrecido una gratis.

—¿A qué te refieres?

—Se dedica a eso. Trabaja en giras de grupos de rock montando y recogiendo los equipos una y otra vez.

—¿Y siempre lleva pantalones que dejan ver la raja del culo?

—Por desgracia, sí, son gajes del oficio. No te metas con él. La gente que ha traído tu tío Charlie es oro en polvo. Los mejores.

Ya veo.

No han dejado de currar desde que han llegado.

—¿Qué hace exactamente el tío Charlie para ganarse la vida? —le pregunto, entrecerrando los ojos para protegerme del sol de la mañana.

—Es manager de giras de grupos de rock —me explica, como si eso me aclarase algo, y se fija en mi estupefacta cara—. Cuando un grupo sale a tocar por ahí, Charlie se asegura de que lleguen al sitio que deben, maneja el dinero... y vigila que se vayan a la cama para que estén guapos al día siguiente. Todas esas cosas importantes que nadie quiere hacer.

Hace un gesto con la cabeza a Charlie, que está manteniendo una profunda conversación con Claudette.

—O sea que es como el padre del grupo...

—Supongo que sí, pero seguro que le dan menos problemas que los hijos.

—Gracias, hombre.

—Hemos tenido mucha suerte de que tengan unos días libres. Van de camino al sur para otra actuación. Les dije que ésta era benéfica, para los niños. Al fin y al cabo es eso, ¿no? —dice, limpiándose un trozo de cebolla y tomate de la cara.

—Sí, algo así.

La aparición de Charlie ha sido algo más que pura suerte, ha sido un regalo del cielo. El equipo de Blackwell en Vivo está compuesto por tres pipas: Vinny, Blu y Pip, además de tres enormes y fornidos tipos de seguridad con la cabeza afeitada, unos cuellos impresionantemente anchos y bíceps del tamaño de mis muslos. A uno de ellos, que lleva un águila tatuada en el cuello, lo apodan «Pasapurés». No he preguntado por qué. Me alegro de que el señor McGraw ya no pueda venirnos con la monserga de que esto se desmande.

—Charlie me debe algún que otro favor —comenta mi padre mientras observa a dos chicos de sexto de primaria que están colocando una pancarta multicolor de Blackwell en Vivo sobre el escenario—. Lo he sacado de un montón de líos —añade eructando aparatosamente—. Caray, Ron, esta hamburguesa está muy buena. ¿Quieres una?

Tentadora oferta, pero no creo que pueda probar bocado.

Hoy es el gran día, doce de julio, Blackwell en Vivo.

No sé si reírme, llorar o vomitar.

• • •

Son las diez de la mañana. Por irreal que parezca, Christy Sullivan, nuestra primera actuación, subirá al escenario dentro de tres horas. El encantador Christy ya está entre bastidores y no para de ir de un lado a otro vestido con una cara camisa italiana de seda azul marino, pantalones de piel de serpiente y gafas de sol. Está hablando muy nervioso con su hermano, Seamus, que en mi opinión está incluso más bueno que él.

—¿Seguro que os hago falta, Ronnie? —me pregunta con voz temblorosa—. Si queréis cancelar mi actuación no me importará en absoluto. Después de todo, tampoco canto muy bien.

Está blanco como la nieve.

—Si crees que te vas a librar de esto tan fácilmente, estás muy equivocado. Además, si no sales a escena, seguro que hay bronca.

Intenta sonreír, pero parece que su fruncido entrecejo se lo impide.

Tomo nota mental para acordarme de decirle a Pasapurés que no le quite el ojo de encima; no podemos dejar que la actuación inaugural se fugue por la valla de atrás. Yo, por mi parte, sigo sin poder calmar los nervios. Anoche apenas pude pegar ojo y no he sido capaz de desayunar. Me mantengo en pie a base de nervios.

Ayer estuvimos aquí hasta las diez de la noche, cuando trajeron el magnífico escenario cubierto, dos enormes altavoces, una pequeña marquesina para las bebidas y un entoldado para bailar. Fue muy emocionante.

Y, además, todo pagado por adelantado.

¡Ja, chúpate ésa, Cyril!

A la gente de Castillos en el Aire le costó un buen rato acabar de sacar las cosas y montarlo todo, pero, cuando cayó la noche, teníamos un escenario con megafonía de verdad, como los que se ven en la MTV.

—¿Para qué queremos Astlebury? ¡Esto es mucho mejor! —exclamó Fleur, lo que hizo que todos los pipas se echaran a reír.

—Tienes razón, los conciertos más pequeños siempre son más enrollados, hay mejores vibraciones —soltó el tío Charlie y todos sonreímos.

Al menos, durante un momento. Después empezó a contarnos una larga historia sobre la primera vez que fue a Astlebury, en 1978, cuando a esas cosas iban «cincuenta personas y unas pocas cabras, y la música era lo realmente importante, a diferencia de los grandes acontecimientos puramente mercantiles en que se han convertido los conciertos de rock actualmente» y bla, bla, bla. Pero, a esas horas, teníamos la mente ocupada en cosas más prácticas, como volver a casa de Fleur para hacer los pases para la gente que iba a estar entre bastidores. Sí, lo habéis oído bien, pases y todo. Al parecer son necesarios.

—¿Para qué queremos una zona VIP vigilada por Pasapurés, si no sabemos quién puede estar en ella y quién no? —nos advirtió el tío Charlie—. Sobre todo si va a haber problemas con las fans de ese chico, ¿cómo se llama?, Christy Sullivan. Las adolescentes son lo peor de los conciertos. Se pasan la actuación gritando con todas sus fuerzas, con lo que te ponen la cabeza como un bombo, y planeando cómo entrar entre bastidores para dar la lata al cantante de turno. Son una cruz.

Así que, previendo esa posibilidad, nos quedamos hasta la una de la noche cortando y pegando pases de «acceso a todas las zonas» para músicos, amigos y técnicos. Los plastificamos, con su cinta y sus colores brillantes, y nos quedaron de lo más molones. A la pobre Fleur le ha tocado encargarse de repartirlos, una tarea que no le envidio. Toda la gente de Blackwell quiere entrar y codearse con los grupos, y éstos a su vez quieren meter entre bastidores a su banda de colegas. Tener que decidir a quién dejar pasar y a quién no es un mal rollo. El viernes, el teléfono de Fleur no paró de sonar. Los peores fueron los miembros del Sindicato de la Vida Fácil, que exigieron treinta pases para sus afiliados y séquito. Bendito sea Christy Sullivan, que sólo pidió tres, para su madre, su padre y su abuela. Es tan dulce que dan ganas de comérselo.

Por supuesto, después de acabarlos aún tenía que teñirme el pelo de color castaño rojizo brillante, hacerme la manicura francesa y elegir el modelito para el concierto. Calculé todas y cada una de las posibles combinaciones que puedo hacer con la ropa que tengo; sopesé, deseché y apilé una montaña de faldas, vaqueros y tops. Finalmente, a eso de las cuatro de la mañana, me decidí por lo que llevo puesto: mis vaqueros azul oscuro de cintura baja más fashion, mi camiseta corta rosa más descarada y, lo mejor, un tanga rosa con lacitos que me regaló Fleur las Navidades pasadas, puesto de manera que se entrevea por encima de la parte de atrás de los vaqueros. Por supuesto, me he pasado toda la mañana sin darle la espalda a mi padre para que no lo viera, no fuera a ser que le explotara alguna arteria vital.

—¿De verdad que no quieres comer nada? —me pregunta, poniéndome un brazo sobre los hombros, mientras Ainsley y Candy, de Toque de Difuntos, entran entre bastidores cargados con flautas, sintetizadores, tambores metálicos y bolsas con ropa—. No has probado bocado.

—Bueno, tomaré un café. Hazlo todo lo fuerte que quieras.

Va a ser un día muy largo.

A las once, la parte de atrás del escenario está rebosante de actividad: Fleur Swan revolotea de un lado para otro con un puñado de pases y con su trasero respingón tapado con unos arriesgadamente minúsculos shorts de terciopelo negro. Está tope fashion. Golpe Mortal no le quita ojo de encima y no desaprovecha ninguna oportunidad para ponerle la mano en la cintura o hacerle alguna broma, con lo que consigue que ésta se deshaga en risas.

—Eres muy malo. Anda, lárgate... —le pide de forma poco convincente, hasta que ven a nuestro maestro de ceremonias, Paddy Swan, vestido con un traje de raya diplomática que le da cierto aire de psicópata a punto de estallar.

—Buenos días, señor Swan, me alegro de verle —le saluda Golpe Mortal. Éste aparta rápidamente las manos del cuerpo de su hija y le pide más pases para que sus colegas puedan ir a demostrarle lo mucho que lo quieren.

Conforme va llegando la gente, Claudette Cassiera, risueña y muy guapa, con unos vaqueros negros muy ajustados, un top cortito de color aguamarina con la frase «Chica guay» en la parte delantera y unas coletas tipo Pipi Calzaslargas muy flipantes, va poniendo una cruz al lado de sus nombres en el portapapeles rojo brillante que lleva en la mano y les dice que a las once y media les comunicará algo importante.

—No faltéis, si queréis saber a qué hora salís a escena y en qué orden —les advierte y después se vuelve hacia mí con una mirada socarrona—. Ronnie —me susurra mientras marca como presentes a Benny y Tara, de Los Golfos—, ¿tienes idea de con qué grupo de rock trabajan normalmente los pipas de tu tío Charlie?

—Interesante pregunta... —contesto mientras ayudo a Tara a ponerse una rosa en su rizado pelo rubio—. No han soltado prenda, ¿verdad? No me lo han dicho. Siempre que le pregunto a Pip, cambia de tema, y Vinny...

—Ése dice que no se acuerda —interviene Claude.

—Y el tío Charlie dijo: «Sin comentarios.» Debe de ser alguien penoso y les da vergüenza confesarlo.

—Eso debe de ser —concluye Claude—. Aparte de eso, se han portado de maravilla. Pasapurés está haciendo un buen trabajo en la puerta principal. Hay cientos de chicos esperando a que abramos y no se ha colado ni uno.

—Supongo que se debe a que parece un buldózer con chupa de skin y en la mano izquierda lleva tatuado «ESCLAVO DE SATÁN». ¿Os habéis fijado?

—Es el guardia de seguridad perfecto —asegura Claude. Esta chica es muy dura.

Cuando Claude se sube a una silla para hablar al grupo de participantes, recorro con la vista la parte de atrás del escenario, donde están todos los miembros del Sindicato de la Vida Fácil. Golpe Mortal, con sus impresionantes y pronunciados pómulos, lleva una ostentosa cazadora acolchada de color blanco brillante, pantalones a juego y más oro que la reina Isabel II en un acto oficial. A su lado hay unas chicas muy guapas de Chasterton con coletas altas y enormes aros plateados en las orejas, y chicos vestidos con ropa deportiva de diseño: gorras Burberry y zapatillas de deporte caras. Cerca veo a Aaron, Naz y Danny, de los Mesías Perdidos, que visten pantalones del ejército desgarrados y camisetas estampadas sin mangas con dragones dorados y guerreros ninjas. Están muy sexys. Naz se está poniendo jabón líquido en el pelo para hacerse una cresta mohicana, mientras que, a su lado, Abigail y Leeza, de Pasarela, se aplican polvos de talco con perfume de fresa en sus atléticos cuerpos.

—Llevamos un conjunto tan ceñido que tenemos que ponernos talco para poder metérnoslo —nos explica Abigail mientras nos enseña su traje de gato de látex negro. Parece que todos los componentes del grupo aparecerán con conjuntos idénticos. Derren y Zane (que hoy tienen la piel de color más naranja que nunca) están poniéndose unos pantalones de látex y unas camisetas de lycra rasgadas. En mi opinión, parecen un patético escuadrón de combate intergaláctico.

—Recuerda que yo llevaré el traje más caro —le dice a Leeza la insoportable Panamá, que se está dibujando una raya perfecta de color granate en los morritos—. Así que ni sueñes con ponértelo.

—Vale —acepta ésta, eligiendo uno menos impresionante.

Debería haberme imaginado lo que vendría a continuación. Ya se sabe, donde va la una va el otro.

—¡Hola, Jimi! —grita Panamá cuando aparece el cantante de los Mesías Perdidos. Éste le guiña un ojo y me saluda nervioso con la cabeza, mientras Panamá se le echa encima como el virus Ébola—. Me tenías preocupada, cariño —dice con sonrisa afectada, e intenta darle un beso en la cara.

—No seas plasta —le pide, intentando quitársela de encima con delicadeza, aunque algo más que molesto.

—Tonto, sólo intento darle un beso a mi novio. ¿Qué hay de malo en ello? —pregunta, toqueteándole el pecho y besuqueándole la mejilla.

—¡Déjame! —le pide apartando esa cara llena de maquillaje lejos de su inmaculada camiseta blanca.

Suspiro.

Ojalá no fuera tan sexy, así no me sentiría como si alguien me estuviera dando en el culo con un zapato de tacón cada vez que lo veo con esa bruja.

—Vaya, no parece que todo sea de color de rosa entre Jimi y Panamá —susurra Fleur arqueando una ceja—. ¿No fue Ainsley el que dijo que no durarían juntos ni una semana?

Sé que sólo está siendo amable.

—Calla —le gruño.

—Hola a todo el mundo —grita Claude—. ¿Me prestáis atención un momento, por favor? Vosotros también, Mesías Perdidos.

—¡Perdona! —grita Naz, que con ese pelo en punta parece una cacatúa que tocara el bajo.

—Os he reunido a todos para deciros en qué orden vais a actuar. Un momento. ¿Estás bien, Liam?

Se calla y lo mira. Está vomitando en una papelera.

—Miedo escénico —asegura Benny Stark, guiñando un ojo y dándole una palmadita en la espalda.

—Bueno, ¿puede hacerlo en silencio? Estoy intentando hablar. Las puertas se abren dentro de media hora, a las doce. Como ya habréis visto, hemos colocado a los campanólogos en la puerta delantera, con eso tenemos una actuación resuelta. Vale, pasemos al escenario. Me gustaría que el primer intérprete, que, como todo el mundo sabe, es Christy Sullivan, salga a la una. ¿Me sigues, Christy?

—Más o menos.

—Vale. A las dos menos cuarto necesito que Los Golfos estén listos. ¿Os parece bien, Tara, Benny y Liam?

—No *problem*, jefe —contesta Benny.

—Plafff —suena el resto del desayuno de Liam en la papelera.

—¿Tiene la solitaria o qué? Vaya vomitona —comenta Claude.

—En cuanto lo haya echado todo, se pondrá bien —asegura Tara.

Panamá arruga la nariz, mirando a Los Golfos.

—¡Qué asco! —exclama

—Bueno, con eso llegamos a las dos y media, que saldrá Toque de Difuntos. Después, a las tres y media, tocará el Sindicato de la Vida Fácil. En el escenario sólo caben doce personas, así que decidir quién va a actuar y a quién le toca guardar los abrigos. Pip y Vinny, los pipas, me han dicho que si salís al escenario y empezáis a dar botes los treinta, o los que hayáis venido hoy, se vendrá abajo como un castillo de naipes. Y no queremos, repito, no queremos que pase eso, ¿verdad?

—No —contestan todos, al tiempo que comienzan un acalorado debate sobre quién va a cantar.

—Yo escribí el primer rap, así que debería salir al menos hasta la segunda estrofa —se queja un chico que lleva cubierta la cabeza con un pañuelo rojo.

—Tú llevas sólo dos días en el grupo —le grita una chica a un negro muy alto con unas mini trenzas muy laboriosas y que al parecer se llama Dane.

—Sí, pero he traído el monovolumen, y si no salgo a rapear me lo llevo sin vosotros dentro.

—Tiene razón —dice Golpe Mortal, que ya se ha hecho una idea de lo que puede ser volver a la urbanización Carlyle en el autobús treinta y nueve—. Decidido, estará en todas las canciones —anuncia, lo que produce un gran revuelo.

—Recordad que tenéis que acabar a las cuatro, sin peros que valgan, porque los siguientes son los Mesías Perdidos —les advierte Claude—. Si alguien tiene algo que decir, que lo haga ahora. Ah, y buena suerte a todos.

Por supuesto, y desgraciadamente, todos sabemos lo que eso significa.

Yo lo sé, Fleur lo sabe y, evidentemente, Claude también.

Y Panamá Goodyear y sus gremlins lo saben; sus caras de infinita alegría son una buena prueba.

Odio tener que decirlo, pero es una verdad irrefutable: Pasarela son la actuación principal.

Panamá ni nos ha mirado ni ha dicho una palabra, pero está segura de que la victoria es suya. La intimidación y la maldad se han impuesto. Ceder trae menos complicaciones. Además, es lo que quiere el público.

Qué asco.

—Después —continúa Claude sin inmutarse—, en el entoldado, se servirán refrescos hasta las nueve y media, hora en la que Johnny Martlew, de segundo de bachillerato, nos deleitará con..., esto... —Mira una hoja de papel—, una ecléctica mezcla de ritmos y música festiva.

—O sea, lo que le apetezca —grita Tara.

—Exacto. Yo estaré también allí, así que a ver si me invitas a algo —dice Claude riéndose.

Cuando se baja de la silla, Fleur y yo nos la llevamos aparte para tener una charlita privada.

—¿Crees que hemos hecho bien las cosas? —le pregunto un poco triste.

—No me parece justo —susurra Fleur—. Creía que seríamos nosotras las que nos reiríamos las últimas, y va y dejamos que Pasarela sea el grupo estelar. Vale, ya sé que no teníamos elección, pero aun así...

—Ya, pero reconozcámoslo, todo el colegio ha comprado entradas para asistir a un concierto inolvidable, ¿no? —comenta Claude.

—Se supone —contestamos las dos.

—Y quieren ver a Pasarela, ¿verdad?

—Sí —admite Fleur a regañadientes.

—Bueno, pues les daremos lo que quieren. Venga, chicas, es hora de abrir.

Despegamos

—¡Eseoese, eseoese! ¡Operación Águila en marcha! —grita Pasapurés por el *walkie-talkie*. Cuando se abren las puertas del colegio y empiezan a entrar los primeros asistentes, subo a hurtadillas al escenario para mirarlos.

—¡Chriiisty Suliiivan, cachas! —grita una chica que va acompañada de unas dos docenas de bellezas de primero, que llevan rosas y ositos de peluche, y corren tan rápido como pueden hacia el escenario principal. Como era de esperar, los primeros cien espectadores parecen ser leales fans de Christy Sullivan. «CÓMO MOLAS, CHRISTY» reza la pancarta que lleva una rubia. «ENSÉÑANOS EL CULO», le invita otra.

—Ya te lo dije —comenta el tío Charlie, que ha aparecido a mi lado—. Las adolescentes pueden traernos problemas. Acuérdate de lo que te digo. Prefiero controlar a

194

una banda de *hooligans* futboleros, son menos peligrosos —continúa mientras observa cómo Gonzo, uno de los encargados de la seguridad, se pelea con un grupo de chicas que intenta subirse a la valla que está más cerca del escenario.

—¡Llevo haciendo cola desde las ocho de la mañana, y voy a ponerme en el mejor sitio! —grita una chica dándole codazos a otra que, por alguna misteriosa razón, lleva escrito «CHR» en una mejilla e «ISTY» en la otra (como si eso aumentara sus posibilidades de darle un beso). Mientras tanto, una continua riada de chicos y chicas le da la entrada a Pasapurés y accede al recinto: unos, con *piercings* en la cara, cabezas rapadas y bisutería siniestra; otros, con las cejas depiladas, haciendo raros dibujos, y prendas que dejan bien a la vista las etiquetas de diseño; otros, con vaqueros tan holgados que llevan la cintura en las rodillas. Sin el uniforme, casi no reconozco a nadie; vestidos de «paisano» tienen un aspecto diferente. Me resulta particularmente agradable ver que gente a la que rechazamos en las audiciones, como Chester Walton, Almacén y Constance Harvey, se han tragado su orgullo y han comprado entrada. Incluso ha venido Matthew Brown, por suerte sin el señor Jingles, el oso parlante, y espera en la cola de las patatas fritas, salchichas y hamburguesas. En medio de los cerca de mil asistentes, el señor McGraw y su divertidísima mujer, Myrtle, deambulan con cautela, observándolo todo como si fuera un experimento social.

—¿Se lo está pasando bien, señor McGraw? —le pregunta un chico.

—Hum, ya veremos —contesta sombríamente al ver que un grupo de chicas de segundo se han quitado las camisas y muestran la parte de arriba del bikini—. Este sitio parece una colonia nudista —le murmura a su mujer. Cerca de ellos, una emprendedora chica de segundo de bachiller está haciendo su agosto dando masajes de aromaterapia y poniendo tatuajes de *henna*, mientras que en el puesto de al lado, Candice, la médium de segundo, vende «Lecturas espirituales del más allá» a cinco libras.

—Eso es prácticamente brujería. No sé si al reverendo Peacock le parecería bien —dice Myrtle McGraw.

—No te preocupes, querida, ahí están los campanólogos de Blackwell, listos para tocar. Eso está mucho mejor —la tranquiliza su marido.

Y supongo que, en cierta forma, tiene razón. Claude ha colocado a George, Jemima y sus compañeros cerca de la entrada principal, con la esperanza de que su atroz ruido haga que el público vaya con mayor rapidez hacia el escenario. Con todo, creo que al señor McGraw no le va a gustar mucho la selección de música pop que les hemos hecho aprender.

—¡Qué Dios nos ampare! ¿Qué ha pasado con *Qumbayá*? —pregunta Myrtle al oír las canciones de *rythm and blues* y *nu metal*.

—¿Y con *Viva la gente*? —grita el señor McGraw como si su mundo se hubiera venido abajo.

Podría pasarme todo el día mirando, recreándome orgullosa en la imagen, mientras los mares de caras, los chicos de Blackwell y Chasterton, además de algunos padres, llenan el recinto del festival.

Por cierto, mi madre no ha venido.

Le dejé un montón de mensajes e incluso le dije a mi padre que la avisara, pero no dijo si vendría.

—Va a ser un poco difícil —contestó. A saber qué significa eso. Aunque ahora no tengo tiempo para pensar en ello. Claude y Fleur se han reunido conmigo, y Vinny nos hace un gesto con el pulgar que significa que el equipo de sonido está en orden y que podemos empezar.

—¡Venga, papá! —le grita Fleur a Paddy, que parece estar dándole un discursito de ánimo a Christy Sullivan en un lado del escenario—. Ha llegado el momento de que presentes el concierto.

—¡Tranquilo, chico! Ahí fuera te adoran, y eso que ni siquiera has cantado —lo anima antes de aparecer en escena en medio de un entusiasta aplauso por parte de las primeras diez filas de chicas histéricas.

—¡Hola, Blackwell! ¡Bienvenidos! Me gustaría empezar dándoos las gracias a todos por...

—¡CHRIIISTY! ¡AHHH! —gritan las chicas.

—... haber venido. Tenemos un montón de...

GRITOOO.

196

—... bueno..., de estupenda música esperándonos. Confío en que...

—¡CHRISTY, TE QUIERO! ¡CÁSATE CONMIGO! ¡ENSÉÑANOS LOS PECTORALES! —suplica una chica, ahogando las palabras de Paddy.

Las primeras filas estallan en gritos.

—Está bien —gruñe Paddy, admitiendo su derrota—. Sin más dilación, aquí tenéis a... ¡Christy Sullivan!

—¡BIEEEN!

Desde donde yo me encuentro, no veo que que vaya a salir. Está clavado al suelo y abre y cierra la boca, temblando como un flan sobre una lavadora. Finalmente, cuando Seamus, su hermano, toca las notas introductorias por segunda vez en el sintetizador, Claude y yo lo agarramos por el cuello de su camisa de seda azul y lo arrojamos literalmente a escena.

—¡Síííí! —se oye gritar a cientos de fans a las que les ha dado un vuelco el corazón. Una de ellas, que lleva una camiseta con la cara de su ídolo impresa en la parte delantera, empieza a llorar. Curioso.

—Esto..., hola —saluda Christy suavemente mientras agarra el micrófono—. Estoy encantado de estar aquí. Esta primera canción la he escrito yo y se llama *Vuelta a la casilla número uno*.

Al principio le tiembla la voz, pero a las pocas estrofas se suelta y empieza a divertirse, sobre todo cuando se da cuenta de que nadie lo oye. Los gritos del público son tan fuertes que ahogan su voz. De hecho, a sus fans les basta con que siga meneando el culo en los momentos adecuados o se desabroche otro botón de la camisa para dejar ver un poco más de su espléndido pecho. En la segunda canción, Vinny y Pip entran corriendo en el escenario y le pasan otro micrófono.

—Ése no funciona —le grita Vinny—. No se ha oído nada de las últimas tres estrofas. ¿No te has dado cuenta?

—Pues no —contesta Christy, poniéndose rojo—. Las chicas no me dejan oír nada.

—¡Bah!, ni siquiera es tan guapo. No lo entiendo —protesta el tío Charlie meneando la cabeza, lo que no deja de ser irónico, ya que él tiene una cara que parece una uva pasa. (De hecho, cuando mi padre me decía que Charlie vivía en la carretera creía que literalmente dormía en las cunetas, pues tiene pinta de vagabundo.)

Entro entre bastidores, donde hay más de doscientas personas con pases colgando del cuello. Frankie y Warren, de Guay FM, están entrevistando a Claude, mientras Fleur hace lo posible por aparecer en todos los fotogramas del reportaje de *Look Live* sobre el concierto y baila de forma provocadora delante del cámara con unos mini shorts del tamaño de una bolsita de té.

De pronto, aparece la señorita Guinevere con una enorme sonrisa dibujada en los labios.

—¡Fantástico! Simplemente maravilloso. Estoy muy orgullosa de vosotras, chicas. Es tal y como me había imaginado —nos alaba, y después me da un cálido abrazo, lo que me resulta sorprendente, ya que es una profesora.

—Sí, Ronnie, es la bomba —gritan Naz y Aaron, que están cerca de nosotras.

—Gracias —digo, ruborizándome.

—Será mejor que vayas a hablar con tus fans —sugiere la señorita Guinevere.

—Lo habéis conseguido, es increíble —dice Aaron, riéndose. Me pone las manos en la cintura y me planta un gran beso en la frente. Después, Naz lo imita y me hace girar en redondo por las caderas mientras me besuquea la cabeza. Me encanta.

—Hola, Ron —saluda Jimi, que ha aparecido detrás de él—. Todo va de muerte, ¿verdad?

—Sí, gracias —contesto intentando sonar normal. De hecho, en este momento es difícil que nada suene «normal», pues lo de que yo le guste a Jimi es una suposición mía, y por tanto no puedo enfadarme con él porque tenga otra novia. El extraño comportamiento de Jimi conmigo también debo de estar imaginándomelo, porque nunca ha habido nada entre nosotros. La verdad sea dicha.

Cómo me gustaría desconectar de vez en cuando. Ojalá tuviera un interruptor de Jimi en el cuello para poder apagarlo cuando está cerca y no comportarme como una idiota. En este momento lo usaría.

—¿Tienes ganas ya de salir? —le pregunto.

—Me da cosa. No les digas nada a ellos —me pide indicando con la cabeza hacia Naz y Aaron, que están hablando con las chicas del Sindicato de la Vida Fácil—. Si alguno de nosotros empieza a flipar, contagiará a los demás.

Nos echamos a reír y luego simplemente nos miramos. Se produce un corto silencio.

—Buena suerte —le deseo.

—Gracias, Ronnie —agradece con cierta tristeza mirando al suelo y moviendo sus largas pestañas contra unas mejillas quemadas por el sol—. Luego hablamos en la discoteca, ¿vale?

—Sí, claro —digo, y me voy hacia donde está Fleur.

Por supuesto, Panamá no le dejará hacerlo, y tampoco lo decía en serio, pero me ha parecido muy amable.

Cuando Christy sale del escenario, sudoroso y agotado, su madre y su abuela lo envuelven en una manta y le dan una taza de té. Claudette reúne a Los Golfos para que entren en escena.

—¡Vamos con retraso! ¡Son las dos! ¡Christy ha estado quince minutos más de lo que le tocaba!

Éste intenta disculparse, pero interviene la señora Sullivan.

—Él no tiene la culpa de haber tenido que hacer cuatro bises. La gente no dejaba de gritar.

—No se preocupe, nosotros los haremos callar —asegura Tara, pasándose la correa del bajo por la cabeza y contoneándose en dirección a escena tanto como le permite su ajustada falda negra de tubo. Benny Stark sigue sus pasos.

—Venga, Liam —le susurra Claudette—. Puedes hacerlo, lo sabes. Eres un guitarrista muy bueno. Sal y demuéstralo.

—La gente no piensa lo mismo que tú —contesta éste, atenazado por los nervios de última hora—. Se reirán y pensarán que soy un payaso.

—Yo no creo que lo seas —asegura Claude, agarrándole la mano—. Para mí no lo eres. —Entonces se da cuenta de que nosotras estamos cerca—. Esto..., ni para Ronnie ni Fleur. Te tomamos muy en serio.

—Gracias.

Después sube los escalones que conducen al escenario. Las fans de Christy Sullivan han ido a buscar algo de beber para aliviar sus desgañitadas gargantas y han dejado espacio a un público que aprecia la música con menos gritos.

—El tema que voy a interpretar se titula *Promesa* —empieza a decir Liam, agarrando la guitarra y ganándose una pequeña ovación del público. Claude lo observa con orgullo y tararea las primeras estrofas en voz baja.

—Me alegro de haberte encontrado —dice mi padre pasándome una sopa china y una cucharilla de plástico—. Es hora de que Veronica coma algo.

—No puedo —digo, rechazando su oferta.

—No sólo de música viven las chicas, ¿no? Al menos eso es lo que dice el refrán.

—Bueno, no exactamente —replico, mientras me pone el tentador vaso debajo de la nariz.

—No te he visto probar bocado en las últimas veinticuatro horas, así que voy a tener que ponerme firme —argumenta con tanta severidad como puede.

—Supongo que una cucharada puedo tomar —digo, sonriendo, mientras cojo con las dos manos el vaso de plástico, que huele de maravilla, y me dirijo a la parte de atrás para sentarme diez merecidos minutos.

—He cumplido con mi deber de padre —asegura, satisfecho, mientras se va hacia el entoldado de las cervezas.

Estoy sentada observando con gran curiosidad cómo se viste Toque de Muerte. Ainsley Hammond y el resto del grupo llevan unas batas de laboratorio manchadas con (espero) sangre artificial y estetoscopios. Candy y las chicas lucen unos horterísimas vestidos de novia blancos de segunda mano, que han pintado con lápiz de labios negro. Hoy se han pasado con su aspecto. Parecen escandalosamente locos.

Tras ellos, Leeza y Derren, de Pasarela, están haciendo un ensayo de última hora

—¡Un, dos, tres, cuatro, giro! ¡Vuelta! ¡Mueve las manos! ¡Paso! —le grita Derren mientras Leeza brinca de un lado a otro poniendo morritos y dando saltos—. Perfecto, querida, perfecto.

—¡Callad! —les pido con la cara llena de salsa de soja, mientras me quito un trozo de pollo que se me ha quedado entre los dientes.

—Vaya modales de comer más encantadores —protesta Derren, lanzándome una mirada llena de presunción.

Por algún extraño motivo, lo miro y se me va la pinza.

—¡Que te den, cara de mandarina! —le insulto, y me voy con la sopa a otro lado.

Cómo me habría gustado hacerle una foto.

Se ha quedado sin palabras, y Leeza casi se desmaya de la impresión porque alguien se haya atrevido a contestarlos. Ha sido guay. A pesar de que, valientemente, huyo con tanta rapidez como me permiten las patas, me siento exultante y no miro hacia dónde voy, medio a la espera de que me linche el malvado dúo vestido de lycra.

Entonces, veo una cara que me resulta extrañamente familiar en medio de la zona VIP. Es como un antiguo amigo perdido, aunque no exactamente, y está parado justo enfrente de mí, con aspecto de perdido y vulnerable. Observo un rato a ese chico, que debe de tener unos diecinueve o veinte años y lleva una gorra de béisbol de color verde muy calada que sólo deja ver un mechón de pelo rubio.

¿Será un amigo de los hermanos de Fleur? No, no creo.

¿Un cliente del Viaje Alucinante?

Me da demasiado corte ir a saludarlo, ya que no me apetece verme envuelta en una de esas embarazosas situaciones en las que tengo que confesar que he olvidado su nombre, así que continúo mirándolo con mayor detenimiento y me fijo en su camiseta gris, sus vaqueros azul pálido, ligeramente acampanados, su poderoso mentón y sus blancos y perfectos dientes. Incluso reconozco su forma de andar. Esto es muy raro. Tengo la impresión de que he estado con él unas cien mil veces, aunque no aquí. Sin duda ha sido en otro sitio. No tiene sentido. Finalmente se da cuenta de que lo estoy mirando y avanza hacia mí.

—Hola, estoy buscando a Charlie. ¿Lo has visto? —pregunta una voz que me suena familiar.

—¿Al tío Charlie? —inquiero, ruborizándome ligeramente—. Esto..., Charlie, quiero decir. Sí, está por ahí.

—¿Tío Charlie? —repite sonriendo—. Qué gracia, supongo que también es mi tío. Al menos se porta como tal. Así que está por aquí, ¿no? Se va a llevar una buena sorpresa cuando me vea.

—¿No nos conocemos de algo? —le pregunto, dispuesta a confesar que no me acuerdo de su nombre.

Pero en ese momento aparece el tío Charlie como un tornado peludo, susurrando tan alto como es posible sin llegar a gritar y nos arrastra a mí y al misterioso chico a un rincón.

—¡POR TODOS LOS DEMONIOS! —exclama, dándole un empujón en el pecho—. ¿Qué haces aquí? Quedamos en que descansarías todo el día.

—Me aburría un montón —se queja—. Llevo dos días en el hotel, me he visto ya todas las películas y comido todos los sándwiches del servicio de habitaciones que he podido. Me apetecía ver a gente, Charlie.

—Pues has acertado con el lugar, señor Saunders, porque aquí hay casi dos mil personas. ¿Tendrás bastante? —replica, sacando el *walkie-talkie*—. Pasapurés. ¡PASAPURÉS! ¡Gonzo! ¡Llamando a todos los encargados de seguridad! ¿Me oís? Tenemos un problema entre bastidores. Repito: problema. Spike ha decidido aparecer de improviso. Repito: ¡Spike Saunders está en el recinto! ¿Me recibís? Corto.

Mi cuerpo parece quedarse sin un solo mililitro de sangre. Creo que me voy a desmayar. El misterioso invitado se mira los zapatos, avergonzado por el alboroto que ha provocado.

—Siento causaros molestias, Ronnie —se excusa, ajustándose la gorra.

—¿QUÉ? ¿ERES...? ¿Eres de verdad SPIKE SAUNDERS? ¡DIOS MÍO! No me lo puedo creer. ¡Eres él! —farfullo de manera entrecortada, absorta en esa cara que veo todos los días en las revistas y en la televisión.

—Eso me temo —contesta sonriendo.

Tengo que calmarme o palmaré en el acto de un ataque, y eso no mola nada.

—¿Y cómo? ¿Por qué? ¿Cómo es que estás...? Me encaaanta tu último CD, lo pongo a todas horas. Sobre todo después de que mi madre se fuera de casa la semana pasada. Estuve escuchando *Tiovivo* una hora seguida sin parar —digo atropelladamente al darme cuenta de que esto es tan flipante que creo estar en otra galaxia.

Así que me callo.

—Gracias, me alegra oír eso.

Charlie se rasca la cabeza.

—Tendría que habértelo dicho desde el principio, Ronnie, pero éste siempre provoca alborotos donde va, y tenemos que mantener el pico cerrado. —Inspira profundamente—. Para mi castigo, soy el manager de las giras de Spike Saunders.

—¡SPIKE SAUNDERS! —grito, y Charlie me pone rápidamente una mano en la boca.

—¡Chitón! —me pide—. Vinny, Pip y Pasapurés forman parte del equipo. Vamos de camino a Astlebury. Actúa allí la semana que viene.

—Ya lo sé. Es la actuación estelar. Mi padre no me deja ir.

Vale, ahora sí que estoy en el puesto más bajo del índice de enrolle.

—Tenemos unos días libres antes de hacer unos conciertos de calentamiento la semana que viene, así que decidimos echaros una mano —continúa Charlie.

—Pero a mí no me han dejado salir del hotel —se queja Spike, que es mucho más bajo y delgado de lo que parece en televisión, aunque absolutamente guapo.

—Pues no, porque no podemos garantizar tu seguridad. Hay demasiadas adolescentes con ganas de quitarte los pantalones. Eres un artículo demasiado caro para que te lastimen.

—Pues ahora estoy aquí —dice Spike, ligeramente enfurruñado.

—Ya, ya veo —contesta Charlie, aún más enfadado.

—¿Puedo quedarme? ¡Por favor!... —suplica—. Seré discreto. No se enterará nadie. Sólo quiero ver unos cuantos grupos. Me quedaré con mi colega Ronnie; diré que soy un primo lejano del sur.

—Venga, tío Charlie. Deja que se quede.

—Venga, tío Charlie —le pide riéndose él, el único, la legendaria superestrella del pop, quien, por si no os habéis dado cuenta, me ha llamado «COLEGA».

—Me vas a matar. Me vas a mandar a la tumba antes de tiempo —protesta, mientras busca en el bolsillo hasta sacar unas gafas de sol muy oscuras—. Vale, hasta la última actuación, pero ponte esto y no te las quites. Y si alguien os pregunta, sólo se parece a Spike Saunders, ¿entendido?

—¡De acuerdo! —exclamamos los dos.

—Por cierto. ¿Cómo has llegado hasta la zona VIP sin pase?

—Ha sido muy fácil —contesta sin darse cuenta de lo que va a provocar—. Por ese agujero de la valla. Hay un montón de gente haciéndolo.

Charlie saca el *walkie-talkie*.

—¡PASAPURÉS, trae tu culo hasta aquí ahora mismo!

Os juro que intento mantener en secreto su identidad (unos veinte segundos). Pero justamente en ese momento aparecen Claude, Fleur y Pasapurés, intrigados por saber qué pasa. Por supuesto encuentran a la «emergencia» a mi lado, con una de sus famosas sonrisas traviesas.

Y debo decir en su favor que controla su encuentro con LBD bastante bien. Incluso cuando Fleur le da un fuerte abrazo y solloza suavemente en su hombro: «Spike, te quiero. De verdad. Seguro que hay muchas chicas que te lo dicen, pero creo que te conozco y que te quiero. Tenemos muchas cosas en común. Tengo todos tus CD y una pared dedicada a carteles y fotos tuyas en mi habitación. No soy tan rarita. ¿Crees que lo soy?»

Después le pidió que le firmara en el tanga.

Sí, se pasó un poco. Un poco mucho.

Me tranquiliza mucho que haya conseguido que, en comparación, yo parezca normal.

—¿Querrías salir al escenario y cantar una canción del disco *Descenso y regreso de los infiernos*? —le pide Claude, con los ojos como platos.

—¡Ni hablar! De hecho, si no seguimos el plan original se irá al hotel ahora mismo. Acordaos, NO está aquí. Es estrictamente necesario que lo tengáis presente. No tiene que saberlo nadie más.

Spike se pone las gafas y se hunde aún más la gorra.

—¿Puedo ir ya a ver algún grupo? —pregunta mientras salimos de la zona VIP de incógnito hacia la multitud, en el momento en el que el Sindicato de la Vida Fácil está consiguiendo que la gente llegue al clímax y que dos mil personas muevan los brazos de un lado a otro a la vez.

—¡EL SINDICATO DE LA VIDA FÁCIL HACE RUIDO! —grita Golpe Mortal, al tiempo que todo el mundo se vuelve loco.

—Impresionante, chicas —aprueba Spike mientras nos abrimos paso entre la gente—. Cuando tenía vuestra edad siempre estaba haciendo tonterías y metiéndome en líos en el colegio, en vez de hacer cosas como éstas —dice riéndose, claramente impresionado.

—Nosotras también lo hacemos... normalmente —asegura Fleur, dándose cuenta de lo poco creíble que suena en este momento.

Spike se echa a reír.

—De hecho, hace un rato se ha liado una gorda. Los dos os habéis perdido lo que ha pasado cuando actuaba Toque de Difuntos. Ha habido un pequeño incidente con Myrtle McGraw.

—¿Qué ha pasado? —pregunto.

—Cuéntaselo, Fleur —le pide Claude.

—Todo ha empezado cuando Ainsley ha salido a escena con la sangre en la bata que, vale, era muy macabra, pero ya sabéis cómo son los de Toque de Difuntos...

—Era falsa, de una tienda de artículos de broma. He visto la botella —aseguro.

—Ya, yo también la he visto, pero Myrtle no. Estaban a mitad de esa canción, ¿cómo se llama?, *La canción del ataúd*, eso es, y se ha armado una buena. Vamos, para morirse. Perdón por el juego de palabras.

—Cuenta, cuenta —le pide Spike, fascinado por Fleur, que sabe muy bien cómo contar historias.

—Entonces han sacado una caja con una sábana encima y, cuando Ainsley la ha levantado, debajo había un ataúd de verdad.

—¿Y eso? —farfullo.

—Ni idea. Lo han tenido escondido por ahí todo el día. Yo no me he dado cuenta, y Claude tampoco. Cuando Myrtle ha visto que Ainsley se iba a meter dentro, se ha ido del bolo. Se subía por las paredes.

—¿Ha intentado suspender el concierto?

—Al menos ha hecho todo lo que ha podido. Ha empezado a gritar: «¡SATÁN ESTÁ ENTRE NOSOTROS! ¡Suspended este espectáculo demoníaco!» Toda una escenita. Al fin y al cabo, sólo era el maldito Ainsley Hammond con un poco de sangre falsa y un ataúd alquilado al grupo local de teatro *Drácula*. No era para tanto, por Dios.

Spike se está riendo con tanta fuerza que se le caen las lágrimas.

—Me alegro mucho de haber venido. Me lo estoy pasando en grande.

—¿Está todavía por aquí? —pregunto mirando a mi alrededor.

—No, su hijo Marmaduke ha tenido que venir a recogerla con su Fiat Panda. Cuando la han metido en el asiento de atrás, seguía diciendo no sé qué de Satán.

—Qué pena habérmelo perdido —me quejo.

—Ya te vale... —dice, aún celosa de que haya disfrutado sola de Spike.

—¿Quién va ahora? —pregunta éste mientras nos acercamos al escenario, donde se han reunido cientos de *skaters* y chicas con pantalones holgados, descuidadas sudaderas con capucha y zapatillas de deporte llenas de rozaduras. No puedo creerme que nadie haya intentado averiguar quién es nuestro nuevo amigo. Espero que la gente piense que es mi nuevo novio y se entere Jimi. Antes de que pueda contestarle, oigo la inconfundible voz de Paddy y el tono cantarín, no tan suave, de la señorita Guinevere por los altavoces.

—Deme el micrófono, el presentador soy yo. Sí, yo anuncio los grupos. Nadie ha dicho nada de hacerlo por turnos —protesta Paddy, muy enfadado.

—Venga, no sea niño. Éste lo presento yo. Deme eso —insiste la señorita Guinevere, que con un hábil empujón se hace con el micro.

—¡Hola, Blackwell! Es para mí un orgullo presentaros a un grupo de indiscutible talento: ¡Los Mesías Perdidos!

Antes de que acabe de decir su nombre, una explosión de gritos atraviesa la húmeda noche de verano, y Aaron, Naz, Danny y Jimi empiezan a cantar *La chica de la boca de oro* tan alto como permiten los altavoces sin llegar a derretirse.

—¡Yeeeah! —es la primera palabra que pronuncia Jimi—. ¡Uuuh! —la segunda.

La verdad es que no es muy buen letrista. Con todo, tiene un poder de seducción que hace que, mientras está en el escenario, todo el mundo lo mire sin apartar la vista.

—Buen líder —comenta Spike, dándome un codazo—. Y toca muy bien la guitarra. Esta gente llegará lejos. Bueno, el cantante por lo menos.

—Se llama Jimi Steele —suspiro.

—Buen nombre para una estrella de rock, aunque no tan bueno como el mío. —Debo de tener una expresión que lo dice todo, porque enseguida me da un empujoncito en el hombro—. Vaya, me parece que aquí hay alguien a quien le va el cantante de los Mesías Perdidos. Te gusta, ¿verdad? —pregunta riéndose, al mismo tiempo que me pongo colorada.

—A ella sí, pero a mí no —interviene Fleur, convencida de que tiene alguna oportunidad—. Y estoy soltera.

—Ésta se titula *Tonterías* —anuncia Jimi, seguido de tal estruendo instrumental que hace castañetear los dientes—. Y creedme, he hecho muchas en mi vida.

Supongo que se refiere a todas sus caídas con la tabla de *skate*, aunque parece un tema muy raro sobre el que escribir una canción. Delante del escenario, Gonzo intenta convencer a unos chicos de primero de que no se tiren encima de la gente.

—Voy a ver cómo está nuestro grupo extra especial —comenta Claude antes de desaparecer entre la clamorosa multitud, y Spike arquea una ceja.

—Los malditos Pasarela —le explico. Fleur suspira y las dos nos quedamos en silencio.

—Tengo muchas ganas de verlos, me lo estoy pasando en grande —dice Spike muy en serio.

—Nosotras también.

• • •

Tras el intervalo entre una actuación y otra, que se nos hace interminable, una espesa nube de humo de hielo seco sube por el escenario de Blackwell en Vivo. Una suave y esponjosa blancura lo cubre todo, como si fuera una espesa niebla. La hortera presentación de Pasarela va adquiriendo fuerza: una caja de ritmos deja oír unos repetitivos acordes.

—«Ha llegado la hora Pasarela», repite una y otra vez una voz pretenciosa. No me cabe duda de que es la de Panamá. Todo el público está expectante y empuja hacia delante para disfrutar de la actuación principal. Algunos chicos se suben sobre los hombros de sus compañeros y gritan y agitan las manos al compás de la percusión. Cuando se despeja la niebla, comienzan a sonar unos platillos y diviso cinco siluetas en caprichosa pose en el centro del escenario. Van vestidos con camisetas de lycra de color negro, pantalones y trajes de gato, y llevan un micrófono plateado delante de la boca, sujeto a la cabeza, y demasiado maquillaje. Mientras esperan a que les den la entrada para empezar, permanecen inmóviles, con los brazos y las piernas en extrañas posturas de robot. A medida que la percusión va ganando ritmo, la gente empieza a volverse loca. De repente, un fuerte estallido sale por los altavoces y comienza el show.

Leeza y Abigail dan una voltereta lateral hacia el centro de la plataforma y luego regresan a su sitio, seguidas por Derren y Zane, que caminan sobre las manos y se ponen de pie con una perfecta pirueta hacia atrás. Finalmente, Panamá les roba el centro del escenario haciendo cien malabarismos corporales y sonriendo de oreja a oreja como un androide.

—¡Hola, Blackwell! —chilla—. Gracias por venir a verme. Ésta es vuestra canción favorita y la mía también, *Corriendo hacia tu amor*.

—¡Guauuu! —vitorea todo el mundo.

Oh, baby,
voy flotando por el cielo,

como un gran pastel de amor,
me haces sentir muy alto,
oh, oh, tra, la, la, la.

Leeza y Abigail pasan a su lado pavoneándose, y Derren y Zane comienzan a hacer un extraño claqué girando los brazos alrededor de Panamá cuando llega al estribillo.

Oh, baby, voy corriendo hacia tu amor,
quiero darle a mi corazón calor,
me correspondes sin rubor,
porque corro hacia tu amor.

—No sabía que Panamá fuera una intelectual —observa Fleur con sarcasmo—. Ese estribillo es muy profundo.

Spike se ríe. No cabe duda de que está disfrutando de lo lindo.

—¿Son colegas vuestros? —pregunta.

—No —contestamos en estéreo.

Estoy a punto de contarle toda la historia: cómo nos amenazó para conseguir ser la actuación principal, todas sus asquerosas provocaciones, que engatusó a Jimi y que la vida es injusta..., cuando de pronto ocurre algo muy extraño.

—Voy corr, corr, corr —tartamudea Panamá, al tiempo que agita la mano con desesperación hacia donde está Vinny.

Vaya, parece que la cinta de acompañamiento se ha atascado.

—Amo, amo, amooor —se oye, antes de que vuelva a su velocidad normal.

Puede que la gente no se haya dado cuenta. El baile se ha desincronizado un poco, pero parecen haber vuelto a pillar el ritmo.

—¿Te has fijado? La voz de Panamá no coincidía con el movimiento de sus labios —dice una chica.

—¡Es una cinta! ¡Es playback! —oigo que murmura la gente mientras Pasarela intenta seguir como si no pasara nada.

—Quiero da, da, da —dice la entrecortada voz; la cinta se ha vuelto a atascar. Esta vez mucho más rato. La cara de Panamá se ha teñido de color violeta—. Da, da, da —vuelve a repetir, al tiempo que Vinny da un golpe en un lado de la pletina para intentar arreglar el problema. Estupendo, lo único que consigue es que la cinta se pare del todo con un gran chirrido y se oiga mientras se rebobina.

—Roma ut aicah odneirroc yov —dice incomprensiblemente antes de pararse otra vez.

—¡Es playback! ¡Es una cinta! —los acusa un chico.

—¡Cantad de verdad! —les exige otro.

Frenético, Vinny aprieta botones, mueve cables y la cinta vuelve a sonar.

—Corriendo hacia tu amor —repite una voz enlatada.

—¡Continuad! ¡Seguid bailando! ¡El espectáculo debe continuar! —gruñe Panamá al resto de Pasarela. Pero para entonces Leeza se ha ido del escenario y Derren se ha quedado inmóvil con la cabeza entre las manos. Zane intenta salvar la actuación con un sensacional doble salto mortal, pero le pueden los nervios y aterriza de culo con una estrepitosa caída.

De pronto la cinta deja de sonar, esta vez del todo.

Ni siquiera el señor Ball, nuestro profesor de Ciencias, que se acerca con una navaja del ejército suizo para hacer algún truco de cerebrito en los cables, puede ayudarles. Vinny se queda donde está, fingiendo una sonrisita.

Me gustaría decir que se produce una gran carcajada y un abucheo general, pero no, nos quedamos en completo silencio, mudos de asombro. La gente mira hacia el escenario con la boca abierta. De pronto se oye el estallido de una bolsa de patatas fritas y en la distancia suena la campana de una iglesia, pero nadie dice nada. Finalmente, tras lo que parecen siglos, se oye una palmada en la parte más alejada del recinto.

—Muchas gracias —dice Panamá, pero rápidamente se da cuenta de que era la mujer de las hamburguesas, que le ha dado un fuerte golpe al bote de salsa de tomate. Después sale corriendo y pasa al lado de Claudette Cassiera, que sonríe tranquilamente en un lado del escenario. Da toda la impresión de que ha tenido algo que ver con esa catástrofe.

«Me resulta difícil creer que esté implicada en algo así, Claudette Cassiera —imagino la voz del señor McGraw—. Muy difícil.»

Todo el mundo empieza a silbar y a abuchear.

—¡Pon la cinta otra vez! —corea la parte más escandalosa del público.

—Vaya —dice Spike, compasivo—. Pobrecita, había empezado muy bien. Yo habría preferido morirme en el escenario. Eso no mola nada.

Naturalmente, nosotras habríamos podido contradecirle y contarle por qué es el mejor final que podía tener Blackwell en Vivo... En cambio, Fleur decide aprovechar la oportunidad de oro.

—Bueno, tú podrías calmar un poco a la gente cantando alguna cosa.

Spike la mira y levanta una ceja. Lo está pensando.

—Bueno, supongo que no le hará mal a nadie —dice, quitándose las gafas y dejando ver su inconfundible cara. Unas chicas que estaban a nuestro lado sueltan un gritito ahogado y se dan codazos frenéticamente.

—¡Es Spike Saunders! ¡Dios mío! —informan a gritos a todos los de su alrededor. La noticia se difunde rápidamente, en voz cada vez más alta, hasta que toda la gente que está a cincuenta metros de nosotros nos señala con el dedo.

—¡Es Spike Saunders!

Una chica simplemente se desmaya delante de nuestras narices.

—Bueno, ya que estoy aquí..., si no tenéis inconveniente... —dice Spike

Veo que el tío Charlie arruga la frente y grita con voz ronca por el *walkie-talkie* en un lado del escenario. Tiene la cara de color burdeos, pobre hombre.

Cuando una avalancha incontrolable se desata a nuestro alrededor, Spike corre tan rápido como puede a través de la multitud, sube al escenario y toma una guitarra acústica.

—¡Hola, Blackwell! ¡Soy Spike Saunders!

—¡Bieeen! —grita el desconcertado público.

—Gracias por dejarme secuestrar el concierto. No me gusta aparecer en sitios que no me han invitado, pero parecéis gente simpática.

—¡AHHH! —gritan al unísono mil chicas.

Spike parece un poco nervioso y mira perplejo a los asistentes.

—Esto... Hace mucho tiempo que no toco sólo con una guitarra. No sé muy bien qué tocar.

—¡*Tiovivo!* —gritan las fans más ruidosas de primera fila.

—Ah, bueno, *no problem* —las tranquiliza, y todo el público estalla cuando rasguea los conocidos acordes—. Un momento —dice antes de empezar a cantar—. Quiero dedicársela a mi colega Ronnie. Sé que le gusta mucho.

En ese momento fui tan feliz que creía que iba a estallar de emoción.

12

Así que, en conclusión...

Durante Blackwell en Vivo sucedieron tantas cosas fantásticas e inolvidables que las LBD hemos estado hablando de ellas de la mañana a la noche, e incluso en sueños, durante toda la semana pasada.

Debemos ser insoportables. Gracias a Dios, nos tenemos las unas a las otras para charlar. Vale, nos tenemos las unas a las otras, punto.

El final fue excelente. Spike Saunders cantó *Corazón frío* (una fabulosa canción del CD *Descenso y regreso de los infiernos*), y todo el público coreó el estribillo.

Yo rompí a llorar por diversas y curiosas razones.

No sé por qué, algunas veces las cosas bonitas te hacen llorar.

Y la policía tampoco se enfadó mucho por lo que pasó. Bueno, no demasiado. Cuando el comisario jefe Johnson se enteró de que habíamos recaudado más de mil libras para obras benéficas, hizo la vista gorda respecto al furgón de antidisturbios y los refuerzos policiales que tuvo que enviar.

«La próxima vez que nos dé por invitar a una estrella internacional a nuestra fiesta al aire libre, prometemos que le avisaremos.» (Palabras textuales.)

Tenemos que estar también muy agradecidas a la señorita Guinevere, que dialogó con él con extraordinaria diplomacia y, cuando volvió, tras haber informado del incidente al señor McGraw, no se la veía alterada en absoluto. La verdad es que estaba de lo más contenta.

—Pero, en cualquier caso, el señor McGraw se ha perdido toda la actuación de Spike Saunders, ¿no? —preguntó Fleur.

—Sí, para entonces llevaba horas atrincherado en su despacho. Creo que lo de Toque de Difuntos saliendo de ataúdes llenos de sangre ha sido demasiado para él. Demasiada estimulación visual —nos aclaró la señorita Guinevere, sonriendo.

—¿Y qué hace aún ahí dentro? —quiso saber Claude.

—Para ser exactos, escuchar el *Adagio para cuerda* de Barber en Radio 4, con las cortinas echadas. Ah, y haciendo el crucigrama del *Guardian*. Cuando me iba, ha comentado: «Incluso Nerón se entretuvo mientras ardía Roma.»

—Al menos, es feliz. Bueno, más o menos —dijo Claude.

Cuando Johnny Martlew empezó con su «ecléctica mezcla de ritmos y música festiva», todo el mundo estaba dando botes, y yo agotada, aunque decidida a quedarme. Recuerdo haber estado espiando a Jimi, que bebía pensativo, a través de la atestada pista de baile en la que la señorita Guinevere y el señor Foxton bailaban y se reían como niños. Al parecer, había tenido una buena bronca con Panamá después de que Pasarela fracasara en el escenario; luego, Panamá se fue a casa con la esperanza de que él la siguiera, pero no lo hizo. Simplemente se quedó en la discoteca.

Ja, ja. Para morirse de risa.

Ah, recuerdo un montón de morreos.

Sin mi participación, por supuesto, pero hubo una intensa actividad besatoria; parecía una fiesta de lenguas. Fleur estuvo besuqueándose con Golpe Mortal; han quedado dos veces desde entonces y todavía no se ha cansado de él.

Deben de haberse enamorado de verdad.

Al lado de la barra, justo antes de que cerraran, vi a Tara, de Los Golfos, con la cara hundida apasionadamente en un gran montón de pelo negro rizado, bajo el que se escondía Benjamin Stark.

—Sólo somos amigos —se excusó cuando pasé a su lado camino del servicio.

Vaya trola.

Tenía toda la cara embadurnada de su propio lápiz de labios.

Por supuesto, Naz y Aaron hicieron su elección entre las chicas del Sindicato de la Vida Fácil. Son unos ligones, pero, seamos realistas, todo el mundo estaba enrollándose, así que ¿por qué no iban a hacerlo ellos?

Entre la multitud, cuando ya creía que iba a desmayarme, tuve una maravillosa visión que casi consigue hacerme llorar.

Era mi padre, con un vaso de cerveza y otro de Coca-Cola, dirigiéndose con cautela hacia un lado de la pista de baile. Estaba acompañado por una señora de pelo negro, vestida con holgados pantalones negros y una camiseta cortita que dejaba ver un poquito de vientre. Su aspecto me resultaba familiar.

¡Era mi madre!

¡Sorprendente!

En menos de un milisegundo me olvidé por completo de que estaba enfadada con ella por abandonarme en casa la semana anterior y perderse mi gran día. Verla fue tan absolutamente encantador que en ese momento nada parecía importarme, aparte de acercarme a ella.

—¡Mamááá! —grité mientras corría para abrazarla y dejarme envolver en su familiar olor a madre.

—¡Ronnie! Hola, cariño. Estábamos buscándote, acabo de llegar. —Tenía muy buen aspecto y parecía descansada, aunque también muy emocionada—. Mira, lo siento. Tengo que explicarte muchas cosas.

—No pasa nada. Estás aquí —farfullé al darme cuenta de que a mi padre se le humedecían los ojos—. Te has perdido un montón de cosas guachis.

—Ya. Ven fuera un momento, por favor —me pidió, agarrándome de la mano—. Tengo que decirte por qué no me veía capaz de venir hoy aquí. Quiero que sepas qué ha pasado...

—No, mamá, no es necesario —le dije, con lágrimas corriéndome por las mejillas como una idiota—. Estoy muy contenta de que hayas vuelto. Es para siempre, ¿verdad? —Asintió con la cabeza—. Vale, entonces no hay nada que explicar.

—No, Ronnie, deja que te lo diga —intervino mi padre con una sonrisa de satisfacción—. Es fenomenal, la mejor excusa que he oído en toda mi vida.

Y resultó serlo.

De hecho, he decidido oficialmente dejar tranquilos a Loz y Magda por haberse portado como absolutos maníacos las últimas cuatro semanas.

No todos los días se entera una de que va a ser hermana mayor.

¡Yo! Ja, ja. ¡Hermana mayor! Suena de muerte, ¿verdad?

Y ahora que lo pienso, supongo que yo también habría reaccionado como una loca y habría necesitado «tiempo para pensar» si hubiera descubierto que había una persona creciendo en mi interior. Sobre todo teniendo en cuenta que, al parecer, mi padre, al enterarse de la noticia, empezó a comportarse como un descerebrado de tomo y lomo y a decir cosas raras como «somos muy mayores para tener un niño».

No era lo que mi madre quería oír, en absoluto. Se enfadó mucho y se fue a casa de la abuela a pensar en las cosas serias de la vida.

—¿En cuáles, exactamente? —le pregunté.

—Bueno, sobre todo, en estrangular a tu padre. En eso y en sándwiches de pepinillo y plátano.

—Ya empezamos otra vez —replica mi padre, abrazándola a ella y a su culo.

No tiene pinta de ser un hombre que no quiere tener otro hijo. La verdad es que parece que está muy contento.

Lo cual tampoco es para extrañarse. Ni que los hijos dieran tantos problemas...

Lo único que hacemos es repartir alegría.

Mi madre puso las manos en su abultado estómago, como si todavía no se hubiera hecho a la idea, y miró hacia la atestada pista de baile.

—Siento mucho haberme perdido el resto. Me sentía fatal, pero luego me llamó tu padre, tuvimos una larga conversación sobre cómo nos sentíamos y subí a un taxi rápidamente. Quería que estuviéramos los tres juntos.

—Con razón —bromeó mi padre—. Los Ripperton somos toda una familia.

Sí, no estamos tan mal.

Aquí estoy, en el salón de celebraciones del Viaje Alucinante, tocando mi reluciente bajo.

Vale, intentándolo.

He estado dándole duro a *Aprenda a tocar el bajo en cinco días*, justo durante ese tiempo, y lo único que he conseguido es que me duelan los dedos, romperme las uñas y tener el cuello agarrotado.

Resulta sorprendente lo que se puede conseguir de los padres cuando se sienten culpables. La semana pasada, después de hacerse la primera revisión, llevé a mi embarazada madre de compras, y antes de que yo pudiera pronunciar las palabras «grave perjuicio psicológico», tenía en mis manos un bajo, en compensación por el último mes de comportamiento majara. Si voy a conseguir cosas como éstas cada vez que discuten, casi merece la pena que lo hagan. De hecho, necesito una guitarra y una batería para Claude y Fleur, así que no pienso perderlos de vista. Es broma.

—Dum, dum, dum. ¡Ay!

Soy una negada. El bajo acabará en mi habitación como un perchero plegable. Lo sé, no tengo ritmo natural.

—No, no te des por vencida, casi lo estás consiguiendo. Presiona el acorde con más fuerza; lo haces como las chicas.

Levanto la vista y tengo una deliciosa visión de Jimi Steele, vestido con sus holgados vaqueros de color azul y su sudadera Quicksilver roja. Se ha afeitado el pelo.

Hum, me encantan las cabezas rapadas.

Romper con Panamá le ha sentado de maravilla.

—¿Te has alistado en la Marina? —le pregunto secamente.

—No, ¿por qué?

—Te has cortado el pelo.

—¿Qué? —Se pasa la mano por la cabeza—. ¿Cuándo? ¿Quién ha podido hacer algo así sin mi permiso? Llama a la policía, Ronnie.

—Muy gracioso.

—Lo imaginaba.

Sigo dándole al bajo, como si el hecho de que Jimi Steele pase por aquí a verme durante las vacaciones de verano fuera la cosa más normal del mundo. Soy de lo más.

—¿Quieres algo, o sólo es una visita de cortesía?

—Esto..., sí. He venido a traerte esto —murmura mientras busca en su bolsa—. Me lo llevé por equivocación cuando ensayábamos aquí.

Saca un trapo viejo.

—¿Eso? —pregunto con una de mis mejores miradas de estar confundida.

—Sí.

—¿Has venido hasta aquí para traer algo de lo que tenemos cientos?

—Sí.

—¿De verdad?

Se produce un largo silencio.

—Bueno, no del todo.

—Entonces, ¿para qué has venido? —digo, dejando el bajo en el suelo y sentándome al lado de la silla en la que no para de moverse.

—Bueno, ya sabes. Es por algo en lo que he estado pensando, y sigo haciéndolo... Así que he decidido venir y decírtelo a la cara.

—Estás mosqueado porque se atascó la cinta de Panamá; pero yo no tengo nada que ver. No sé nada.

(Lo que no es del todo cierto.)

—No, eso fue la cosa más divertida que he visto en mucho tiempo. No..., quería hablarte de... Oye, ¿puedo ser franco?

—No eres Franco, eres Jimi —lo corrijo soltando uno de los chistes de mi padre.

—Ronnie, no te lo tomes a broma. Te estoy hablando muy en serio.

—Vale...

—No sé muy bien cómo decirlo, porque..., bueno..., durante el mes pasado me porté como un perfecto idiota. Como un imbécil total. No debí besar a Panamá. No sé qué pude ver en ella —dice, poniéndose rojo.

—¿Unas tetas enormes?

218

—Mira, Ronnie, dime si me equivoco, porque puede que sea sí, y en ese caso me iré y a partir de ahora, cuando nos veamos en el colegio, tendremos que hacer como si no nos conociéramos, porque me dará mucha vergüenza..., pero creo que entre nosotros hay una especie de conexión.

—Miro sus ojos azules y su estupenda boca—. Y si se diera el caso de que me gustaras..., que por cierto es verdad... Bueno, ya está, ya lo he dicho. Me gustas. Y si yo te gustara a ti..., de lo cual..., vale, no estoy tan seguro... Bueno, quizá, si estás de acuerdo, claro está, podríamos intentarlo.

Estoy hipnotizada. ¿Ha perdido el juicio o lo dice en serio?

—Bueno, eso es lo que quería decir.

—Ah, vale.

Nos miramos a los ojos un minuto más o menos.

—¿No vas a decir nada? —pregunta finalmente.

—Bueno, supongo que me gustas un poco —murmuro. Estoy totalmente alucinada.

—¡Algo es algo! —dice con cara de alivio—. Bueno, esto... es fantástico. Gracias. ¿Por dónde quieres que sigamos?

Se acerca más, me sujeta la cara entre las manos y comienza a mirarme antes de acariciarme el pelo, poniéndose cada vez más colorado. El corazón acabará haciéndome un agujero en el pecho.

—No lo sé —susurro—. ¿Cuál crees que puede ser el siguiente paso?

—Bueno. No creo que pase nada malo si nos damos un beso. Ya sabes, para cerrar el trato de que nos gustamos.

Acerca sus labios a los míos, cierra los ojos, me envuelve con sus fuertes brazos y...

Bueno, vamos, ¿qué haríais vosotros?

Agradecimientos

Muchísimas gracias a Sarah Hughes, de Puffin, por sugerirme que escribiera una novela y después darme la lata educadamente una y otra vez cuando lo olvidaba. Agradezco mucho que lo hicieras. También estoy muy agradecida a todo el mundo en Puffin por entender *LBD* desde la primera palabra y darle vida con una forma tan bonita. Estaré eternamente en deuda con Caradoc King y Vicky Longley, de AP Watt, por su gran apoyo y por creer en mí. Gracias a Sophie y, por último, a Bryok Williams por ir leyéndola sobre la marcha. Sois todos fantásticos.